Ehsaason ka safar

Uljhan-E-Mohabbat

Aseema Shadan

KAVYA
PUBLICATIONS

Publisher:

SDR INNOWAYS INDIA PVT. LTD.
667, Rajaward, Kulpahar, Mahoba - 210426

Imprint:
KAVYA PUBLICATIONS
Plot No.107C, Hanuman Khand, Gulabvatika, Behta Hazipur, Loni-UP (Near Dilshad Garden Delhi) NCR -201102

Mob. : 7905266820
Website : www.kavyapublications.com
E-Mail : info@kavyapublications.com

ISBN : 978-93-6431-910-2
:
Year : 2025

This book is printed at MTL and published by Ajay Agrawal, CEO of SDR Innoways India Pvt. Ltd. Kulpahar Mahoba with its imprint and centre, Kavya Publications Delhi.

Uljhan-E-Mohabbat

"Kab tak... akhir kab tak? Woh mere maamlat mein bolta rahega! Kaun hai woh mera? Koi nahi! Maine use koi haq nahi diya... toh phir kyun woh har baar meri zindagi mein dakhal deta hai? Main nahi chahti ke woh mere kisi bhi maamle mein bole!"

Woh university ke garden area ke ek sunne-sunne se kone mein, mujhe ek purane pillar ke sahare counter par bithake, Roshima khud chaar qadam idhar, chaar qadam udhar chal rahi thi. Uske kadam tez the, lekin saans bhari hui. Aankhon mein aansuon ka samandar tha, jo har pal kinare todne ko bechain tha.

Lekin shabdon mein gusse ki aag thi, jo lagataar phoot rahi thi.

"I hate him… I hate him… I hate… hate… hate him!"

Woh har dafa zyada zor se kehti ja rahi thi, jaise apne dil ke saare zakhmon ko yeh lafz se dhak dena chahti ho…

Par mujhe uski baatein sach nahi lag rahi thi. Woh jitna zor se kehti thi ke use Muntaha se nafrat hai, utna hi mujhe lagta tha ke kahin na kahin woh jhoot bol rahi hai. Nafrat ke alfaaz kehne wale uski aankhein kuch aur hi keh rahi thi—jaise ek unsuni kahani sunana chahti ho.

"Theek hai, tu chahe jitni nafrat kar le, lekin tu use apne maamlat mein bolne se nahi rok sakti," maine use samjhate hue kaha.

Roshima meri sabse achi dost thi. Humne school ek saath kiya tha aur college mein bhi ek sath he the, aur ab hum apne aakhri saal mein the. Hum literature padh rahe the, aur Roshima ko kahaniyan likhna aur novels padhna be-inteha pasand tha. Woh sirf ek achi lekhak hi nahi, balki ek behtareen painter bhi thi. Lekin uski zindagi mein do masle the—ek Muntaha, aur doosra Muntaha ka ghar. Muntaha ek samajhdar aur suljha hua ladka tha. Woh Roshima ka cousin tha—uske bade papa ka beta. Dono ghar ek dusre ke samne the, aur kehne ko alag ghar the, lekin asal mein ek hi the. Roshima ki dadi ka sakht hukum tha ke unke dusre beton ke ghar koi pawan nahi honge sab Muntaha ke ghar he Breakfast lunch aur dinner kiya karte the. Unke liye yeh sab ek purani riwaayat thi—chahe sabhi ghar alag hon, lekin Roshima aur uski maa aur dusre tayabbu tayyammi aur cousins ko har nashta, har lunch, har dinner sirf Muntaha ke ghar hi karna tha. Raat hone par chahe woh apne ghar so leti, lekin din ka har pal Muntaha ke ghar mein guzarna tha.

"Dekh Roshima, woh tera cousin hai, aur teri dadi ne use saaf keh diya hai ke ghar ka har faisla usi ke haath mein hoga. Chahe tu jitna bhi inkaar kare, sach yahi hai ke teri zindagi ke har faisle ka haq sirf usi ko diya gaya hai... kyunki teri dadi yahi chahti hai," maine usse samjhaya.

"Mujhe baar-baar mat yaad dilaa ke woh mera cousin hai!" Roshima gusse se bol uthi. ***"Usse pata hai na ke mujhe nahi pasand ke woh mere maamlon mein bole?***

Janta hai woh ke main uski advice, uske opinions aur uske taunts ek bhi bardasht nahi karti? Infact, mujhe poora ka poora woh nahi pasand!" Uski awaaz gusse se bhar chuki thi, lekin uski aankhein kuch aur keh rahi thi… woh nafrat jitni dikhane ki koshish kar rahi thi, utni uski aankhon mein nahi thi.

"Theek hai, ab chhod na. Abhi Muntaha yahan nahi hai. Chal canteen chalte hain, kuch acha khaate hain. Waise bhi, yeh hamara last year hai, pata nahi phir kab milna hoga. Tere ghar aana toh allowed hai mujhe, par Muntaha ke ghar toh teri dadi mujhe jaane he nahi deti," maine mazaak mein chidte hue gila kiya.

"Haan, pata nahi dadi ko tujhse itni chid kyun hai. Tune kuch kiya hai kya unhe?" Roshima hasi se boli. ***"Hahahaha!"*** Uski hasi ek pal ke liye sab kuch bhula dene wali thi, par mujhe sach pata tha… jo maine aaj tak usse chupaya tha.

Ek din jab main apne notes lene Roshima ke ghar gayi, toh guard ne kaha ke woh apni dadi ke ghar hai. Main wahan chale gayi. Ghar mein jaate he sabko salaam kiya, aur Roshima mujhe drawing room mein le gayi. Hum abhi baithkar baatein kar hi rahe the ke uski dadi aa gayi. ***"Jao, chai bana ke lao apni saheli ke liye, aur saath mein woh notes bhi le aana jo lene aayi hai,"*** unhone sakhti se kaha. Roshima bina kuch bole uth gayi—woh apni dadi se darti thi. Jaise hi woh gayi, uski dadi ne mujhe seedha dekhte hue kaha:

"Yeh tum teesri baar yahan aayi ho. Kisi shareef ghar ki ladkiyan is tarah bar-bar kisi ke ghar nahi jaati. Maine

dekha hai tum Muntaha ko kis tarah dekhti ho. Main nahi chahti ke tum aaj ke baad yahan aao. Agar Roshima se koi kaam hai, toh college mein he niptalo."

Unke shabdon ki sakhti ne mujhe hila diya. Main chup chaap baith gayi, lekin uss pal mujhe sab samajh aa gaya… unhe mujhse itni chid kyun thi. Woh budhi ho chuki thi, lekin sach ko samajhne mein ab bhi tez thi.

Woh sach, jo maine aaj tak kisi se nahi kaha… Na Roshima se, na is duniya ke kisi bhi insaan se. Sirf main aur mera Allah jaante hain—ke mujhe Muntaha se bepanah mohabbat hai. Bachpan se hi.

Har din, har sajde mein sirf ek hi dua maangi hun Muntaha. Sirf Muntaha. Aur tab tak maangti rahungi jab tak ya toh woh mera ho jaye… ya phir kisi aur ka na ho jaye. Us din mujhe samajh aa jayega ke meri dua qubool hui thi, ya nahi. Lekin dil ke kisi kone mein mujhe hamesha se pata tha—Muntaha mera naseeb nahi hai. Woh kabhi na kabhi Roshima ka hi hoga. Uske gharwale bhi toh yehi chahte hain.

"Tujhe pata hai na, main masters karne ka soch rahi hoon… aur maine mummy se baat bhi ki. Mujhe pehle se hi andaza tha ke woh yeh kahengi, 'Jaake dadi se permission le lo.' Main gayi dadi ke paas, bola ke mujhe agle saal masters karni hai. Mere final year ke exams hone wale hain, aur main aage padhna chahti hoon."

"Par tujhe pata hai dadi ne kya kaha? 'Itna padh liya, wohi kaafi hai. Ab aur padhai ki kya zarurat hai?'"

"Main ro rahi hoon Sara, tu sun bhi rahi hai mujhe? Main kya karoon yaar!" Roshima mujhpar chilla kar boli.

"Roshima, tu khamosh ho ja... itna mat ro. Ek baar apni mummy se baat toh kar. Woh dadi ko samjha lengi," maine usse sambhalte hue kaha.

"Mummy bhi yehi chahti hain ke main aage na padhu. Na woh mujhe job karne denge. Main kya karoon Sara? Main sach mein jaake mar jaungi agar unhone mera career barbaad kiya toh!"

Roshima toot chuki thi. Uski aankhon mein sapne the, lekin us sapno ke raaste mein sirf rukawat thi. Woh apna career lekar bohot serious thi. Uska sirf ek khwab tha ke woh ek badi writer bane, duniya bhar mein uski kitaabein padhi jaayein. Aur usne likhna shuru bhi kar diya tha. Woh literature mein masters karna chahti thi. Par uske ghar wale use samhajne ke liye raazi he nahi the.

"Theek hai na... tu ro mat abhi. Sun meri baat," maine usse sambhalte hue kaha.

"Ek baar Muntaha se baat karke dekh le. Main yakin se kehti hoon woh dadi aur mummy ko mana lega. Woh hamesha education ke favour mein rehta hai. Har kisi ko gyaan deta rehta hai ke padhna chahiye, likhna chahiye... 'Education is the best part of your life. Never miss the opportunity to learn' yeh uske favourite dialogues hain. Woh genuinely chahta hai ke log educated rahe. Woh tujhe zaroor support karega."

Maine Roshima ko ek aisi salah di jo mera dil nahi dena chahta tha. Main kabhi nahi chahti thi ke jisse main mohabbat karti hoon, uske paas Roshima madad ke liye jaaye aur woh bhi is haqeeqat ke saath ke shayad ek din yeh dono ek ho jayenge. Lekin mohabbat agar khudgarz ho, toh woh mohabbat kaisi?

"Sara, tera dimag theek hai? MAIN jaaun MUNTAHA ke paas? MAIN? Tu meri friend hai ya dushman?" Roshima ne mujhe dekhte hi gusse mein aag babula hote hue mujhse kaha.

Maine Roshima ke kandhon par hath rakhte hue use kaha ***"Haan, main hi keh rahi hoon,"*** maine shant hokar jawab diya. ***"Muntaha bohot samajhdar hai, Roshima. Woh teri takleef ko zarur samjhega. Ek baar usse baat karke toh dekh. Agar tu chahe toh main hi usse baat kar leti hoon... tere liye."***

Main jaanti thi yeh sirf ek bahana tha. Ek chhota sa mauka... bas kuch lamhon ke liye hi sahi, lekin Muntaha ki awaaz sirf mere liye hogi. Woh mujhse baat karega. Bhale hum Roshima ke bare mein baat kare lekin baat toh karenge. Aur tab Roshima ne kaha:

"Dekh, tu meri best friend hai, aur mujhe achhi tarah jaanti hai. Mujhe uss nakhchade Muntaha se koi baat nahi karni. Uski shakal tak bardasht kar leti hoon, wohi kafi hai! Lekin agar tujhe lagta hai ke teri baat karne se woh maan jayega, toh theek hai, meri taraf se bol de. Waise bhi sabko pata hai ke main aage padhna chahti hoon. Use bhi andaza hoga hi. Tu bas yeh bhi keh dena agar mujhe padhne nahi diya gaya, toh main apni jaan le loongi."

Roshima ne apna dil halka kiya, aur ab woh kahani jo usne mujhe batai thi, mujhe jaake Muntaha ko sunani thi.

Lekin main Muntaha ke ghar nahi ja sakti thi. Na hi woh kabhi kisi ke kehne pe bahar milne aata. Mujhe usse milne ka sirf ek he mauka milta tha jab woh Roshima ko pick karne aata hai. Shayad main tab usse baat kar sakti hoon.

Lekin mujhe samajh nahi aa raha tha ke kaise.

"Roshima, main baat toh kar lungi Muntaha se… lekin woh mujhe milega kahan?" maine poocha.

"Milega kahan matlab? Woh ghar pe hi toh hota hai. Tu mere ghar aayegi, tab mil lena," usne casually jawab diya.

Par usse kaise batati ke uski dadi ne mujhe uske ghar aane se mana kiya hai. Main us ghar mein ab nahi jaa sakti na hi apne aap ko phir se zaleel karne ke liye tayyar hoon.

Mujhe samajh hi nahi aa raha tha ke main Roshima ko kaise mana karun…

"Tere ghar aane ki kya zarurat hai? Woh tujhe pick karne aata hai na? Tabhi baat kar lungi usse," maine Roshima se kaha.

"Tu baat toh kar sakti hai," Roshima ne soch kar kaha, ***"lekin agar main sath rahi toh woh bhav khayega. Chahe maan bhi raha ho, par mere saamne toh kabhi nahi maanega. Tu usse akele mein hi baat kar."***

"Yaar Roshi, meri baat sun," maine usse samjhaya, ***"Aaj jab woh tujhe lene aayega na, tu thodi der ke liye andar hi rehna. Main bahar jaungi aur usse bolungi ke tujhe college festival ke presentation ke liye thoda time lagega. Woh tera wait karega. Tab main usse keh dungi ke chalo canteen mein baithte hain. Agar woh maan gaya, toh wahan usse aaram se baat kar lungi."***

Main yeh sab sirf is liye kar rahi thi kyunki mujhe ek mauka chahiye tha bas kuch lamhon ke liye uske saath baithne ka. Mera maksad sirf Roshima ki baat us tak pahunchana nahi tha balke Muntaha ke sath kuch lamhe akele guzarna bhi tha.

Shayad dil ke kisi kone mein yeh khayal zaroor tha ke Muntaha ke kareeb rehne ka yeh ek bahaana ban jaye, par maine kabhi yeh nahi chaha ke main usse apne jazbaat bataun. Woh jazbaat sirf mere aur mere Khuda ke beech the… hamesha se.

"Theek hai, tujhe lagta hai woh canteen tak aayega toh baat kar lena. Waise bhi main sach mein presentation pe kaam kar rahi hoon senior lecturers ke saath. Aur maine Muntaha ko pareshan karne ke liye usko bataya bhi nahi ke mujhe late hoga aaj," Roshima ne muskurate hue kaha.

Kahin na kahin mujhe yakeen tha, yeh Muntaha se mohabbat karti hai... lekin is ladki ko khud hi nahi pata hai yeh baat.

"Main chalti hoon, gate ke paas khadi rahungi... intezaar karte hue Muntaha ka," maine kaha. Mere chehre p r ek badi si muskaan thi, jo Roshima ne bhi mehsoos ki.

"Sara madam, do ghante baaki hain uske aane mein. Hamari do classes bhi bachi hain, jo hume attend karni hai. Tu aaj apne mein nahi lag rahi hai mujhe," Roshima ne muskura ke kaha.

"Chal, chup chaap class attend karte hain. Uske aane ka time hoga, tab chale jaana." Aur woh mujhe class ke liye le gayi.

Jaise humne socha tha, waise hi sab hua. Door kahin se mujhe woh nazar aaya apni favourite bike chalate hue, ek filmi slow-motion scene jaisa lag raha tha sab kuch. Uski bike ki speed dheere dheere kam hoti gayi, aur woh gate tak aa gaya. Muntaha waqt ka bada pakka tha bilkul time par Roshima ko pick karne aagaya tha. Main gate par uska intezaar kar rahi thi.

Usne mujhe dekha nahi seedha gate ke andar jhaankne laga. Shayad use laga, Roshima andar khadi hai. Jab use woh kahin nazar nahi aayi, tab uski nazar mujh par aayi.

Muntaha ek bohot shareef ladka tha. Yeh uski ek ada mujhe hamesha pasand thi ke woh kabhi kisi ladki ko aankh utha kar nahi dekhta tha. Jab bhi Roshima ko pick karne aata, nazar jhuka ke aata, nazar jhuka ke hi jaata. Main hi hamesha pehle salaam karti thi, aur woh sirf jawab deta. Kabhi pehle usne mujhe salam nahi kiya tha.

Lekin aaj... aaj jab Roshima nazar nahi aayi, usne pehle mujhe salam kiya.

Aur uski awaz mein mera naam sunna... ***"Sara..."***

Us waqt mujhe laga, yeh ek salam nahi, ek dua hai—jo sirf mere liye hai.

"Assalamualaikum Sara," uske lips se nikalte hi woh lafz titliyon jaise khubsurat hawa mein udhte hue sukun bhare lafz lag rahe the.

"Walekum assalam Muntaha. Kaise ho aap? Lunch kiya aapne? Tabiyat theek hai na?"

Main ek saans mein sab puch baithi.

"Haan, sab theek hai. Lunch bhi kar liya. Shukriya puchhne ke liye," usne muskurake kaha.

"Mujhe Roshima kahin nazar nahi aa rahi. Hamesha toh aapke saath hoti hai. Kahan hai?"

Usne mujhse sawal zarur kiya tha, lekin uski nazar sirf Roshima ko dhoond rahi thi…

Uske sawal mere kaano mein goonj rahe the, ***"Roshima kahan hai?"***

"Sara, Roshima kahan hai?"

Wohi ek sawaal, chaar baar poocha usne...

Lekin main?

Main bas use dekh rahi thi... usi ek nazar se... mohabbat bhari, khamosh nazar se.

Jaise har jawab meri aankhon mein chhupa ho, lekin lafzon tak na pahunch paya ho.

Main hosh mein nahi thi. Mere dil ki dhadkan sirf ek hi naam le rahi thi, ***Muntaha.***

Woh sawaal karte karte apni bike se utar gaya...
Aur jab woh mere kareeb aaya... toh waqt jaise ruk gaya.
Uske kadmon ki aahat dil mein utar gayi thi.
Do kadam... bas do kadam ka faasla tha hum dono ke beech,
Lekin mere liye woh do kadam, meri saari duniya the.
Main chup thi... woh meri aankhon mein jawab dhoond raha tha.
Aur main... main uske chehre mein apna aaina dhoond rahi thi.

"Sara, aap theek hain?"

Usne apna sawal badal diya tha.

Roshima se hatt kar ab uska dhyaan mujh par tha. Mujhe dekhkar uske chehre par ek halka sa concern tha... aur jab usne mera naam liya...

"Sara"

Toh aise laga jaise kisi ne mujhe madhoshi se jaga diya ho.

Maine thoda sambhalte hue uski taraf dekha, lekin dil ab bhi tez dhadak raha tha.

"Haan, main theek hoon... lekin..."

Main kuch aur kehne hi wali thi ki bina soche samjhe mere labon se nikal gaya,

"Meri itni fikr kabse karne lage aap?"

Us sawaal ke nikalte hi main khud hairaan reh gayi.

Main ne toh kabhi yeh kehne ka socha bhi nahi tha. Woh bhi iss tarah... itni directly?

Ek pal ke liye khamoshi cha gayi. Uski aankhon mein halka sa confusion tha… ya shayad hairani?

Uska chehra padhna mushkil tha, lekin uski nazar mere chehre se hat nahi rahi thi.

Woh kuch bolne hi wala tha… aur main?

Main sirf yeh soch rahi thi ke kya main had se zyada bol gayi hoon?

"Nahi, main isliye puch raha hun ke maine aapse char bar Roshima ke baare mein puch liya lekin aap jawab nahi de rahi thi…"

"Aap aur Roshima theek hai na? Woh dikhayi nahi de rahi hai mujhe aur aap jawab nahi de rahi hai. Mujhe fikar ho rahi hai. Woh zimmedari hai meri."

Muntaha ke alfaaz the.

Saaf, seedhe, aur sirf *Roshima* ke liye.

Mujhe laga tha shayad aaj kuch badlega, lekin meri umeed sirf meri thi. Uski fikar mein main kabhi thi hi nahi.

Main chup thi, sirf uski aankhon ko dekh rahi thi… jo meri taraf dekh toh rahi thi, lekin usmein *main* nahi thi. Woh bas *Roshima ko* dhoond raha tha... meri aankhon ke paar, mere jawab ke beech, har baat mein.

Mera dil ek pal ke liye khamosh hogaya.

Jo lafz maine kab ka daba rakha tha, aaj unka gala ghoont gaya tha.

Lekin phir bhi main muskura di.

Wahi muskurahat jo har ek tarfa mohabbat karne wale ko aani chahiye. Jo dard chhupane ke kaam aati hai.

Woh phir meri taraf palat kar dekhne laga aur mere jawab ka intezar karne laga. Maine uski aankhon mein dekha, lekin bas ek pal ke liye. Phir apni nazar hata li aur halki si muskurahat ke saath, bilkul aam lehje mein kaha:

"Woh theek hai. College ke andar hi hai. Senior lecturers ke sath presentation ki taiyari kar rahi hai. Isiliye thoda late ho jaayegi aaj."

Maine jaise bas ek formal sawal ka jawab diya ho. Bina kisi zaroorat se zyada jazbaat ke. Bina kuch chhupane ya dikhane ke. Jaise sab kuch bilkul theek tha. Jaise main us waqt bas ek doosti thi aur kuch nahi. Woh gate ki taraf dekhte hue gusse mein bol raha tha:

"Kaise presentation? Usne mujhe bataya bhi nahi... aur late hone wali thi toh mujhe call ya message kar deti. Kitni irresponsible hai yeh ladki..."

Uski baaton mein gussa tha. Fikar mein chhupa hua gussa. Woh har lafz mujhe aur tod raha tha. Lekin main chup thi. Sirf uske chehre ko dekh rahi thi. Shayad aakhri baar. Shayad iss nazar mein woh saari baatein bhar lena chahti thi jo kabhi keh nahi saki.

Shayad yeh meri mohabbat ka aakhri pal tha... jisme woh mujhe dekh nahi raha tha, lekin main usse poori duniya se zyada mehsoos kar rahi thi. Lekin uske chehre par bas ek intezar tha.

Gate ki taraf dekhte hue… jaise bas usi ka intezaar ho. Jaise woh dua kar raha ho ke Roshima gate se nikle, chale, aaye… aur sab theek ho jaaye.

Aur main?

Main sirf ek khaamosh gawah thi us intezaar ki. Ek aisi mohabbat ki jo meri nahi thi… lekin sirf mere liye maine mehsus ki thi. Main wahan se ek kadam peeche hatti. Mujhe laga agar main aur der ruki, toh mere aansu uske saamne gir jaayenge. Aur main nahi chahti thi ke usse mere dard ka koi ehsas ho. Kyuki yeh dard mera tha. Yeh mohabbat bhi meri thi. Aur har ek tarfa mohabbat karne wale ko apne jazbaat khud hi sambhalne aane chahiye.

Mujhe achanak Roshima se hui baat yaad aagayi mujhe Muntaha se uske further education ke baare mein baat karni thi. Dosti ka ek farz tha, aur main use nibhaana chahti thi.

Main ne apne jazbaat andar hi kahin daba diye, apne gham ko ek gehri saans ke saath andar le liya, aur muskaraate hue kaha:

"Aap canteen chalna pasand karenge? Roshima ko shaayad ek ghanta aur lag jaaye. Mujhe aapse uske baare mein thodi baat bhi karni thi."

Yeh sunte hi Muntaha thoda sa pareshan sa nazar aaya. Usne turant pucha:

"Kya baat karni hai aapko Roshima ke baare mein?"

"Aap pareshan na ho. Koi serious baat nahi hai," maine halka sa muskaraake kaha. ***"Lekin agar hum canteen jaake baat karein toh zyada behtar hoga. Yahan gate ke paas sab dekh rahe hain… mujhe thoda ajeeb lag raha hai is tarah khade hokar baat karna."***

Main ne apni baat jitni polite ho sake utni tahzeeb se kehne ki koshish ki, taake woh naa bhi na keh sake. Kahin dil ke kisi kone mein ek chhoti si umeed thi ke shayad woh mere saath chale, shayad hum ek cup chai ya coffee share karein.

Bachpan se uske saath chai peene ka ek chhota sa khwab tha... Shayad aaj woh khwab pura ho jaye.

"Haan, I understand," usne halki si muskurahat ke saath kaha. ***"Yahan gate par is tarah baat karna doesn't sound good. Chaliye, chalte hain aapke college ke canteen mein. Waise bhi mujhe thoda sar dard ho raha hai, chai pee leta hoon. Thanks to Roshima, uski wajah se mujhe intezaar bhi karna pad raha hai."***

Woh kehkar aage badh gaya aur main uske saath chal di. Gate ke andar aate hi seedhe saamne canteen ka door tha.

Ground floor ka aadha hissa canteen ke liye reserved tha hamesha se students ka favourite spot.

Main ne ek kone ki table chuni, sabse kam crowded aur thodi si quiet. ***"Yahan baithiye,"*** maine usse kaha aur khud jaakar do cup chai aur thode snacks order kiye. Jab tak chai ban rahi thi, main chup chaap uske samne wale chair pe baith gayi.

Uske saamne baithkar, ek pal ke liye laga jaise waqt tham gaya ho. Woh bas casually idhar-udhar dekh raha tha... aur main, uske samne baitke apne dil ke har dhadkan ko chupane ki koshish kar rahi thi.

Main bas Muntaha ke chehre ko dil bhar ke dekh rahi thi, jaise meri aankhon ne uske liye ek lamha chura liya ho. Uski aankhen, lekin... woh toh poore canteen ko scan kar rahi thi, jaise kisi mission par ho. Aise lag raha tha jaise woh koi Cop ho mere samne toh baitha hai, lekin dhyan kahin aur hai.

Woh kabhi kisi table ko dekhta, kabhi counter ki taraf... aur har pal uske chehre par sirf ek bechaini thi — Roshima ko dhoondhne ki.

Mujhe hassi bhi aayi aur thoda dukh bhi hua.

Hassi is baat ki ke woh CID officer jaisa lag raha tha, Aur dukh is baat ka ke uske scan mein main kabhi nahi aayi...

Kuch der baad hamara order chai aur snacks table par aa gaya. Aur phir Muntaha meri taraf palta, lekin mujhe dekhne ya mujhse baat karne ke liye nahi, balki chai peene ke liye.

Uski nazar seedha table par gayi, aur achanak hi uske chehre par ek badi, khoobsurat si muskaan aa gayi.

Uski muskaan dekh kar main bhi muskurane lagi, lekin saath hi hairan bhi ho gayi yeh achanak muskurahat kis baat ki thi? Curiosity mein maine poochh hi liya,

"Muntaha, Aap itna kyun muskura rahe ho? Kuch hua kya achanak se?"

Maine pyar bhari muskurahat ke saath usse yeh sawal kiya.

"Apologies, Sara. Main kuch zyada hi muskurane laga,"

usne halka sa sharmaate hue kaha.

"Actually, yeh cream bun jo tumne order kiya hai na… yeh mera favourite hai. Jab main college mein tha, toh roz chai ke saath yeh hi khata tha. Bohat achha lagta tha. Itne saalon baad isse dekh ke saari purani yaadein taaza ho gayi hain. I would love to have this."

Yeh kehkar usne cream bun uthaya aur us tarah se khane laga jaise koi bachcha apna pasandida snack enjoy karta hai masoomiyat bhari khushi ke sath. Uski woh side dekh kar mera dil ek baar phir uske liye pighal gaya. Main bhi uske saath cream bun khane lagi us khushi mein uski saathi ban kar.

Apna manpasand bun khatam karne ke baad usne chai ka pehla ghoont bhara. Aise lag raha tha jaise har sip ke saath uske college ke din wapas aa rahe ho. Thodi der mein hamari chai bhi khatam ho gayi. Main uske chehre par ek halki si sukoon bhari muskaan dekh kar puch baithi,

"Muntaha, aap aur cream bun loge? Ya phir kuch aur try karna chahoge? Hamare yahan canteen mein snacks ki kaafi variety hai."

Meri awaaz mein ek halka sa lagav tha, jaise uske har pal ko thoda aur khaas bana dena chahti thi.

"Nahi Sara, thank you so much. Aaj aapne mujhe meri purani yaadein taaza karwa di. Main bohot khush hoon yeh cream bun kha kar. Thanks again... you really made my day."

Usne muskurate hue shukriya ada kiya. Uski muskurahat mein ek bacche jaisi masoomiyat thi.

Lekin agle hi pal usne achanak se baat ghumadi... ***"Waise, aap mujhse kuch baat karna chahti thi Roshima ke baare mein?"***

Uska sawal sunte hi meri muskurahat halki pad gayi. Main ek pal ke liye toh bhool hi gayi thi ke main yahan Roshima ke baare mein baat karne ke liye aayi hoon…

"Haan, main actually aapse Roshima ke baare mein zaruri baat karna chahti thi... Aap bhi usse utna hi jaante hain jitna main. Woh meri best friend hai, isiliye main itni himmat juta paayi hoon ke aapse uske baare mein seedha baat kar sakoon," maine kaha, aadhe saans andar roke hue. Us waqt mujhe Muntaha se thoda sa darr lag raha tha — darr is baat ka ke woh meri baat ko kaise lega.

"Haan I know, aap uski childhood buddy hain. Infact, aap usse mujhese zyada achhi tarah jaanti hai no doubt on that. But baat kya hai? Aap clearly kahengi? I'm getting little worried now," Muntaha ne kaha.

Uski awaaz mein pehle se zyada curiosity thi, lekin uske chehre par thodi pareshani bhi dikh rahi thi.

Woh mujhe ghoor kar dekh raha tha, jaise keh raha ho, ***'bas, ab aur suspense nahi.'*** Maine gehri saans li aur sidhe point par aa gayi.

"Muntaha, dekhiye... aap education ke favor mein hain, right? Maine sawal kiya

"Haan no doubt on that"... Muntaha ne reply diya.

"Actully yeh Roshima aur mera graduation mein aakhri saal hai. Iske baad woh literature mein masters karna chahti hai... lekin uski mummy aur dadiji ne use saaf mana kar diya hai." Maine gehri saans li aur phir shuru hogayi

Woh kehte hain ki ab Roshima ka padhna zaruri nahi hai. Yeh baat sunkar Roshima andar se toot gayi hai. Roz roti hai woh... aur kal toh usne mujhe keh diya ki agar usse aage padhne se roka gaya, toh woh apni jaan le legi..."

Muntaha ekdum se sannaata sa ho gaya. Uska chehra pehle pila pada, fir usmein ghabrahat utar gayi.

"Kya keh rahi hain aap...? Jaan lena... kya itna aasaan kaam hai? Yeh Roshima bhi na... pagal ho gayi hai kya? Literature padhne ka shauk hai theek hai, lekin jab bade mana kar rahe hain, toh unki baat bhi toh sochni chahiye na! Jaan dene ki dhamki? Yeh kaisi bewakoofi ki baat hai?" usne thodi unchi awaaz mein kaha.

Lekin gusse se zyada uski awaaz mein chinta thi. Woh sirf react nahi kar raha tha, uski aankhon mein ek dar tha shayad Roshima ke iss extreme step ko lekar woh usse sach mein seriously lene laga tha.

"I know yeh sab sunke aap thoda pareshan ho rahe honge, but please, aap bhi uski halat ko samajhne ki koshish kijiye," maine usse narmi se kaha.

"Woh un ladkiyon mein se nahi hai jo ek umar ke baad shaadi karke ghar basane ka sapna dekhti hain. Uske sapne kuch aur hain... woh apna career banana chahti hai literature mein. Shayad aapko yeh nahi pata hoga, lekin woh ek novel likh rahi hai. Har weekend woh laptop par baithi hoti hai, apni kahaniyon ki duniya mein doobi hui." Maine kaha.

"Muntaha, she has real potential. Agar use ek chance mil jaye na, toh woh bohot kuch kar sakti hai, believe me." **Apni baat ko aur gehrayi se uske samne raka.**

Maine itni saari baatein ek saans mein keh di, jaise har lafz ke saath Roshima ke sapnon ka bojh halka kar rahi hoon. Us waqt main sirf uski best friend thi... woh mohabbat jo mere dil mein Muntaha ke liye thi, us pal ke liye maine usse ek taraf rakh diya. Sirf Roshima ke liye, sirf uski muskurahat ke liye.

Muntaha ne gehri saans li woh us pal kuch mehsoos kar raha tha, shayad meri baaton ka wazan us tak pahunch gaya tha.

"Sara... you're really her best friend," usne finally kaha, dheere se muskurate hue.

"And I truly appreciate it — ke aapne bina kisi jhijhak ke sab kuch saaf-saaf keh diya. I owe you one for this. Thank you."

Phir uski awaaz mein ek thos wada tha, *"Main Roshima se baat karunga. Aap fikr mat kijiye. Main usse kuch nahi hone dunga... nahi marne dunga aapki Roshima ko."*

Usne yeh kehkar nazrein jhuka li, lekin uske chehre par ek muskaan thi — aisi muskaan jaise uske dil mein yeh baat chal rahi ho ***"Roshima bhi na... kitna bachpana karti hai."***

"Bohat bohat shukriya Muntaha... aapne meri baat samajhne ki koshish ki, woh bhi itne khule dil se. Mujhe bohat accha laga. Roshima bohat lucky hai ke uski life mein aap jaisa cousin hai," maine dil se kaha, har lafz mein shukr ada karti hui.

Muntaha halki si muskurahat ke saath thoda aage jhuk ke bola,

"Arey yaar Sara, aise mat bolo. Tum bhi mere liye Roshima jitni hi aziz ho. Jis din tumhe kabhi bhi lage kisi bhi waqt, kisi bhi wajah se ke tumhe meri zarurat hai, bas mujhe keh dena. Main turant aa jaunga, chahe kahin bhi hoon. That's a promise."

Uske lafz, uska lehja... sab kuch itna genuine tha ke meri aankhon se aansu nikl pade. Muntaha ek pal ke liye chauk gaya.

"Sara... I'm so sorry! I didn't mean to make you cry. Maine toh dil se promise kiya tha, yeh sochke nahi bola tha ke tum itna emotional ho jaogi. Tum theek ho na?"

Usne bohot fikr ke saath pucha, aur apne jaib se handkerchief nikaal ke mujhe dediya. Par kaise bataun usse... ki meri pareshani sirf Roshima nahi hai. Woh khud hai. Muntaha... mera dard bhi hai, aur meri mohabbat bhi.

Main bepanah usse chaahti hoon itni gehrai se ke agar kabhi uske paas apna masla le kar gayi, toh shayad woh dosti bhi chali jaaye jo ab mere paas hai.

Main uske diye handkerchief se apne aansu pochti hui dheere se boli, ***"I'm actually sorry... main thoda sa jaldi emotional ho jaati hoon. Bas aapka wada sunkar thoda overwhelmed ho gayi. Kabhi zindagi mein zarurat padi, toh main zaroor aapse contact karungi."***

"Thank you, Muntaha. You're a genuinely great human being. Main aapko is wajah se bohot admire karti hoon."

Yeh kehkar maine uski taraf ek halki si muskurahat bheji. Usne bhi muskurate hue sir halkasa jhukaya, jaise uss ek muskurahat ne uska din bana diya ho.

Tabhi Roshima canteen ke andar aayi. Uski nazar sabse pehle mere haath mein handkerchief par padi aur bas phir, woh Muntaha par toot padi.

"Yeh kya kiya aapne, Muntaha! Meri best friend ko rula diya? Woh sirf meri help ke liye baat kar rahi thi... aur aap itne rude ban gaye ke ek ladki ko rula diya? Yeh kya tareeka hai?"

Uske chehre par gussa tha, par uske lafzon mein dosti ki cheekh sunai de rahi thi woh sirf apni dost ke liye stand le rahi thi, bina samjhe ke aansuon ke peeche kahani kya thi.

"Arey yaar Roshima, zara ruk toh ja. Kya bole ja rahi hai tu?" Maine use shant karne ki bohot koshish ki, lekin woh toh jaise Muntaha par aur chadh gayi thi.

"Mujhe pehle se pata tha ki aap nahi manenge!" Roshima gusse se bolti chali gayi. ***"Maine Sara se bhi keh diya tha ke aapse baat karke koi faayda nahi hone wala. Aap kabhi nahi chahenge ke main zindagi mein kuch karun, apna***

career banaun. Aap bhi dadi aur mummy ke saath mile hue ho. Mujhe khush nahi dekh sakte!"

Uski aankhon mein aansuon ka dariya tha, lekin zubaan rukne ka naam nahi le rahi thi. ***"Aur yeh sab kaafi nahi tha ke meri best friend ko bhi rula diya. So mean of you!"*** Uski awaz thodi thodi toot rahi thi, lekin uska gussa abhi bhi barqarar tha.

Main bechari har pal use sambhalne ki koshish mein lagi thi, uske haath pakad kar use chup karane ki koshish kar rahi thi, lekin woh apne dil ka saara bojh Muntaha par nikal dena chahti thi.

Muntaha ne is sab ke beech bas ek gehri saans li, phir apna ek pair dusre pair pe rakhkar aram se baith gaya. Uske chehre pe koi gussa nahi tha, na koi bechaini. Jaise woh Roshima ki baaton ko ek hi lafz mein jata raha ho "***Bakwaas***". Uski aankhon mein ek ajeeb si thakan thi, jaise woh is sab ko pehle se janta ho, ya jaise uske sabr ka paimana ab bhar chuka ho.

"Roshima, chup," maine thoda tez lekin pyaar bhari awaz mein kaha. "Bas kar. Khamosh ho ja. Ab ek aur lafz nahi." Mere bolne ka andaaz shayad usse jhatka de gaya, kyunki woh ekdum se chup ho gayi. Canteen mein ek pal ke liye sannata cha gaya.

Sab jane wale log jo Roshima ko chillata dekh ruk gaye the the uske khamosh hote he apne apne raste chal pade.

Usi waqt Muntaha apni jagah se aahista se khada hua. Usne Roshima ki taraf dekha, ek pal ko nazar tikayi, phir bilkul saaf aur composed awaaz mein bola, "***Bahar wait kar raha hoon... aa jana.***"

Aur bas itna kehkar woh bina koi drama kiye, bina palat kar dekhe canteen ke bahar chala gaya.

Roshima ka toh ekdum popat ho gaya. Uske chehre pe jhatka, guilt, aur hairani teeno ek saath dikh rahe the. Aur main? Main toh has has ke pagal ho gayi! Jitna main kuch der pehle tak upset thi, utna hi ab khul ke hansne lagi. Haste haste apni chair pe wapas gir gayi.

Roshima us waqt bas khadi mujhse yeh sochti reh gayi, ***"Yeh aise kaise chala gaya bina kuch kahe?"***

Aur yeh samajhna uske liye aur bhi mushkil tha ke *main* itna kyun has rahi hoon. Uske chehre pe confusion bhi tha aur thoda gussa bhi, jaise keh rahi ho, ***"Tum kiski side ho meri ya uski?"***

"Tum pagal ho gayi ho kya, Sara?" Roshima ne jhat se kaha, uski awaaz mein gussa bhi tha aur hairani bhi.

"Woh tumhe tab se rula raha tha aur tum hase ja rahi ho. Kya hua hai tumhe?"

Main ne muskurate hue apni hasi kisi tarah roki, aur usse poori baat bata di — kaise Muntaha ne mujhe samjhaaya, kaise usne promise kiya, aur main emotional ho gayi thi. Roshima ne meri baatein dhyan se suni, beech mein bilkul nahi boli. Phir usne thoda sarcastic sa muh banake kaha:

"Tu kuch bhi bol, Sara. Mujhe na iss Muntaha pe ek pal ke liye bhi bharosa nahi hai. I know woh ghar jaake badal jayega. Dekh lena, tu... main likh ke deti hoon tujhe — yeh log mere studies rokenge ek din."

Yeh kehkar woh dham se baith gayi jaise protest mein ho. Main uski taraf dekhti reh gayi, phir haath pakad ke hansi chhupate hue kaha,

"***Tu baith kahan rahi hai yaar? Muntaha intezar kar raha hai tera bahar. Ghar nahi jana tujhe?***"

"Haan yaar jaungi. Mujhe bhook lagi hai aur chai bhi peeni hai," Roshima ne aankhon mein masoomiyat bhar ke kaha, jaise sab kuch uski zarurat ho. ***"Kuch der aur intezaar karne de usse, main abhi nahi jaungi bahar,"*** yeh keh kar usne apne liye chai aur cream bun order kar diya.

Main uski taraf dekhte hue hairan reh gayi.

"***Roshima, yeh bilkul theek nahi hai yaar,***" maine narmi se, lekin thodi narazgi ke saath kaha.

"***Woh ek ghante se tera intezaar kar raha tha canteen mein. Tu aur intezaar karwayegi usse? Yeh theek nahi hai, seriously. Tu ghar jaake chai pee le aur cream bun pack karwa le. Itna attitude bhi acha nahi hota jab saamne wala sach mein concern dikhata ho.***"

Roshima ne aankhen thodi si chhoti kar ke mujhe dekha, jaise guilty feel kar rahi ho lekin ab bhi zidd mein ho.

"Par mujhe sach mein bhook lagi hai yaar," usne dheere se aur bade he masumiyat se kaha.

"Theek hai, ek kaam kar — main yeh cream bun pack karwa leti hoon. Tu bas bike par baith ja, kaunsi tujhe chalani hai. Muntaha ko bolenge bike dheere chalaye, woh maan jaayega," maine use samjhaya, aur bina uski aur baat sune, use zabardasti le kar bahar nikal gayi. Cream bun maine pack karwa diye the aur chai ka paper glass ab bhi Roshima ke haath mein tha.

Jaise hi hum bahar aaye, maine dekha ke Muntaha ne apne chehre par goggles lagaye hue the. Woh shades mein aur bhi zyada khubsurat lag raha tha. Jab woh Roshima ko pick karne aaya tha, tab usne yeh shades nahi pehne the. Meri nazar us par se hat hi nahi rahi thi, lekin maine apne aap ko sambhala.

Hum dono uske paas gaye.

"Muntaha, Roshima ko bohot bhook lag rahi thi, isliye uske liye cream bun pack karwa diye hain. Agar aap bike thoda slow chaluyenge toh woh raaste mein aaram se khaa legi," maine usse narmi se kaha.

"Theek hai, maine kab mana kiya uske khane-peene se? I'll ride slow," Muntaha ne casual lehje mein kaha aur bike self-start kar di.

Roshima bike par baith gayi. Uske left hand mein chai ka cup tha aur right hand mein cream bun. Jaise hi usne seat sambhali, bun chabana shuru kar diya aur muh bhare hue he mujhe bye kehne lagi.

Jaise he Muntaha ne bike start ki Roshima ne chillate hue kaha ***"Ruko Ruko"*** Muntaha aur main dono hairan hogaye.

"Ab kya chut gaya hai tera" maine usse pucha.

Usne jhat se chai ka cup aur cream bun ek hath mein leliya aur mere agge apna dusra hath badhaya aur kehne lagi.

"Woh handkerchief dede ise dhoke Muntaha ko wapas kar dungi"

Maine soncha tha ke iss handkerchief ko Muntaha ki ek yaad banakar apne pass hamesha ke liye rakh lungi. Lekin Roshima ki nazron se kaun bache. Pata tha mujhe woh Muntaha ki choti choti baton ka khayal rakhti hai jaise Muntaha uski chizon ka khayal rakhta hai. Par woh kabhi yeh nahi manegi ke woh Muntaha ko pasand karti hai.

Maine chup chap use handkerchief lauta di aur Roshima ne use apne bag mein dal di. Aur humne ek dusere ko bye keh diya.

Maine unhe alvida keh toh diya tha… lekin mera dil, meri aankhen — sab kuch Muntaha ko hi dekh rahi thi. Uski woh halka sa smile, uska chehra jisme goggles lage the… sab kuch meri nazaron mein theher gaya tha. Main wahin khadi reh gayi… uski yaadon mein khoi hui.

"Mummy, mujhe padhna hai... aap ek baar phir dadijaan se baat karke toh dekhiye," Roshima ne apni maa se apne career ke liye guzaarish ki — dil mein yeh umeed liye ke shayad ab tak Muntaha ne meri baat maan kar dadijaan ko mana liya hoga.

Roshima ke sapne, uski zindagi mein aage badhne ki jo tamanna thi, woh sab ab Muntaha par hi toh depend karte the. Woh sirf uske ghar ka nahi, balki poore khandaan ka maharaja tha. Har kisi par uska asar tha, sab usi ki baat maante the. Roshima ki kisi ko parwaah hi nahi thi aise usse lagta tha.

Roshima bhi toh usi khandaan ki beti thi. Uske abba aur Muntaha ke abba toh saghe bhai the — ek hi maa ke bete. Phir pata nahi dadijaan ko Muntaha se hi itni mohabbat kyun thi.

Halaanke Dadijaan ke chaar bete the, Muntaha unke sabse bade bete, **Riyaz Qadri**, ka beta tha. Uske baad ke do bete the **Niyaz Qadri** aur **Ruhan Qadri**, aur chauthe bete **Ehtesham Qadri** ki beti thi **Roshima**.

Jab Riyaz Qadri ki shaadi hui thi, uske agle hi saal Dadijaan ne baaki teenon beton ki bhi shaadi karwa di — unki ek hi zidd thi: sabke ghar abaad ho jayein. Unhone sabko alag-alag magar paas-paas ghar de diye. Riyaz Qadri ka ghar sabse pehle tha, uske baaju mein dusre bete Niyaz Qadri ka, uske saath wale mein Ruhan Qadri, aur saamne wale ghar mein Ehtesham Qadri ka parivaar rehta tha.

Dadijaan ki ek hi khwahish thi — sirf apne chaaron beton ki shaadiyan karwana nahi, balki unke bachon ki shaadi bhi apni aankhon ke saamne dekhna. Unka kehna tha, ***"Jab tak apne pote-potion ki shaadi na dekh loon, marna nahi hai mujhe."*** Isi liye unhone ek saath hi teen shaadiyan karwa di thi — taake zindagi ka agla daur jaldi shuru ho aur woh uska hissa ban sakein.

Dadijaan apne sabse bade bete, Riyaz Qadri, ke ghar mein rehti thi. Din bhar ke liye saare bete, bahuein, aur unke bachche usi ghar mein rehte — teen waqt ka khana-peena wahi hota. Sirf raat ko sab apne-apne ghar chale jaate, aur subah hote hi phir se Riyaz Qadri ke ghar laut aate. Yeh unki ek ajeeb si lekin pyari zidd thi ***"Saara din ek sath guzro, milke khao-piyo, bas raat ko sohne ke liye apne ghar chale jao."***

Woh sach mein apne chaaron beton ke gharon ki rani thi. Unke sabhi bete unse bepanah mohabbat karte the aur dil se izzat dete the. Iske peeche ek gehri wajah thi Dadijaan ne bohot chhoti umr mein apne shauhar ko khoya tha. Magar woh padi likhi aur samajhdar thi, isiliye unhone apne aap ko jaldi sambhal liya.

Apne marhoom shauhar ka chhota sa business apne kandhon pe uthaya aur usey unchaiyon tak le gayi. Sirf khud hi nahi, Dadijaan ne apne chaaron beton ko bhi business ki taleem di aur dheere-dheere pura kaarobar unke hawale kar diya. Aaj yeh business unhi chaaron bhaiyon ke dum par chal raha hai — lekin asli buniyad toh Dadijaan ne rakhi thi.

Ab Dadijaan ki yeh khwahish thi ke Muntaha jisne pehle hi business join kar liya tha poore kaarobar ko aage le jaaye. Woh din-raat bas Muntaha ka hi naam japti rehti thi, jaise unhein apne baaki chaar poote aur ek lauti aur ghar mein sabse choti thi unki poti Roshima ka koi khayal hi nahi ho.

Muntaha ka ek chhota bhai tha, Kabir. Niyaz Qadri ke bete ka naam tha Rahim, Ruhan Qadri ke bete ka naam tha Salam, aur Ehttesham Qadri ke bete — yaani Roshima ke sagge bhai ka naam tha Faiz. Dadijaan ko in sabke naam yaad the, par dil se agar koi unka laadla tha toh woh sirf Muntaha hi tha.

"Roshima, idhar aao," ek din Dadijaan ne use bulaya aur apne paas bitha liya. Phir kehne lagi, ***"Main tumhe aaj kal bohot kitabon ke saath dekhti hoon. Aankhein kharab ho jaayengi toh ladki ki khubsurti pe daag aa jaayega. Itna mat padha karo."***

Yeh sunkar Roshima ka dil jaise baith gaya.

"Ji, Dadijaan," kehkar woh khamosh toh ho gayi. Lekin uske zehan mein turant khayal aaya: ***Muntaha ne shayad***

unse baat hi nahi ki hogi... ya agar ki bhi hogi toh mere khilaf hi ki hogi.

Roshima andheron mein doob gayi thi — woh andar se bohot udaas ho gayi.

"Suno Roshima, tum iss ghar ki lauti beti ho. Meri bhi koi beti nahi thi, aur iss nasl mein sirf tum ho jo ladki ho hamare ghar ki rehmat," Dadijaan ne uske sar par pyaar se haath rakhte hue kaha. ***"Ham mein se koi bhi tumhe takleef mein nahi dekh sakta. Isiliye hum sab tumhara itna khayal rakhte hain, taake tum sehatmand aur khush raho."***

Yeh baat Dadijaan hamesha Roshima se kehti thi. Bachpan se hi use apne paas bulakar baar-baar yaad dilati thi ke Roshima iss khandaan ka ek bohot aham hissa hai.

Us lamhe Roshima ke chehre par hamesha ek halka sa muskurahat ajati thi. Woh khud ko khush naseeb mehsoos karti thi, lekin dil ke kisi kone mein yeh ehsaas bhi tha ke poore khandan ka asli chaheta toh Muntaha hi hai. Dadijaan ki baatein sunke woh bas ***"Ji Dadijaan," "Haan Dadijaan,"*** ya ***"Acha Dadijaan"*** keh kar khamosh ho jaaya karti thi.

Lekin is baar kuch alag tha. Dadijaan ka irada sirf ek do lafz kehne ka nahi tha — woh apni lauti poti se dil khol kar baat karna chahti thi, jaise dil ke kisi bojh ko halka karna chahti ho.

"Roshima, tumhari maa ne mujhe bataya hai ke tum aage padhna chahti ho. Kya yeh baat sach hai?" Dadi jaan ne halke aur meethi tone mein poocha. Is baar woh bilkul bhi sakht nahi thi; shayad unhone mehsoos kiya tha ke agar woh zyada sakhti dikhayengi, toh Roshima dar kar sach nahi bolegi.

Apni Dadi se Roshima bohot darti thi, lekin jab Dadijaan ne usse uske dil ki baat poochhi, toh woh sab kuch saaf-saaf keh dena chahti thi.

Usne aankhon ko jhukate hue apne dil ki baat keh di, ***"Dadijaan, meri ek hi khwahish hai main aage padhai karna chahti hoon. Literature mein apna career banana chahti hoon. Aap please mujhe ijaazat de dijiye. Main aapse kabhi kuch nahi maangungi. Meri padhai ke baad aap jo kahengi, main wahi karungi. Wada."***

Yeh kehte hue usne apni Dadijaan ka haath thaam liya, taake unhe gussa na aaye aur woh mehsoos kar saken jo Roshima kehna chahti thi.

Dadijaan ne Roshima ke jazbaat ki qadr ki aur kehne lagi,

"Roshima, tum hum sab ke liye bohot azeez ho. Aaj pehli baar tumne mera haath thaam kar mujhse kuch maanga hai... main tumhe is baat ke liye mana nahi kar sakti. Par..."

Yeh kehkar unhone Roshima ka haath apne dono haathon mein le liya.

Aur jaise hi Roshima ne yeh ***"Par..."*** suna, uske chehre ka rang halki si udaasi mein badalne laga.

Woh samajh gayi thi ke ab Dadijaan ke labon se ya toh koi shart niklegi, ya woh uski khwahish ko mana kar dengi — dono hi soch kar uska dil halki si bechaini se bhar gaya.

"Dekho Roshima, tum jo mang rahi ho, main de dungi. Lekin tumhein yeh zaroori hai ke tum meri har baat maano. Main jab bhi tumse kuch kahun, tum suno bina toke." Woh ek pal ko khamush ho gayi aur phir kehne lagi.

Maine dekha hai, tum aaj-kal khana khane ke liye yahan, hamare ghar, aana nahi chahti ho. Tumhari maa tumhe das baar awaaz lagati hai, tab jaake tum aati ho. Mujhe tumse bharosa chahiye, ke main tumhari baat maan loon."

Yeh kehkar Dadijaan Roshima ke jawab ka intezaar karne lagi.

"Dadijaan, mujhe bhookh nahi lagti tabhi main mana karti hoon… lekin ab se aisa nahi hoga. Koi bulaye toh main pehli hi awaaz mein aa jaungi,"

Roshima ne darte darte apni Dadi se kaha.

"Theek hai Roshima,"

Dadi ne thande lekin saaf lehje mein kaha.

"Main tumhe aage padhne ki ijaazat deti hoon is liye nahi ke tum chahti ho, balki is liye ke Muntaha bhi yehi chahta hai… ke uski hone wali dulhan aage padhe."

Yeh kehkar Dadi ne apna paan banana shuru kar diya. Unhe paan khane ki aadat thi — din mein teen-chaar baar toh zaroor banati thi.

"Tum Muntaha ki dulhan banne wali ho,"

Dadi ne paan mein choona lagate hue kaha,

"Yeh yaad rakh kar apni zindagi guzarna. Padhai karne jao, toh apni hadon ko yaad rakhna."

Roshima ki saansein ek pal ke liye ruk gayin. ***"Muntaha ki dulhan?"***

Woh lafz uske kaanon mein goonj ban kar reh gaye. Uske haath ab bhi Dadi ke haathon mein the, lekin uska dil jaise kahin aur bhatak gaya tha, Uss jagah jahan usne kabhi khud ko sirf padhte, likhte, apne sapnon ke peeche daurte dekha tha... kisi ke dulhan banne ka toh khayal bhi nahi aaya tha.

Usne apni nazar uthakar Dadi ke chehre ki taraf dekha. Dadi apne paan mein supari daal rahi thi, jaise unhone kuch khaas kaha hi nahi ho, jaise Roshima ki zindagi ke faisle bas paan ke beech mein lipte hue nikle ja rahe the.

Roshima ki aankhon mein pareshani thi, uljhan thi, aur ek chhupi hui bechaini bhi, lekin usne apne jazbaat ko dabate hue dheere se poocha:

"Dadi... Muntaha... ne yeh kab kaha?"

Dadi ne ek halki si muskaan ke saath jawab diya, ***"Muntaha se kisne pucha hai. Usne yeh nahi kaha hai. Tumhare walid aur Muntaha ke walid ke darmiyan yeh baat tay hai. Tum dono bachpan se ek dusre ke liye rakhe gaye ho. Muntaha ne bhi kaha tha ke usse koi padhi-likhi, samajhdar humsafar chahiye. Tum dono ke liye behtar hai yeh rishta."***

Roshima ne ek gehri saans li.

Uska sapna toh poora ho raha tha *lekin kisi aur ke naam ke saaye ke neeche.*

Uska dil keh raha tha,

"Kya padhi-likhi hone ka matlab sirf itna tha ke main Muntaha ke layak ban jaun?"

Par yeh alfaaz usne sirf andar hi andar kahe Dadi ke saamne kehne ki himmat abhi tak usmein nahi thi.

"Roshima, tumhe yahan bula kar tumse baat karne ke liye aur tumhari padhai par raazi hone ke liye Muntaha ne hi mujhe kaha tha.

Main razi hoon, tum aage padh sakti ho. Bas apne aap ko Muntaha ki amanat samajhna. Aur hamesha ki tarah, Muntaha hi tumhe university le jaayega aur wahan se lekar aayega."

Yeh kehkar Dadi ne apne haathon se ek paan Roshima ke muh mein rakh diya.

Roshima chup thi. Uski aankhon mein aansu the, lekin usne unhe rok liya.

Woh paan chaba rahi thi lekin har chabaye paan ke niwale ke saath uska dil aur bhari hota ja raha tha.

Use yakeen nahi ho raha tha… ke uski zindagi ka sabse bada faisla uski marzi ke bagair le liya gaya.

Use kisi ne poocha tak nahi ke kya woh Muntaha se shaadi karna chahti bhi hai ya nahi.

Aur sabse zyada gussa use Muntaha par tha ***"Usne mujhse baat kiye bagair kaise maan liya ke main uski dulhan banne ko tayyar hoon. Use pata bhi hai ke main uski dulhan banne wali hun?"***

Uska dil cheekh-cheekh kar kehna chahta tha, lekin zubaan khamosh thi.

Woh us paan ke saath apne jazbaat bhi nigal rahi thi ek ladki, jisne sirf padhne ki khwahish ki thi, usse mil rahi thi ek zindagi ki deal.

Raat bhar Roshima apne kamre mein chup-chaap roti rahi. Uska dil chah raha tha ke kisi ke gale lag kar khul ke roye…

"Kaash main Sara ko call kar leti... mera dil halka ho jaata.

Lekin bohot raat ho chuki hai... main itni der raat usse call nahi kar sakti,"

yeh kehkar Roshima ne apne pillow ko kas ke gale lagaya, jaise usi mein saara dard, saara gussa, saari uljhan chhup jaaye.

Aankhon ke samne us raat ke dinner table ka manzar ghoom gaya…

Dadijaan ne sab ke saamne kaha tha:

"Roshima, tum aage padh sakti ho. Tum meri lauti poti ho main chahti hoon ke tum padho, likho. Tumhare university jaane aur wapas aane ki zimmedaari Muntaha ki hogi. Tum yeh zimmedari le rahe ho na, Muntaha?"

Sabki nazar us pal Muntaha par thi aur phir Dadi ki nazar ke saath-saath sabka dhyan bhi us par tik gaya.

"Arey haan Dadijaan," Muntaha ne muskurate hue kaha,

"Ab tak bhi toh main hi yeh zimmedaari nibha raha hoon. Aage bhi befikr rahiye main Roshima ki zimmedaari le loonga… aur woh bhi bohot ache se. Hai na, Roshima?" Sarcastically yeh kehkar Muntaha seedha Roshima ki taraf dekne laga.

Roshima ka dil chahta tha ke us pal woh table se uth kar chale jaaye. Woh Muntaha ko dekhna bhi nahi chahti thi. Lekin sab ki nazar us par thi, khas kar Dadijaan ki.

Usne apne jazbaat ko daba kar, Dadijaan ki taraf dekha aur halka sa muskara ke bola:

"Is mein koi shak nahi hai Dadijaan... yeh mera bohot khayal rakhte hain."

Yeh kehkar usne paani ka glass uthaya aur apne aansuon ko us paani mein ghola…

Aur Pee liya jaise har lafz, har dard ko andar le gayi ho.

Hamesha ki tarah, Muntaha ne Roshima ko university drop kiya, bina kuch kahe, bas chup-chaap.

Gaadi mein dono ke beech ek khamoshi ka rishta tha. Na Muntaha zyada kuch kehta, na Roshima.

Lekin kabhi-kabhi, bas casually, Muntaha pooch leta:

"Kuch khana hai? Ya kuch piyogi?"

Aur har baar ki tarah, Roshima ka jawab hota:

"Gol gappe."

Woh gol gappe bohot shauq se khati thi, aur Muntaha har baar usse khilata bhi tha.

Roshima ko khaane ka, khaaskar bahar ke khane ka, bohot shauq tha — aur yeh baat Muntaha ache se jaanta tha. Woh jaanta tha ki Roshima ke chehre par muskaan lane ka sabse asaan tareeqa gol gappe the.

Lekin aaj... aaj dono chup the.

Dinner table par raat ko jo kuch hua tha, uss par na Roshima baat karna chahti thi, na Muntaha ko koi idea tha ke Roshima kyu udaas hai. Mujhe university ke gate par dekhte hi Roshima daudti hui mere paas aayi aur mujhe zor se gale laga liya.

"Sara… Dadijaan raazi ho gayi meri padhai ke liye!"

Yeh kehkar woh phut-phut ke rone lagi, jaise andar jama hua saara dard ek saath nikal gaya ho.

Main hairan ho gayi.

"Arey yeh toh khushi ki baat hai, tu ro kyun rahi hai itna... woh bhi itna zor zor se?"

Mujhe turant samajh aa gaya daal mein kuch kaala hai.

Main uska haath pakad kar use canteen ke ek corner wale table **par** le gayi, sabse alag.

Use bithaaya, khud paani le kar aayi, aur uske haathon mein glass diya.

"Pehle paani pi, phir saans le... phir bata ke kya hua hai,"

maine narmi se kaha.

Roshima ne paani piya, ek gehri saans li… aur phir phir se ro padi — phut-phut ke.

"Arey yaar, bol toh sahi! Kya hua hai? Kyu ro rahi hai aise?"
Ab toh mujhe darr lagne laga tha.

Phir usne beech mein se thodi si himmat jamaa ki aur ruki-ruki si awaaz mein kaha:

"Sara… Dadijaan ne kaha... main Muntaha ki…"

Aur bas, uske baad woh itni zor se rone lagi ke canteen ke sab log palat-palat kar dekhne lage.

Main ne Roshima ko gale se laga liya.

Uska kaampta hua jism mere seene se laga hua tha, aur main sirf itna keh paayi:

"Roshima, main hoon na... tu akeli nahi hai."

Main usse bas thaame rahi... jab tak uske aansu dheere dheere thamne nahi lage.

Thodi der baad, usne meri taraf dekha — aankhon mein sujan thi, lekin awaaz mein ek chhoti si muskurahat wapas aayi thi.

"Sara, mujhe chai peeni hai... tu do chai le aa. Main apni daastan chai ke saath sunaungi,"

usne kaha, aankhon mein nammi aur labon par thoda halka sa mazaak mila ke.

Uski baat sun ke mujhe hansi aa gayi. Par maine apni muskurahat daba li, sirf itna kaha:

"Bus tu baith, main abhi aayi."

Main counter tak gayi, do chai aur saath mein uski pasand ka cream bun le aayi.

Roshima ke saamne tray rakhi, aur dono ne ek saath ek gehri saans li, jaise ab sach mein baat shuru karne ka waqt aa gaya ho.

"Sara... kal na... mujhe Dadijaan ne aage padhne ki ijazat de di..."

Yeh kehkar Roshima ek pal ko ruki, jaise kuch rok raha ho uske lafzon ko.

"Lekin unhone yeh bhi kaha ke main..."

Uski awaaz dheemi pad gayi. Aur uske chehre se ek aansu chhupke se chalak kar gir gaya, us chai ke cup par, jise woh ab tak choo bhi nahi paayi thi.

Main ne uska haath pakad kar kaha:

"Ke tu kya, Roshima? Kya bola Dadijaan ne aisa... ke tera rona ruk hi nahi raha?"

Mera dil ghabra raha tha. Roshima kabhi itni tooti hui nahi lagi mujhe.

Uski aankhon mein ek pal ke liye sirf khamoshi thi — jaise **lafz mil nahi rahe the**, ya phir mil bhi rahe the lekin zubaan tak aane ki himmat nahi kar rahe the.

"Sara..."
"Dadijaan ne kaha ke main Muntaha ki amanat hoon. Aur uski dulhan banne wali hoon."

Yeh sunte hi meri saansein ruk gayin. Mere dil mein ek gehri chuban si mehsoos hui.

Jaise kisi ne bina bataye... meri duniya mujhse cheen li ho.

Mera dil**...** roney laga.

Chehre par kuch nahi tha, par andar se sab toot gaya tha. Muntaha... meri mohabbat... ab kisi aur ka hone jaa raha tha.

Mujhe is baat ka andaza tha, haan. Lekin main kabhi **bhi** iss sach ko sunne ke liye tayyar nahi thi.

Kabhi nahi…

Main Roshima ko kya bolti?

Kaise dilasa deti? Kis baat ka?

Woh mere saamne baithi thi, meri dost, meri behen jaisi, meri dard ki saathi.

Aur aaj woh duniya ki sabse khush naseeb lag rahi thi… Kyunki woh Muntaha ki dulhan banne wali thi.

Lekin main… Main khud ko sabse badnaseeb mehsoos kar rahi thi.

Apne dukh ko chhupane mein main hamesha se expert rahi hoon. Aur aaj bhi main wahi kar rahi thi. Apna dil tod kar, Roshima ke liye muskurahat pehni.

Main ne uska haath pakad kar kaha:

"Roshima, sun... isme rone wali kya baat hai? Tujhe padhna tha na? Toh ijazat mil gayi, bas. Yeh toh sabse badi jeet hai."

Uski aankhon mein aansuon ka samundar tha, lekin main usse kinare laana chahti thi.

"Rahi baat Muntaha ki, usmein toh abhi bohot waqt hai. Padhai khatam ho jaane de, tab sochna is sab ke baare mein. Aur dekh... Muntaha bura ladka thodi na hai. Woh toh itna accha hai ke... hamari university ki ladkiyaan usse paane ke liye duayein karti hain."

"Aur Khuda ne usse tere naseeb mein likh diya hai. Toh tu is baat ko apna le, Roshima. Tu khushnaseeb hai." Yeh kehkar maine apni nazar jhuka li, apne aansuon ko chhupane ke liye.

Roshima ne aansu poch liye. Thoda sa hairaan ho gayi thi. ***"Sara… tu kya keh rahi hai? Kaun hai woh jo Muntaha ke liye duayein mangti hai?"***

Uska dhyaan pal bhar ko badal gaya tha, aur mujhe laga… shayad meri chhupi takleef bach gayi.

Main thoda muskurayi, apni awaaz ko theek kiya aur kaha: ***"Bohot si ladkiyaan hain Roshima… University mein. Jab Muntaha tumhe drop karne aata hai na, sab usse ek baar dekhne ke liye tarasti hain.***

Koi chaahti hai uski taraf se ek nazar mil jaaye, koi dua karti hai ke woh usse ek baar smile kar de."

Main ne dekha Roshima ab kuch zyada hi dhyaan se sun rahi thi.

"Lekin," maine thoda ruk ke kaha,

"Aaj tak kabhi kisi ladki ki taraf usne nazar uthakar bhi nahi dekha. Kabhi nahi. Sirf tumhari taraf dekhta hai. Aur hamesha dekhega."

Maine sirf sach kaha tha. Aur us sach ke peeche apna poora dil daba diya tha.

"Sara, yeh sab kab hua?" Woh ankhen phadke mujhe dekhne lagi

"Tune mujhe kabhi bataya bhi nahi ke Muntaha itna famous hai hamari university mein!"

Roshima ka rona achanak gusse mein badal gaya. Uski aankhen teekhi ho gayin, aur uska chehra lal pad gaya. ***"Aur kaun hain woh chudailen jo usse duaon mein maangti hain?"***

"Sharam nahi aati unko? Ghair mard par nazar rakhti hain! Beghairat kahin ki!"

Woh bolti ja rahi thi, aur main sirf uska chehra dekh rahi thi. Us gusse mein chhupi bechaini, woh insecurity... Aur uske har lafz ke neeche mera dil chur chur ho raha tha.

Woh Muntaha ko lekar possessive ho rahi thi.

Aur main?....

Main toh bas… muskurake chup ho gayi.

Apne chai ka sip liya, aur dil hi dil mein khayal aya:

"Main tujhe kaise batau Roshima... ke un 'chudailon' mein ek chudail main bhi hoon."

"Sara, mujhe bata kaun hain woh? Main nahi chhodungi unko!"
Roshima ka chehra gusse se laal pad gaya tha, aankhon mein ek alag si aag thi.

Woh itni tensed ho gayi thi jaise Muntaha par sirf usi ka haq ho.

Main ne uski aankhon mein dekha…

"Roshima, tujhe jalan ho rahi hai Muntaha ke liye?" Main ne seedha sawal kar diya, us dard ke beech se jisme main khud doobi hui thi.

Roshima ka chehra ek pal ke liye fika pad gaya. Phir usne aankhen chura kar kaha:

"Tu kya bol rahi hai, main kyun jalun us nakchade ke liye?"

"Kya pata, jab ladkiyan uspar line marti hongi, toh woh bhi unko line deta ho."

Woh bol toh rahi thi, lekin mujhe pata tha, yeh sirf khud ko khush karne wali baatein thi.

Main uski aankhon ke peeche ek darr, ek bechaini, ek mohabbat dekh sakti thi, jiska use abhi tak khud bhi ehsaas nahi tha.

Woh Muntaha se mohabbat karti thi.

Magar yeh baat abhi uske dil tak poori tarah pohchi nahi thi.

Aur main?

Main sirf uska chehra dekh kar andar hi andar toot rahi thi.. Ek achi dost ki tarah main bus apna farz ada kar rahi thi.

Jis tarah Roshima ne mujhe apne dil ki ek eham baat batayi thi…

Usi tarah mere paas bhi kuch tha, ek raaz, ek faisla…Jo main use exams ke baad batana chahti thi.

Final year ke exams khatam hue.

Aur usi ke sath… meri zindagi bhi ek naya mod le chuki thi.

Mere gharwale ne faisla kiya tha…

Main USA jaa rahi thi, apne bhai ke paas.

Wahan mere liye rishte dekhe ja rahe the.

Ek nayi zindagi… ek nayi duniya… lekin Muntaha ke bagair.

Main ne Roshima ko sab kuch bata diya, Seedhi, saaf baat.

Us waqt uske chehre pe ek chhoti si hairani thi… Lekin us hairani ke peeche chhupi thi ek narmi, ek khamosh shukar guzari. Shayad isliye ke uska raasta ab saaf tha…aur main uss raaste se hat gayi thi, bina kuch maange, bina kuch kahe.

Aaj meri kahani ka hissa khatam ho gaya.

Muntaha ab meri mohabbat nahi… sirf ek yaad ban kar mere dil mein hamesha ke liye zinda rahega.

Aur Roshima?

Ab uski kahani shuru hone wali thi.

Uske dil ki kitaab ka agla panne ab uske haath mein tha.

Main sirf itna chahti thi —

jab kabhi woh apni kahani kisi ko sunaye, toh meri dosti ki ek khushbu usme mehsoos ho. Main ja rahi hoon… apne dil mein Muntaha ka naam aur Roshima ke liye dua liye.

Ab Kahani Roshima Ki Nazar Se

Roshima ka Nazariya (POV)

Dear Sara,

Main jaanti hoon tum mujhe bohot yaad karti ho. Yakeen karo, mujhe har pal tumhari yaad aati hai. Tumhare jaane ke baad main bohot akeli pad gayi hoon. Tumne jaane ke baad mujhse contact karne ki bhi koshish nahi ki. Isiliye is WhatsApp aur SMS ke zamaane mein mujhe tumhe *chitthi* likhni padh rahi hai.

Yeh chitthi main tumhare ghar chhod jaaungi. Agar tumhare ghar wale yeh tum tak pohcha dein, toh un sabki meherbani.

Sara, tum meri achi dost thi, ho, aur hamesha rahogi. Hamari dosti kabhi nahi badlegi. Jab jaane se pehle tumne mujhse baaton baaton mein kaha tha ke tum bhi ek *chudail* ho, tab main tumhara ishara samajh gayi thi. Muntaha se mohabbat karti ho tum aur woh ek din mera hojayega isme meri kahin bhi koi Galati nahi hai yaar. Lekin trust me, mere andar kuch bhi nahi badla. Tumhare liye meri dosti hamesha zinda rahegi.

Tumhe bas itna kehna chahti thi ke tum jahan bhi raho, khush raho. Aur main jaanti hoon tum bhi mere liye yehi dua mangti ho. Aur agar kabhi hum aamne-saamne aa gaye, toh mujhse mooh mat pherna mera dil toot jaayega.

Mujhe bas gale lagaa lena.

Main uss din ka intezaar karungi, jab Khuda humein phir milaayega.

Jab tak ke liye...

Apna khayal rakhna.

Tumhari dost,

Roshima

Us din main apne kamre mein akeli thi jab Muntaha ki call aayi:

"Dadijaan tumhe bula rahi hain." Phone rakh diya gaya.

Main hairan thi... Dadijaan khud phone chalana jaanti hain. Woh apni behnon se, rishtedaron se khud baat karti hain. Phir mujhe bulane ke liye har baar Muntaha ko kyun bech mein daalti hain?

Pichhle ek saal se, jab se Sara meri zindagi se gayi hai jabse main graduate hui this tab se abhi tak bhi jab bhi unhe mujhse baat karni hoti hai, toh Muntaha ko samne rakh kar karti hain.
Jaise unhe mujhse sirf tab baat karni hai, jab ek gawah ho.

Main fresh hone gayi... Restroom ke baad phone dekha, phir se Muntaha ka call tha. Call uthaya toh uski awaaz aayi, thandi, zarurat bhari, beparwah si:

"Roshima, dadijaan kabse tumhe bula rahi hain. Jaldi aao, mujhe dusre kaam karne hain."

Main jawab dene he wali thi ke usne phone rakh diya. ***"Yeh Muntaha ka baccha apne aap ko samajhta kya hai!"*** Mujhe itna gussa aaraha tha ke main tharthar kaanp gayi. ***"Mujhe phone pe baat tak nahi karne deta, bina pooche phone kaat diya. Bada aaya command dene wala!"*** Main gusse mein apna phone bed pe phenk kar seedha ghar se nikal gayi. Seedha Muntaha ke ghar. Raaste mein kitchen padta tha, jahan usually meri saari Tayiammi aur meri maa dinner banati rehti hai. Aaj bhi who kuch pakarahi thi.

Mujhe dekhte hi Muntaha ki maa, yaani meri Tayiammi, ne awaaz lagayi:

"Roshima beta, zara idhar toh aana." Unka "beta" kehna mujhe hamesha ajeeb sa lagta tha.

Pata nahi kyu, jaise woh sirf zabaan se keh rahi hoon, dil se nahi. Lekin maa ne sikhaya tha sabki izzat karni chahiye.

Main unke paas chali gayi. ***"Ji Tayiammi, aapne bulaya?"***

"Haan Roshima. Tumhari dadijaan tumhara lawn mein intezaar kar rahi hain aur chai ka bhi. Yeh lo, chai aur snacks tum teeno ke liye le jao." Yeh keh kar unhone tray mere haathon mein pakadwa di.

Jab bhi main padhai ke liye iss ghar aati thi, woh mujhe snacks zarur diya karti thi.

Aur main, har baar, le leti thi, chahe mann kare ya na kare. Main muskurate hue apni Maa ko ishara karte hue ke main jaa rahi hun kitchen se nikal gayi.

Tray le kar, maine lawn ki taraf apne kadam badha diye, dil mein gussa, chehre par khamoshi.

Kitchen se lawn ka raasta lamba tha…Aur mujhe ye fikr khaye ja rahi thi ke kahin chai thandi na ho jaye. Agar ho gayi… toh zimmedar sirf main thehraayi jaungi. Jaise hamesha hota hai.

Main ne apne kadam tez kar diye. Tray dono haathon mein thi, aur chai ke cup halke halke hil rahe the.

Phir achanak mera balance thoda bigad gaya. Main girte girte bachi…

Lekin tray mein se ek chai ka cup halka sa jhuk gaya aur thodi si chai tray mein gir gayi.

Main ek pal ke liye ruki, Socha wapas jaakar tray saaf karun? Par time nahi tha.

Lawn bas chaar kadam ki doori par tha.

Main ne ek gehri saans li, aur waise hi tray lekar lawn ki taraf nikal gayi.

"Uss girti hui chai ka koi na koi matlab toh zaroor hoga," dil ne kaha…

"Bas dadijaan ke mood ka cup na gire."

Main ne lawn mein qadam rakha… Sahabzaade, yaani Muntaha, dadijaan ke pairon ke paas baitha hua tha, dadijaan ke pair daba raha tha.

Woh scene dekh kar ek pal ko mujhe aur gussa aaya ***"In dono ko toh har waqt ek doosre ke samne 'ideal' banke rehna hota hai,"*** maine dil mein socha.

Main chup chaap aage badhi. Sirf ek salam kiya,

"Assalamualaikum…"

Dono ne ek saath jawab diya: ***"Waalaikumassalam."***

Ek second ka silence... Phir achanak Muntaha ne poocha, ***"Tum theek ho?"***

Woh sawaal itna simple tha, lekin mujhe us waqt ek taana lag raha tha.

"Haan main theek hoon, mujhe kya hoga?" Maine thoda rude tone mein jawab diya.

Muntaha aur dadijaan ab tak mere is tarah ke jawabon ke aadhi ho chuke the. Toh unke chehron pe koi hairani nahi thi.

Lekin Muntaha ne phir bhi calmly kaha: ***"Mujhe theek nahi lag rahi ho tum... Apni qameez dekhi hai tumne?"***

Woh ankhon se ishara kar raha tha meri qameez ki taraf.

Maine neeche dekha... Aur usi waqt meri aankhon mein guilt aur irritation ek saath bhar gaya. Chai sirf tray mein nahi, meri qameez par bhi gir gayi thi.

"Yeh... woh... main chai laa rahi thi toh mera balance bigad gaya.

Mujhe andaza nahi tha ke qameez kharab ho gayi hai.

Main saaf kar aati hoon"

Maine bas yeh kaha hi tha ke palat jaaun...Lekin dadijaan ne apne hamesha ke soft but firm lehje mein kaha:

"Roshima, pehle yahan baitho. Chai thandi ho rahi hai. Baith jao. Thode snacks khao, aur chai pee kar phir chale jana."

Unka lehja na to sawaal tha, na meri ijazat ki umeed...bas faisla.

Main chup ho gayi. Ek pal ke liye wahan sirf lawn ki halki se hawa, ek tray, aur do nazar thi mujhpar- ek Muntaha ki, ek dadijaan ki…

Aur beech mein main, ek chai ke daag wali qameez ke saath,

Main ne jaldi-jaldi chai khatam ki, jaise koi zimmedari nibha rahi hoon, naake chai enjoy kar rahi hun. Aur bas main wahan se utthne hi wali thi ke…

"Suno Roshima," Dadijaan ne rok liya.

"Qameez badal kar wapas aajana. Humein tumse baat karni hai."

Main ek second ke liye ruki, fir seedha wapis baith gayi.

"Jana hi kyun jab wapas aana hai…"

Mere Dil ne thoda sarcastically kaha mere andar he andar kahan. Lekin maine zaban se kuch nahi bola. Bas tray ki taraf dekhne lagi.

Us beech Muntaha ki awaaz aayi, halka sa muskaraate hue, ek eyebrow upar uthate hue:

"Kya hua? Tum nahi ja rahi ho?"

Mujhe uska woh tone…thoda mazaak udaane wala laga.

Main ne thande lehje mein kaha,

"Nahi… baat karke hi chali jaungi.

Mujhe assignment bhi karna hai."

Aankhon se aankhon tak ek halka sa clash hua. Kuch lamhe ek dusre ko dekhte rahe Phir dono ne nazar hata li. ***"Theek hai phir meri shehzaadi… baat karne ke baad chali jaana,"***

Dadijaan ne ek alag hi mood mein kaha, jaise unke dil mein aaj kuch khaas tha.

"Haan dadijaan, aapne mujhe bulaya tha. Koi khaas baat?"

Main ne seedha sawaal poocha, kyunki mujhe unka yeh extra soft lehja hamesha kuch bada indicate karta hai.

"Haan meri jaan…" Unhone muskurate hue poocha, ***"Tumhara padhai ka dusra saal chal raha hai na?"***

Main ne thoda hairan hokar kaha ***"Ji dadijaan."*** Dil mein socha, *yeh kaise pooch rahi hain jaise pata hi nahi ho…*

Phir unhone mere sar par haath rakha. Aankhon mein ek ajeeb si roshni thi.

"Maine ek faisla kiya hai… tumhare liye."

Main kuch bolti isse pehle…Unhone apna doosra haath Muntaha ke sar par bhi Rakha aur kaha:

"Asal mein maine faisla tum dono ke liye kiya hai."

Us pal lawn ki hawa band ho gayi thi.

Main aur Muntaha ek dusre ki shakal dekh rahe the…Maine ishare se Muntaha se pucha kya hua hai, Usne ishare mein jawab diya ke use nahi pata, humme se kisi ko samajh nahi aa raha tha ke faisla kis baare mein hai, aur kitna bada hone wala hai.

"Maine faisla kiya hai… ke tum dono ka nikah agle saal karwaungi… jaise hi Roshima ki padhai khatam ho." Yeh kehkar dadijaan ne pehle Mera, phir Muntaha ka matha chum liya, jaise kisi badi dua ka silsila poora ho gaya ho.

Main aur Muntaha ek dusre ki taraf aise dekhe jaise hum dono ne ek hi waqt mein saans lena bhool gaya ho.

Waqt ruk gaya tha. Lawn mein halki si thandak thi, lekin meri chaal mein garam confusion daud raha tha.

"Kya hua beta? Tum log khush nahi ho?"

Dadijaan ka sawal hum dono ke beech girte patthar ki tarah laga.

Muntaha ne meri taraf se nazar hataayi, aur dadijaan se poocha
"Nikah? Dadijaan... mera... Roshima ke saath?"

Woh ek pal mujhe dekh raha tha, ek pal unhe, uske chehre par ek bada question mark tha.

Waisa question mark jo sirf confusion ka nahi, bebasi ka hota hai.

"Haan, Muntaha,"

Dadijaan ne ek narmi bhari muskurahat ke sath kaha, ***"Maine tumhe kabhi bataya nahi, lekin yeh baat tumhare aur Roshima ke walid aur mere beech pehle se tay ho chuki hai. Yeh faisla hum badon ka hai beta"***

Phir unhone mera aur Muntaha ka haath apne dono haathon mein le liya, aur ekdum se ham dono pe apna jazbaat ka bojh daal diya.

"Meri zindagi ki aakhri khwahish hai ke main tum dono ke nikah hota hua dekhun."

Unki aankhon mein aansu aa gaye, wohi purani emotional blackmail jisme unka pyar bhi hota thaaur ek inam ki shart bhi.

Maine pehli baar Muntaha ko itna be-bas aur laachar dekha. Woh mujhe dekhe jaa raha tha jaise uske dimaag mein baar baar ek hi sawaal chal raha ho ***"Main kaise Roshima ke saath nikah kar sakta hoon?"***

Uski aankhon mein kuch tha, hairani, guilt, confusion… ya shayad regret. Aur Muntaha ko dekh kar meri bhi confusion badhti gayi.

Mujhe toh dadijaan ne pehle hi sab kuch bata diya tha, main ready nahi thi, lekin kam se kam mentally taiyaar ho rahi thi.

Par kya "***Muntaha ko kabhi kuch bataya hi nahi gaya?"*** Mere dimag mein sawal ghar kar gaye the.

Ya phir woh sirf acting kar raha hai kyunki usse yeh paigam jaldi baazi ka lag raha hai?

"Uske dimaag mein kya chal raha hai?

Woh mujhe apni biwi ke roop mein kabool kar paayega?

Ya main sirf ek zimmedari ban ke reh jaoungi uski zindagi mein?"

Mere dil mein naye sawaal paida ho rahe the… aur unka jawab sirf Muntaha ke dil par helikha tha, main uss chehra padh nahi pa rahi thi.

Woh na khush tha, na raazi, na inkaar mein tha... bas ek bejaan si confusion uske chehre par chipak gayi thi jo mere dimaag se utar hi nahi rahi thi.

Thodi der baad maine halka sa muskara kar dadijaan se kaha, ***"Main qameez badal kar aati hoon..."*** Unhone sirf sir hila diya.

Main lawn se uthkar apne ghar ki taraf chal to di thi, lekin lawn se nikal nahi paayi.

Pair toh mere kamre ki taraf ja rahe the, par mera dil… abhi bhi unhi jootiyon ke paas tha jahan main kuch waqt pehle baithi thi.

Apne kamre mein aake main almari kholne lagi, maine apne haathon mein kapde liya change karne ke liye par dimaag mein sirf ek chehra, Muntaha ka confused chehra… Woh nahi janta tha ke main uski dulhan banne wali hun…

Woh aankhen jo mujhe dekhte hue bhi kuch dhoond rahi thi. Woh lips jo kuch kehna chahte the lekin ruk gaye. Aur woh mathe pe chaayi shadeed pareshaani…jaise kisi ne uske dimag mein ek andhi leher chhod di ho.

"Kya usse yeh sab sach mein pata nahi tha?" "Kya usne mujhe kabhi iss nazar se dekha hi nahi tha?" "Ya yeh sirf meri kahani thi, jisme woh sirf ek character ban kar khada tha?"

Main qameez badal to rahi thi lekin asli badlaav mere andar ho raha tha. Main jaise hi qamiz badal kar dadijaan ke paas wapas jaane ke liye nikli, phone vibrate hua.

Screen pe naam tha:

"Muntaha Calling..."

"Meri rooh kaamp gayi. Main abhi toh lawn se wapas aayi thi... aur kehkar aayi thi ke qamiz badal kar wapas aa jaungi. Toh ab mujhe call kyu kar raha hai?" Mera dil ekdum se ghabra gaya. Hatheliyon mein paseena agaya, aur phone ka screen jaise aankhon mein chubh raha tha.

Main khud se poochhne lagi: ***"Yeh mujhe abhi kyun call kar raha hai? Kya baat karni hai ise mujhse? Kya usse kuch kehna hai jo dadijaan ke samne nahi keh sakta?"***

Mera dil nahi kar raha tha ke main woh call receive karun. Lekin anguliyan jaise khud hi screen ki taraf khinch rahi thi.

Call bajta raha... aur main us bechaini mein doobti gayi. Har ring ke sath darr badhta ja raha tha.

Lekin main bas dekhti rahi... aur call cut ho gaya.

Mera dil ab aur tez dhadak raha tha. ***"Ab kya karun? Call back karun?***

Ya jaise kuch hua hi nahi, wapas lawn chale jaun?"

Muntaha ki call se sirf phone nahi bajraha tha... balke meri soch, mera chain, meri rooh sab hila diya tha.

Main ne seedha phone uthaya aur kuch soche samjhe bina wapis dadijaan ki taraf lawn mein bhaag gayi. Mera darr lag raha tha ke Muntaha mujhe dobara call karega.

Main nahi chahti thi woh call kare. Main daudti hui lawn tak pohanchi. Saans chadh chuki thi, seene mein halki si jalan mehsoos ho rahi thi aur dil bas yehi keh raha tha ke ***"Kash kuch acha ho ab"***

Lawn mein pohanch kar dekha ke sirf dadijaan nahi, mere aur Muntaha ke parents bhi wahan baithe the. Bazoo mein Muntaha bhi tha, aankhon mein wahi unsaid baat, jo mujhe samajh toh aayi thi, magar samajhni nahi thi.

Mujhe ab laga shayad Muntaha ka mujhe call karna isiliye tha, ke yeh log mujhe bhi bula rahe the. Par agar aisa tha, toh woh bol sakta tha ke main Qameez badalne gayi thi? Ya phir... kya woh sirf mujhse baat karna chahta tha?

Main jaise hi unke paas pohanchi, main halki halki hampne lagi.

Daud ke aayi thi, par dil kisi aur wajah se tez dhadak raha tha.

Dadijaan ne dekha aur apne usual style mein chhedne lagi,

"Aise kyun hamp rahi ho? Theek toh ho na?

Aur itni jaldi kyun aa gayi tum?

Abhi toh qameez badalne gayi thi,

paanch minute mein wapas bhi aa gayi?

Chalo achha hai, kabhi toh kisi kaam mein jaldi dikhayi hai…

warna hamesha har kaam mein waqt lagati ho."

Unka woh sarcastic andaaz, mera chehra aur bhi neeche jhuk gaya isliye nahi ke who taane marti hai lekin yeh adat se ho chuki thi mere liye.

Main halki si awaaz mein bolne wali thi, ***"Ji woh, mujhe call aaya tha..."*** ke Muntaha ne beech mein hi baat kaat di:

"Woh dadijaan aapse itna darti hai na, isiliye darr ke maare itni jaldi aa gayi hogi."

Woh mujhe dekhta hua bola, lekin uski aankhon mein kuch aur bhi tha, jaise ek warning, ek request... ke main uske call ki baat kisi ke saamne na bolun.

Aur tab mujhe samajh aaya, dadijaan ne usse mujhe call karne ko nahi kaha tha. Usne khud ki marzi se mujhe call kiya tha.

Mujhse baat karne ke liye. Yeh soch kar mera dil baith gaya. Seene mein ek ajeeb sa wazan mehsoos hone laga.

Main jaisi thi, waisi hi khadi rahi aur bas itna kaha: ***"Main kitchen mein jaati hoon help karne ke liye."***

Aur lawn se seedha kitchen ki taraf nikal gayi... Lekin dil... ab bhi Muntaha ke us ek call mein uljha hua tha.

Kitchen mein meri Tayiammi thi. Unhone mujhe dekha aur turant bola,

"Roshima, dinner table pe plates lagado zara."

Main bas ser hila kar plates lekar table ki taraf badh gayi.

Haathon mein plates thi, par dimag... sirf ek hi jagah atka hua tha. Wahi ek moment, wahi ek screen baar baar mere saamne aa raha tha ***"Muntaha Calling..."***

Woh screen meri aankhon ke saamne se ja hi nahi rahi thi. Na meri soch se, na mere dil se. Main regret nahi kar rahi thi ke maine call nahi uthaya... main toh bas atak gayi thi us moment mein.

Lekin ab... main sirf plates rakh rahi thi, aur andar hi andar woh ek missed call meri saari soch par bhaari pad gaya tha.

Kuch der baad sab log dining table par aagaye. Roz ki tarah sab ek sath hi khate the, jaise hamare dadijaan chahti thi.

Mujhe kabhi kabhi ye baat samajh nahi aati thi. ***"Muntaha ke ghar mein hi kyu rehna tha Dadijaan ko?"***

Hamare ghar mein bhi toh reh sakti thi na... lekin nahi. woh kehti thi, ***"Riyaz mera bada beta hai. Main jiyungi bhi isi ghar mein aur marungi bhi yahin."***

Aur unka woh kehna koi aise hi lafz nahi hote the, woh sach mein waise hi karti thi jaise kehti thi. Ziddi thi... lekin one of kind thi meri Dadijaan. Mujhe pyar bhi ata tha unpar aur unse darr bhi bohat lagta tha.

Hamari family bhi chhoti moti nahi thi. Ek bada sa pariwar, Mere, tayabbu-tayiammi, Kabir, Rahim, Salam, Muntaha, mera chota bhai Faiz, aur main.

Roz sab ke liye khana lagta, roz dadijaan ke saath baithkar baatein hoti. Woh khud humse har baat puchti thi, har roz ka haal jaanti thi.

Khaana khatam hone ke baad thodi der hum sab lawn mein baithkar waqt guzarte, phir ek ek karke sab apne apne gharon ko chale jaate, raat ke sukoon mein kho jaane ke liye.

Phir agli subah... nashte ke waqt sab wapas isi ghar mein laut aate. Ek ritual jaise yeh hum roz follow karte the. Lekin aaj ka dinner kuch alag tha. Wohi dining table, wahi log, wahi khana... lekin mahol mein kuch badla hua tha. Aaj sabse zyada khush toh dadijaan thi.

Unke chehre pe ek alag hi noor tha, jaise unhe koi khushiyon ka khazana mil gaya ho. Woh roz ke mukable zyada muskura rahi thi, aur unki aankhon mein ek ajeeb si raunak thi. Jaise koi badi baat unke dil mein chhupi ho jo ab zubaan par aane wali ho. Khate khate achanak unhone sabka dhyaan khud par le liya:

"Mujhe sabko ek khush khabri deni hai," yeh kehkar unhone ek nazar sab par daali.

Unki baat sunkar mere aur Muntaha ke maa-baap ke chehre par halki muskurahat aa gayi. Shayad unhe pehle se kuch andaaza tha.

Lekin Rahim aur Salam ke parents ekdum curious ho gaye. Unki aankhon mein sawal ubhar aaye jaise keh rahi hon ***"Aakhir kya baat hone wali hai?"***

Table par ek pal ke liye sannata cha gaya. Sirf chamach ki halki si khanak aur dadijaan ki muskaan ka muqabla chal raha tha. Woh moment... ek dum se sab kuch rok gaya tha. Sab bas dadijaan ki agli line ka intezaar kar rahe the. ***Aur main...***

Main toh sirf Muntaha ka chehra dekh rahi thi aur who mera chehra dekh raha tha.

"Maine kuch tay kiya hai..." Dadijaan ki awaaz poore dining hall mein goonj uthi.

"Roshima ki padhai agle saal khatam ho jaayegi. Uske baad maine uski shaadi karne ka faisla liya hai."

Unki baat sunkar table par ek halki si muskaan fail gayi. Rahim aur Salam ke parents bhi equally khush nazar aaye. Sab ke chehre pe tasalli thi ke ek khush khabari ayi hai ghar mein. Lekin sirf mere aur Muntaha ke chehre sukhe zameen jaise utre hue the.

Jaise ham dono ke liye yeh ek khushi nahi, ek sadme ki khabar ho. Mere cousin's ne bhi mujhe aise dekha jaise main koi breaking news hoon.

Aur mera bhai Faiz toh bas mera chehra padhta jaa raha tha, uske chehre par likha tha:

"Dekhna hai meri behen kya mehsoos kar rahi hai."

"Yeh toh bohat achi baat kahi aapne ammajaan," *Niyaz Tayabbu* ne turant keh diya.

"Haan, bohot khushi ki baat hai yeh toh," *Ruhan Taya* bhi bol padey.

Aur tab... Dadijaan ne apna asli trump card rakha sabke saamne.

"Main sirf yeh nahi keh rahi...main ne yeh bhi tay kiya hai ke Roshima ka Nikah Muntaha ke saath hoga."

Yeh kehkar dadijaan ne seedha meri aur Muntaha ki taraf dekha. Mujhe laga jaise meri sans andar hi andar tham gayi ho. Main unki nazar se bachne ke liye apni gardan jhukali, aur Muntaha se nazar hatali.

Usi lamhe Rahim ke haath se chammach gir gaya. Woh ek patli si awaaz, jo chammach ki goonj ban kar poore dining hall mein gunjti rahi. Ek pal ke liye sab bilkul khamosh ho gaye. Sirf meri dhadkane chal rahi thi... aur Muntaha ki khamoshi.

"Muntaha bhai ke saath Roshima ka nikah?" Rahim ka lehja hairani bhara tha, jaise usne apne kaanon par vishwas na kiya ho. Usne yeh sawaal itne be-takalluf andaaz mein poocha, jo shayad pehli baar tha kisi ne dadijaan se is lehje mein baat ki ho.

Dadijaan ne thoda sa rukhai se jawab diya,

"Rahim, haan. Tumne bilkul sahi suna. Aur itna hairan hone wali kya baat hai?"

Rahim thoda ghabra gaya, ***"Nahi... woh main bas..."*** Uske lafz uski zubaan par atak gaye.

Us se pehle ke baat aage badhti, **Faiz** mere bhai ne apni kursi se thoda jhuk kar ek sawal pooch liya jo sab ke dil mein tha, lekin kehne ki himmat kisi aur mein nahi thi.

"Dadijaan, kya aapne Roshima se poocha ke kya woh is nikah ke liye tayyar hai?"

"Faiz, kya puch rahe ho?" Meri maa ne thoda sa sakhti ke saath Faiz ko tok diya. Unka lehja waisa tha jaise kisi ne ghar ke bade buzurgon ke faisle par sawaal utha diya ho.

Lekin Faiz chup nahi tha... Woh jaanta tha ke uska sawaal zaroori tha aur sahi bhi.

Faiz Muntaha ko pasand karta tha, lekin mujhse zyada nahi. Woh kabhi khul kar kuch nahi kehta tha, lekin uski nazar hamesha meri khushi par tikki rehti thi. Shayad isi wajah se jab usne mujhe hamesha Muntaha se chidte, taane marte, ya uski baton par naak muh chadate dekha, toh uske dil mein yeh dar bas gaya tha ke main yeh rishte ke liye tayyar hoon bhi ya nahi.

Uska woh sawal sirf ek sawaal nahi tha, woh uska ek andekha, unsuna protective instinct tha, jo har bhai ke andar apni behen ke liye hota hai.

"Nahi ammijaan, main bas puch raha hoon..."

Faiz ne thoda sa jhijhak ke saath jawab diya,

"Roshima meri behen hai, agar woh is rishte se khush nahi hai toh"

Lekin woh apni baat poori kar pata, usse pehle hi Dadijaan ka teekha jawab aaya.

"Toh kya Faiz?" Unka lehja na sirf sakht tha, balki ek hukm sa bhi tha.

"Roshima hamare ghar ki beti hai, aur hamne uske liye jo faisla kiya hai, woh sahi hai. Agar woh abhi khush nahi hai, toh nikah ke baad ho jaayegi. Tumhe kisne haq diya yeh sawaal uthane ka?"

Ghar ke mahaul mein ek sannata sa cha gaya tha. Sab bachpan se dadii jaan ke faislon ko faisla-e-aakhri mante aaye the, aur aaj Faiz ke sawaal ne woh silsila toda tha.

Lekin Daadi rukne waalon mein se nahi thi. Woh apne lafzon mein aur bhi saaf saf bata gayi.

"Main tum sabse puch nahi rahi ke Muntaha ka nikah Roshima se ho ya nahi.

Yeh mera faisla hai aur faisla badalne ka koi sawaal nahi uthta.

Agle saal Muntaha aur Roshima ka nikah hoga. Tareekh bhi jald tay karenge aur sabko bata denge."

Itna keh kar unhone sab par ek nazar daali, aur phir ek aur teer chhoda.

"Aur Faiz... abhi bade zinda hain. Tumse pehle hum jaante hain apne bachon ke liye kya behtar hai. Roshima ki khushi ka hi toh soch kar use padhne diya tha. Aur yeh

bhi toh usse pehle hi bata diya gaya tha ke woh Muntaha ki dulhan banne wali hai."

Yeh sunkar Muntaha meri taraf is nazar se dekhne laga jaise uske liye yeh koi nayi, aur hairaan kar dene wali baat ho.

Daadi jaise uski confusion ko samajh gayi ho, iss liye kehne lagi:

"Sabko nahi bataya gaya tha, kyunki uss waqt batana theek nahi tha.

Lekin ab sab kuch sabke samne hai aur yeh bhi keh rahi hoon ke agle hafte Muntaha aur Roshima ki mangni bhi hogi. Faiz, tum bhai ho Roshima ke ab uski khushi ke liye taiyari mein lag jao."

Daadi ke lafz ek ek kar ke jaise teer ban kar har ek ke seene mein utarte ja rahe the. Sab bade sirf apni nazar jhuka ke baithe reh gaye, jaise unke paas kehne ko kuch bacha hi na ho.

Aur hum... hum toh jaise wahan maujood hoke bhi maujood nahi the.

Dinner table par sabke chehron ke rang jaise ek hi pal mein udh gaye the. Daadi jaan ke us faisle ne aur faiz ke sawal ne na sirf mahaul ko khamosh kiya, balki sabki zubaan se lafz bhi cheen liye. Uske bad na Faiz ne kuch kaha, na maine, na Muntaha ne, na hamare maa-baap ne.

Sirf Daadi jaan thi, jo apne faisle pe musalsal baatein kiye ja rahi thi, aur hum sab sirf unke lafzon mein chup chap gum the.

Sabse zyada rang toh Muntaha aur Rahim ke chehron se uda hua tha. Woh dono aise lag rahe the jaise kisi ne unke dil ke andar kuch ulta-seedha kar diya ho. Koi kuch samajh nahi pa raha tha, kya ho gaya hai, kyu ho gaya hai, aur itna achanak kyun.

Kuch der baad sab log roz ki tarah khamoshi mein apne apne ghar chale gaye. Lekin aaj woh khamoshi roz wali nahi thi. Aaj usmein sawal bhi the, aur jawabon ka bojh bhi.

Main apne kamre mein jaate hi andar se kuch ghutan mehsoos karne lagi. Mujhe bas ek darr sataye ja raha tha.

"Kahin Muntaha ka dobara call na aa jaye".

Aur phir...

Phone ki tone baji.

Dil ek pal ko ruk gaya.

Maine haule se phone uthaya... aur jab screen dekhi to jaan mein jaan aayi.

"Rahim Calling..."

Ek chhoti si muskaan aayi. Shukar tha... iss baar Muntaha nahi tha.

Rahim toh mujhe roz call karta tha, subha ho ya shaam, jab bhi uska dil karta, woh bas mujhse baat karna chahta tha. Kayi baar toh bas ek "hi" kehne ke liye bhi call kar leta tha. Aur aaj… uska call aise lag raha tha jaise kisi ne ek purani saans wapas meri chaati mein bhar di ho.

"Assalamualaikum, Rahim..." Jaise hi maine phone uthaya, apne aadat ke mutabiq salam kiya.

"Walekumassalam." Uski awaaz mein koi naramahat nahi thi.

Seedha sawal tha. ***"Roshima, tum razi ho Muntaha se nikah ke liye?"***

Main ek pal ke liye chok gayi. Na ek "kaisi ho", na "kya kar rahi thi" bas sidha sawal.

"Rahim, kya hua hai tumhe?" Mera lehja ab thoda sakht ho chuka tha.

Yeh woh Rahim nahi lag raha tha jisse main roz ki choti choti baatein share karti thi. Jisse main dadijaan ke taanashahi tareeqon par hans hans ke gossip karti thi.

Usne bina rukhe agla sawal poocha, ***"Toh tumhe pehle se pata tha ke tumhara nikah Muntaha se hone wala hai?"***

Ab mujhe gussa aane laga tha. Yeh sawaal sirf sawaal nahi lag raha tha... jaise uske peeche koi shikwa chhupa tha, koi chot jo mujhe bilkul pasand nahi aa rahi thi.

Maine gusse mein usse jhatak diya:

"Rahim, agar tumhe sirf iss baat par mujhse baat karni hai, toh mujhe tumse kuch bhi kehna nahi hai."

Ek pal ke liye dono taraf khamoshi chhayi rahi.

"Theek hai... main kal baat karta hoon. Raat bhi zyada ho gayi hai... tum sojao."

Uski awaaz mein woh pehle wala dosti bhara comfort nahi tha. Maine bhi call kaat diya aur chup chaap apne bistar par jaakar let gayi. Gussa aur darr dono mere dimag mein tha… par aankhein itni thaki hui thi ke main usi halat mein gehri neend mein so gayi."

Subah-subah Ammijaan ne mujhe uthane ke liye awaz lagayi, ***"Roshima, utho... Sab nashte par tumhara intezaar kar rahe hai. Tumhe university bhi to jana hai. Muntaha ko bhi toh tumhe drop karke office jana hota hai"***

Maine jaise hi Muntaha ka naam suna, ek dum se hosh mein aayi. Aisa laga jaise woh mere darwaze ke us paar khada ho, lekin jab dhyaan se dekha, toh sirf Ammijaan thi.

Unhone jaise hamesha ki tarah bina kuch puche AC band kiya, saare lights jala diye... jaise kehna chahti ho ke *"**Tum toh utho gi nahi jab tak main yeh sab na karun**."*

Lekin aaj mera dil sach mein sirf bistar se chipak kar rehne ka tha.

"Ammijaan, main aaj university nahi jana chahti. Ek din ki chhutti le lun?" maine dheere se kaha.

Unhone meri taraf dekha, jaise meri baat par yaqeen nahi aaya.

"Roshima... theek ho tum? Jab bimar hoti ho tab bhi itni aasani se chhutti nahi leti. Kuch hua hai kya tumhe?"

Woh itni casually pooch rahi thi jaise raat ke dinner table pe kuch hua hi nahi tha. Jaise meri zindagi ka sabse bada faisla sirf ek normal si baat thi.

Main kaise batati Ammijaan ko ke mujhe Muntaha ka aamna saamna nahi karna tha. Kaise keh deti unse ke agar woh mujhse kuch puchh baitha, toh mere paas jawab hoga bhi toh main keh nahi paungi?

Jo kuch mere dil mein hai woh lafzon mein utarna asaan nahi hai. Main jaanti hoon, unke liye yeh sab sirf ek rishta hai, unka hone wala damad, aur unki beti.

Lekin mere liye... Muntaha ek naam nahi, ek jazbat bangaya hai, ek aise ehsaas ka jo ab tak maine qubool bhi nahi kiya tha.

Aur aaj... jab sab kuch saamne rakha ja raha hai, toh mere andar sab kuch toot raha hai.

Kash Sara hoti. Woh hoti toh main sirf uska haath pakad leti, bina kuch bole. Woh meri aankhon mein dekh kar sab samajh jaati. Woh hoti toh mujhe kisi se kuch kehna hi nahi padta.

Lekin woh nahi hai. Aur main akele hoon. Sirf main, mera dil, aur woh ***"Muntaha calling..."*** ka pal — jo mere zehan mein baar baar bajta rehta hai.

Main bohat dari hui thi. Subah ka har lamha mujhe kaatne ko daud raha tha. Jab sab breakfast table par jama hue, toh aaj ka mahol kuch alag tha. Har roz jaise awaazon ka shor hota tha, chammach ki chhan-chhan aur dadijaan ke daantne ki gunj hoti thi, aaj sab kuch *bejaan* lag raha tha.

Kisike muh se ek lafz tak nahi nikal raha tha. Phir achanak dadijaan ne sabke chehre ghoorte hue kaha,

"Aisa kya hua hai sabko? Zabanon pe taale kyu lage hain sabke? Aur Rahim... Rahim kahan hai? Nazar nahi aa raha."

Tabhi sabko realise hua — Rahim apni kursi par nahi tha. Tayiammi, yani Rahim ki maa, ne halka sa muskara kar keh diya,

"Rahim ko kal raat se bukhar hai. Woh aaram kar raha hai. Uske liye soup kamre mein bhej diya hai, Ammijaan."

Dadijaan ne turant react kiya ***"Aise kaise achanak bukhar ho gaya? Raat tak toh theek tha woh. Bolo usse, mere paas aaye. Main paani dam karti hoon, phook deti hoon. Ek din mein theek ho jayega."***

"Ji ammijaan, keh dungi." Tayi ammi ne jawab toh diya, lekin unke chehre ka rang bilkul feeka pad gaya tha. Aise lag raha tha jaise woh kuch chhupa rahi ho.

"Roshima, tum aaj university nahi jaana chahti? Tumhari maa keh rahi thi."

Dadijaan ka yeh sawal sunkar meri saans ruk gayi.

Maine turant Ammijaan ki taraf dekha, aankhon hi aankhon mein unse pooch liya, ***"Yeh baat aapne Dadijaan ko kyu batayi?"*** Lekin Ammijaan ne apne chehre se keh diya ke zaruri tha bolna. Kya woh har baat dadijaan se kaha karti thi.

Mera dadijaan ko jawab dena toh zaroori tha. Main jhijhakti hui, thodi si muskurahat laate hue boli, ***"Nahi Dadijaan, woh... Rahim jaise mujhe bhi bukhar sa lag raha tha. Toh maine socha ek din chhutti le lun. Lekin ab theek mehsoos ho raha hai, main chale jaungi. Padhai mere liye zyada important hai."***

Dadijaan ne mujhe sar se pair tak dekha aur phir usual authoritative andaaz mein boli, ***"Haan, utni kharab toh nahi lag rahi tumhari tabiyat. Apni padhai ko kabhi halke mein mat lena jaise tumhara hone wala shauhar chahta hai."***

Yeh sunkar Muntaha ka haath se chammach phisla kar gir gaya aur woh zor zor se khansne laga. Uska choke hona itna sudden tha ke sab ek pal ko uski taraf mud gaye. Yeh dadijaan ko kya hogaya hai woh toh aise casually keh jati hai ke jaise woh Muntaha mera shauhar ban chuka ho. Mera chehra sharm se laal ho gaya, maine apni nazar jhuka li.

Ammijaan ne turant paani ka glass uthaya aur Muntaha ko pilane lagi. Aur Muntaha ke ammi uski peet thap thapane lagi. Kuch der baad Muntaha sambhal gaya, usne paani piya, aankhon mein se bechaini mitaane ki koshish ki... aur phir woh ghadi bhi aa hi gayi, jab main aur woh university ke liye nikle.

Ghar ke sab members apni apni duniya mein the... lekin main aur Muntaha apni ek lamhe mein atak gaye the. Ab mujhe us ek shaks ke saath ek confined car mein baithna tha.

Itne din se yeh jaante hue ke woh mera hone wala shauhar hai, kabhi darr nahi laga tha usse.

Par kal raat, jo kuch hua, uske baad mera dil ajeeib tarah se ghabrane laga. Aisa lag raha tha jaise koi tufaan mere jawab ka intezaar kar raha ho.

Jaise uske paas mere liye sawalon ke teer ready ho, bas unhe chhodne ka waqt dekh raha ho.

Aur ab mujhe uske samne seedha baithna tha. Na koi screen ka parda, na koi aur rishte ka buffer. Bas main... aur woh...

Hamesha Muntaha mujhe bike pe leke jaata tha.

Use bike chalane ka shauk tha... aur mujhe uski bike par baithna, hawaon ko cheerna, thoda sa filmy lagta tha, par abhe bhi lagta tha jaise hawa mein udhne lagte the hum.

Lekin aaj woh car leke aaya. Mujhe thoda ajeeb laga. Na usne kuch kaha, na maine.

Main chupchaap car ki pichli seat ki taraf badhne lagi, jaise hamesha ki aadat ho...

Tabhi Tayiammi ne mujhe rok diya.

"Arey Roshima, tum piche kyun baith rahi ho? Muntaha tumhara driver thodi hai... woh tumhara hone wala shauhar hai. Samne baitho."

Unke lafzon mein mohabbat aur *muskurahat* thi, lekin mere dil mein ek *hulchul* si mach gayi. Maa bhi muskurane lagi. Lekin mujhe samajh nahi aaya ke woh *sharma rahi thi* ya *raazi ho chuki thi* ke ab unki beti kisi aur ki amanat ban gayi hai.

Main kuch keh nahi paayi. Shayad keh bhi nahi sakti thi. Mujhe yeh rawayya ajeeb lag raha tha jaise meri raza mandi ka koi matlab hi nahi tha.

Maine bohat gharon mein dekha hai ladkiyaan shadi ke baad bhi apne soharon se aankh milaane mein hichkichati hain... Aur yahan meri mangni bhi nahi hui thi. Lekin sab mujhe ***Muntaha ki biwi*** maan chuke the.

Maine sirf sar hilaya, aur chupchaap jaake Muntaha ke bagal wali seat par baith gayi.

Pehli baar nahi tha yeh. Main uske bagal mein kai baar baithi hoon, Bike pe, car mein, hansi mazaak mein, gusse mein... Lekin aaj kuch alag tha.

Jaise meri har purani aadat ek nayi hichkichahat ban gayi ho. Maine apna sar Seedha *window* ki taraf teek diya. Shayad isliye nahi ke main Muntaha ki taraf dekhna nahi chahti thi, Balki isliye ke main uski taraf *dekh nahi sakti thi.*

"Khuda Hafiz. Hifazat se jaana."

Hamari maaon ki duaon ki aawaz peechhe se aayi. Humne sirf halka sa sar hilaya, Na aankh milaayi, na muskurahat di.

Car start hui.

Muntaha ek bohat safe driver tha. Woh aksar ghar per har kisi ke liye drive karta tha. Dadijaan jab bhi kahin bahar jaat toh Muntaha ko he kaha karti thi unke liye car drive karne ke liye.

Usne na kabhi rash chalayaa, na kabhi kisi ko pareshani hui, chahe bike ho ya car...

Uske saath baith kar kabhi darr nahi laga. Main kitna bhi deny karu lekin kahin na kahin Muntaha ke sath main safe mehsus karti thi.

Lekin aaj...

Uske bagal mein baith ke, mujhe pehli baar apne hi dil se darr lag raha tha.

Main bilkul khamosh thi. Apni side ki window se bahar dekh rahi thi, Lekin na nazar kisi cheez par tik rahi thi, Na soch kisi raaste par chal rahi thi.

Mera dil zor zor se dhadak raha tha. Aisa lag raha tha jaise *meri saans meri apni dushman ban gayi ho*. Agar road par itna shor na hota... toh shayad Muntaha ko mere dil ki dhadkan bhi sunayi deti.

Main bina pani piye,

bina kuch khaye,

sirf apne emotions nigle ja rahi thi.

Ek ek lamha — bhari bhari sa.

Aur main — uss bhar ko chehre par nahi laane ki poori koshish mein thi.

Tabhi Muntaha ki awaaz aayi, ***"Tum theek ho? Itni dari hui kyun lag rahi ho?"***

Uski awaaz mein na jaane kya tha. Ek *fikar*.. Ek *masoomiyat*.. Ya sirf ek *zabardasti ki himmat*... Lekin yeh woh sawal nahi tha, jiska main darr lekar baithi thi.

Jaise hi uska sawal mere kaanon tak pohancha, maine bas halka sa sar hila diya, ek jhoot... lekin zarurat ka jhoot.
"Main theek hoon."

Muntaha ne meri taraf dekha, uske chehre par fikar ka saaya tha, aur uski aankhen, jaise meri rooh tak jhaank rahi thi.

"Nahi, tum theek nahi lag rahi ho." Uski awaaz mein wo narmi thi jo sirf kisi apne ki hoti hai.

"Tum kaanp rahi ho... tumhe bukhaar tha na subha? Chalo, main tumhe doctor ke paas le jaata hoon."

Uski fikar sach thi. Woh gussa nahi tha, curious nahi tha, sirf fikarmand tha. Par mujhe samajh nahi aaraha tha, ke main uske concern mein apnapan dhoondhu, ya us apnapan se aur zyada toot jaun.

Maine aakhir zaban kholi, ***"Nahi... main theek hoon. Bas thoda..."***

Mere lafz hawa mein atak gaye. Jaise mere dil ne meri zaban pakad li ho.

"Bas thoda kya, Roshima?" Muntaha ne sabra se poocha, aur apni gaadi ki raftaar dheemi kar di. Uski aankhen ab sadak par nahi, mere chehre ke expressions par tik gayi thi.

"Woh... bas thoda sar dard ho raha hai mujhe."

Maine jaldi se jawab de diya, itni jaldi ke jaise kisi aur sawaal se bachne ke liye lafzon ka hawa mein deewar khadi kar di ho.

Woh khamosh hogaya… aur main bhi. Gaadi mein ek aisi khamoshi thi jo shor se bhi zyada bhaari thi. Kuch der baad maine mehsoos kiya ke hum university ke raste par nahi ja rahe.

Mera dil zor zor se dhadakne laga. Mujhe samajh hi nahi aa raha tha ke kya poochun, kya kahun... kuch kahun bhi ya nahi.

Main palat kar Muntaha se poochne ki himmat nahi kar paayi. Bas seat belt kas kar, apne darr ke sath chup chaap baithi rahi, meri ungliyaan mere goud mein kaanp rahi thi.

Kuch waqt ke baad Muntaha ne gaadi rok di. Aur jab maine sheesha se baahar dekha, toh hum hamare family doctor ke clinic ke saamne the.

Main clinic ki taraf dekhti reh gayi. Muntaha ne bina kuch kahe seatbelt khola apne side se utar kar mere side pe aya aur meri taraf aake gaadi ka darwaza khola. Maine uski taraf dekha, uski aankhon mein kuch ajeeb si baat nazar ayi mujhe, na gussa, na narazgi, na mohabbat… bas ek gehri sonch… Bus ek fikar lag rahi thi uski ankhon mein ***"Kya hum yahan kisi checkup ke liye aaye hain?"*** maine finally himmat karke pucha, meri awaaz itni halki thi jaise koi aur sun na le.

Muntaha ne meri taraf dekha, phir zyada kuch kahe bina sirf itna kaha:

"Chalo, andar chalte hain."

Main uske peeche chalne lagi, mere kadam halkay the, lekin dil bhaari. Har kadam par lag raha tha ke main ek katputli hun jiski dor dadijaan aur Muntaha ke haton mein hai.

Clinic ka reception ka temperature thanda tha, ek madham AC ki awaaz, aur saamne receptionist ne sirf ek baar sir uthakar hume dekha.

Muntaha ne receptionist se kaha, ***"Doctor se kehna ke Muntaha Qadri aaye hain."*** Receptionist ne sir hilaaya aur andar chali gayi.

"Main theek hoon... aap mujhe yahan kyu laaye hain?" Maine halki jhijhak ke saath Muntaha se poocha.

"Tum mujhe theek nahi lag rahi ho. Ek baar check-up karwa lo... mujhe bhi sukoon milega," Woh bohot narmi se bola aur mujhe waiting area tak le aaya. Hum dono wahaan baith gaye.

Thodi der baad receptionist wapas aayi aur kehne lagi, ***"20 minute ke baad aapki baari hai. Abhi ek patient andar hain."*** Muntaha ne bas sir hila diya, aur hum dono woh 20 minute khamoshi mein bitane lage.

Main uske paas baithi thi lekin dil se kahin door jaakar baith jana chahti thi. Uss 20 minute ke intezaar mein har second mujhe ek saal jaisa lag raha tha. Main bas apni ungliyon se apni chadar ke kone ko lapet rahi thi. Kabhi apna phone dekhti, kabhi clock, aur kabhi uss shakhs ko jiske chehre par aaj main kuch samajh nahi pa rahi thi.

Muntaha aankhon se mujhe observe kar raha tha. Jaise har pal meri halat ko samajhne ki koshish kar raha ho. Uski nazar meri maang tak jaati, meri aankhon mein rukti aur phir kisi anjaane sawal mein kho jaati.

"Tum tension le rahi ho?" usne dheere se pucha.

Main ne uski taraf dekha aur sar hilaya aur kaha ***"Nahi."***

Usne halki si muskurahat di, woh wali jo na sach hoti hai na jhooth, bas sirf silence todne ke liye hoti hai. Phir achanak usne kaha, ***"Main janta hoon, tumhe achanak se sab kuch bohot zyada lag raha hai."***

Main kuch keh nahi paayi. Kyunke agar main kuch bolti, toh meri aankhon mein jo aansuon ka samandar tha woh beh jaata. Aur main yeh nahi chahti thi ke woh mujhe kamzor samjhe.

Akhir kar yeh 20 minutes khatam hue, Receptionist ne hume bulaya aur Muntaha apni jagah se khada hua, mujhe dekha aur kaha ***"Chalo?"***

Main dheere se uske peeche ho li aur andar doctor ke cabin mein chali gayi. Dr. Ayesha hamari purani jaan-pehchaan ki doctor thi. Woh aur unke husband Dr. Khaleel, dono ek hi hospital mein kaam karte the aur saath hi yeh chhota sa clinic bhi chalate the. Jab bhi ghar mein kisi ko kuch bhi takleef hoti, toh hum sab yahin aate the ya phir Dr. Ayesha ya Dr. Khaleel hamare ghar par bhi visit karte.

Unhone hume dekhte hi muskurahat ke saath salaam kiya, ***"Assalamualaikum,"*** aur hum dono ne ek saath mein jawab diya,

"Wa Alaikumassalam, Doctor Sahiba."

"Kaise aana hua aaj aap dono ka? Roshima, tumhe dekh kar lag raha hai ke tum thoda bimar ho, isiliye Muntaha tumhe yahan le aaya, hai na?"

Phir halki si muskurahat ke saath woh apni kursi se uth gayin aur mujhe gale laga liya.

"Chalo, accha hua... isi bahaane tum dono ko mubarakbad bhi de doon!" Woh josh mein aakar boli, ***"Bohat, bohat Mubarak ho tum dono ko! Itni khushi hui yeh sunkar ke agle hafte tum dono ki mangni hone wali hai. Abhi thodi der pehle hi Dadijaan ka phone aaya tha, unhone mujhe invite kiya hai tum log ki engagement par."***

Unki aankhon mein asli khushi thi — jaise kisi apne ke liye dil se dua nikal rahi ho.

Main aur Muntaha khamosh reh gaye. Jaise na kuch kehne ka jazba tha, na sunne ka hausla. Doctor Amena ke mubarakbad ke jawab mein hum dono sirf halka sa muskuraye, woh muskurahat jisme shukriya kam aur uljhan zyada thi.

Dr. Ayesha ne mera haath pakda, meri pulse check ki, temperature check kiya, BP machine se mera pressure dekha, aur stethoscope se meri saansein sunne lagi. Kuch der tak mukammal check-up ke baad unhone kaha:

"Muntaha, theek kiya jo ise yahan le aaye. Isse halka sa bukhaar hai, lekin sabse zyada dikkat iska blood pressure

hai, bohat low hai. Isi wajah se isse weakness aur body pain ho raha hai. Main abhi ke liye teen din ki dawa de rahi hoon, lekin sabse zaroori hai iski diet. Isse kuch taqatwar cheezein khilao, proper nutrition do."

Phir unhone prescription Muntaha ke haath mein diya aur muskurakar boli, ***"Tumhe agle hafte tak bilkul theek ho jana hai, Roshima. Jab mangni ki dulhan banogi na, toh bimar nahi lagna chahiye. Apna khayal rakhna."***

Yeh kehkar woh Muntaha se ghar ke haalaat aur Dadijaan ke phone ke baare mein thodi si guftagu karne lagi. Kuch der baad hum "Khuda Hafiz" keh kar wahan se clinic se nikle, aur pharmacy ke paas gaadi rok li. Medicines lene ke baad hum chal pade. Phir Muntaha ne gaadi mere favourite café ke samne rok di. Phir usne khamoshi se car ka door khola, jese us waqt ke liye sirf mujhe khush karna chahta hai.

"Chalo bahar aao," usne narmi se kaha. ***"Hum yahan kyun aaye hain?"*** maine thoda hairani se poocha.

"Tumhe yeh café bohat pasand hai na... chalo, kuch khate hain," usne muskurate hue jawab diya. Phir usne mera haath pakad liya, bina ijazat ke, lekin kisi zarurat ke jaise.

Pehle bhi maine uska aur usne mera haath thama tha, bike pe baithte waqt, ya jab koi achanak si cheez mujhe dara deti thi, ya phir kabhi mujhe sambhalne ke liye. Par aaj... aaj jab usne khud se mera haath thaama... toh ek ajeeb si lehr daud gayi mere jism mein. Jaise kisi ne rooh ko chu liya ho. Jaise kisi ne mujhe mere he andar jagha diya ho, bina kuch kahe… Ajeeb si khushi mere dil mein paida hogayii…

Hum jaise hi café ke andar gaye, Muntaha ne chair kheench kar mujhe baithne ko kaha, aur khud mere saamne wali seat par baith gaya. Thodi der baad waiter aaya aur order lene laga.

"Do cream bun, do egg roll aur do large coffee," Muntaha ne bina mujhse pooche order de diya.

Order sun kar maine thoda tang ho kar kaha, ***"Itna kaun khayega? Mujhe toh bhook bhi nahi lagi hai."***

Yeh sunkar waiter ne pehle mujhe dekha, phir Muntaha ko, jaise kuch samajhne ki koshish kar raha ho. Phir woh order confirm karne ke liye Muntaha ko dekhne laga.

"Aap jayye, aur order leke aayiye," Muntaha ne keh diya, thoda sa strict tone mein.

Phir meri taraf dekh kar muskuraya, ***"Tum kuch nahi khaa paayi toh main khaa lunga."***

Bas, yeh keh kar usne mujhe bilkul chup kara diya.

Woh order dene ke baad apne phone ki screen par jhuk gaya, jaise kisi important message ya post mein ulajh gaya ho. Ungliyaan screen par halki si raftaar se chal rahi thi, lekin chehra bilkul serious tha—na koi muskurahat, na hi koi expression. Aise lag raha tha ke abhi woh kisi aur conversation ke mood mein nahi hai.

Main bhi samajh gayi ke is waqt usse kuch kehna bekaar hoga, toh apni nazar café ke andar ghoomane lagi. Samne ek couple coffee mein biscuit duboke hasa-hasi mein uljha hua tha. Ek kone mein do students notes discuss kar rahe the. Café ke mellow lights aur soft jazz music ka ek alag hi sukoon tha, par mera dil abhi bhi bechain tha aur kahin na kahin ajeeb si satisfaction thi mere andar jo mere andar uthne wale tufan ko thame ja rahi thi. Sirf Muntaha ka mera hath pakadna he kya mere liye kafi tha…

Tabhi...

Phone ring hua.

Mera dil ek pal ke liye ruk sa gaya. Maine jaldi se phone nikala, screen par nazar daali...***"Rahim Calling…"***

Maine kuch der tak sirf phone ki screen ko ghoorti rahi, bell bar bar baj rahi thi, lekin meri ungli us green button tak nahi pahunch rahi thi. Tabhi Muntaha ne mujhe dekha, uski nazar seedha mere phone par gayi. Usne halka sa jhuk kar meri taraf dekha aur pucha:

"Phone kyun nahi utha rahi ho? Kiska call aaya hai?" Jaise hi Muntaha ne sawal kiya, Maine dheere se apna sar uthaya aur uski taraf dekhne lagi, jaise mujhe uska sawal samajh hi nahi aaya ho. Usne thoda aur jhuk kar meri aankhon mein dekha aur fir thoda concern ke sath bola: ***"Kya hua tumhe? Theek toh ho na? Kiska phone tha? Utha kyu nahi rahi ho?"*** Main kuch kehne wali thi, ***"Woh main..."*** bas itna hi nikal payi thi ke usi waqt phone ki ring band ho gayi.

Ab main bilkul blank thi. Jo jawab main dena chahti thi, uski zarurat khatam ho chuki thi. Itne mein waiter hamara order leke aagaya. Table par cream bun, egg roll aur coffee rakhte hi woh chala gaya. Muntaha ne ek nazar mujhe dekha, phir khamoshi se table ki taraf dekha. Uske chehre se lag raha tha ke woh ek aur sawaal ka teer meri taraf bhejne wale hai koi aisi baat jo mujhe fir se bechain kar degi.

Lekin maine uss sawaal ka raasta band karne ke liye turant cream bun utha liya aur khane lagi—jaise kuch suna hi na chahti ho. Jaisi hi ek niwala khatam hota, dusra muh mein chala jata.

Mujhe iss tarah khate dekh Muntaha hairan hua, phir halka sa muskara ke bola:

"Tum toh keh rahi thi ke tumhe bhook nahi hai?"

Main ne sirf sar hilaya aur wapas cream bun pe toot padi, jaise keh rahi hoon,***'haan, jhooth bola tha… lekin ab kuch bolne ka mann nahi hai.'*** Mujhe khate dekh Muntaha ke chehre par ek muskaan agayi, jaise uska bechain dil thoda chain mein aagaya ho. Usne bhi cream bun uthaya aur khane laga.

Hum dono hamesha se bade foodie rahe hai, aur cream bun toh Muntaha ka favourite tha.

Woh ek bite bun ka leta, phir ek sip coffee ki—jaise har chhoti chhoti khushi ko mehsoos karna chahta ho. Mujhe bhi coffee aur cream bun ka yeh combination hamesha se pasand tha.

Aur jaise hi uske saath khana shuru kiya, kuch palon ke liye woh purani comfort waapas agayi…

Woh pal jahan sirf taste hota tha, stress nahi.

Lekin jaise hi mera cream bun khatam hone ko aya, mere andar ek aur hi race shuru ho gayi, ***"ab agar main egg roll na uthaun, toh fir se koi sawaal na puch le."*** Main darr se egg roll uthane lagi. Par sach yeh tha ke mujhe bilkul bhi bhook nahi thi. Sirf uske sawaalon se bachne ke liye main khati ja rahi thi.

Maine egg roll uthaya aur ek chhoti si bite li. Lekin uske baad hi laga ke agar ek aur bite li toh shayad mujhe vomit hojaye. Mere chehre ka rang udd gaya tha. Muntaha ne meri taraf dekha aur bina kuch puche samajh gaya ke main aur nahi kha paungi.

"Tum yeh egg roll mujhe dedo… maine nashta bhi sahi se nahi kiya tha, aur waise bhi bohot bhook lagi hai mujhe. Tum apni coffee finish karlo,"

yeh kehkar usne halke se mere haathon se egg roll le liya.

Woh apna egg roll already kha chuka tha, lekin main jaanti thi, Muntaha ko food waste karna bilkul pasand nahi.

Yeh kuch naya nahi tha, aise hamesha hota tha jab hum gol gappe khane jaate, main excitement mein 3–4 plate order karti thi, aur 2 plates seedhe se nahi khatam kar paati thi. Aur baaki woh bina kuch kahe khatam kar deta tha… aaj bhi usne wahi kiya.

Jab woh mere hisse ka egg roll kha raha tha, main bas uske chehre ko dekhe ja rahi thi. Uski aankhen table par thi, dono haathon mein egg roll tha…aur jab woh bite le raha tha, woh itna cute lag raha tha ke meri nazar uspar se hat hi nahi rahi thi.

Uski badi badi aankhen, lambe aur ghane eyelashes, jaise nazar lag jaye. Woh meri taraf dekh bhi nahi raha tha, lekin main poori shiddat se uski ek ek detail ko mehsoos kar rahi thi.

Uske broad shoulders, uska strong chest, toned biceps jo uske har movement mein nazar aate the. Hum sab cousins' mein sabse lamba bhi woh hi tha.

Roz gym jaata tha, punctual tha, har cheez mein organized. Har weekend horse riding karta, aur uska physique kisi hero se kam nahi tha.

Uska dressing sense, bilkul celebrities' jaisa. Hamesha branded hamesha elegant. Woh sirf quality pe believe karta tha.

Aur uss waqt... pata nahi kyun, ek ajeeb sa crush mehsoos hua mujhe Muntaha par. Ek pal ke liye sab kuch ruk gaya tha…main bas usse dekhti rahi bepanah.

Jaise hi Muntaha ne egg roll khatam kiya, uski aankhen meri aankhon se takra gayi.

Aur ek pal ke liye hum... bas ek dusre ko dekhte reh gaye. Na koi lafz tha, na koi harkat, bas do aankhon ka aapas mein ulajhna tha.

Waqt jaise ruk gaya tha, meri sansain dheemi, dhadkan tez ho gayi. Woh mujhe dekh raha tha… main usse dekh rahi thi. Aur ek dam se mujhe laga... yeh lamha kabhi khatam na ho… Muntaha ka mujhe dekhna mujhe bohat sukun de raha tha.

Muntaha, us pal… mujhe duniya ka sabse khubsurat ladka laga. Uski aankhon mein ek ajeeb si shiddat thi, jaise woh kuch keh raha ho, aur main woh sab kuch bina shabdon ke sun rahi thi.

Phir kahin se kaanch ke tootne ki awaaz aayi aur kuch aise hua jo maine soncha bhi nahi tha. ***Muntaha ne achanak se mujhe ankh mari…***

aur main… Maine jaise ek dum se hosh mein aayi lekin sirf freeze hone ke liye.

"Kya Muntaha ne mujhe ankh mari hai?"

Ek pal ke liye meri saans atak gayi.

"Nahi... nahi, yeh toh meri aankhon ka dhoka hoga."

Maine apna chehra pher liya

"Kya hua tha abhi mere saath?"

"Kya woh lamha waqai tha... ya sirf mera waham?"

"Kya yeh sirf meri feelings hain... ya kuch aur bhi hai jo main samajh nahi pa rahi?" *Main* Isi bechaini thi aur wahan Muntaha ne bill pay kiya laut aya mera hath dobara se thama aur kaha.

"Chalo, chalte hain."

Main abhi tak apni chair par hi baithi thi. Jab uski awaz sunayi di, maine dhire se apna chehra uthaya aur usse dekha. Woh mera hath thame hue tha. Phir se bina meri ijazat ke usne pata nahi kis haq se mera hath pakad rakha tha. Is baar meri nazar pehle jaise nahi thi.

Ab us nazar mein sawal the.

"Kya hua? Kuch aur bhi khana hai tumhe?" Muntaha ne chidate hue mujhse poocha.

"Nahi... aap ne mujhe abhi..." Mere lafz zaban tak aaye, phir wahin atak gaye.

Mera sawal, meri aankhon mein reh gaya, zaban tak aaya hi nahi.

Main bina kuch kahe chair se uth gayi. Muntaha ne phir mera haath thaam liya, ek baar phir... bilkul usi yakin ke sath. Jaise woh chahta ho ke main uske saath khud ko mehfooz mehsoos karun.

Woh mujhe gaadi tak le gaya, door khola, mujhe bithaya, aur khud gentleman ki tarah driving seat pe aakar baith gaya. Par mere andar ek aur hungama macha hua tha. Sirf ek he baat mere dimag mein chal rahi thik. Gaadi start hui... aur mere dil mein sawaal bhi.

"Kya usne mujhe ankh mari thi? Kya woh lamha sach tha ya sirf mere dimaag ka ek dhoka?"

Woh shattered glass ki awaaz, uske saath hamari nazar ka tootna, aur us ankh maarne ka pal, ***"Kya woh sach tha? Ya main sirf us kaanch ke tutne aur logon she bhare mahool mein kuch mehsoos kar baithi thi jo tha hi nahi?"***

Mera dil keh raha tha — *haan, usne ankh mari thi.* Lekin mera dimaag... abhi bhi us baat ko tasdeeq nahi de raha tha.

Kuch der ke baad, jaise he gaadi thoda aage badhi, Muntaha ne phir se roadside pe brake lagayi.

"Ab kya hua?" Maine zara irritate ho kar poocha. ***"Yeh lo..."*** Usne meri taraf ek strip dawai ki badhai. ***"Tumhara 3 din ka course hai poora karna hai."*** Aur uske saath hi pani ki bottle bhi mere haath mein thama di.

Main ne weird faces banate hue dawai kha li, aur Pani Ki bottle wapas kar di.

"Yeh dawai apne bag mein daal lo," Muntaha ne zara chidate hue kaha, ***"Aur haan, teenon din time pe lena. Main Chachi ko bhi bol dunga, tum par toh mujhe bharosa hi***

nahi hai, tumhe tabhi dawai khani hoti hai jab koi samne hota hai."

Uske lafzon mein taana bhi tha, lekin us taane ke peechhe ek chhupi hui fikr bhi thi.

"Ab bolo, ghar jaogi ya university drop kar doon?"

Muntaha ne pucha, steering par halka sa jhukte hue.

"Ghar kyun?" Maine seedha jawab diya.

"Maine dawai le li hai na, I'm good now. Mujhe university chhod dijiye."

Us waqt pata nahi kyu, dil ko ek ajeeb sa khayal aya, ***Shaam ko Muntaha mujhe lene aayega.***

Agar aisa hua... toh main uske saath kuch aur lamhe guzar paungi.

Aise pehle kabhi mehsoos nahi hua tha.

Na itni clarity thi, na itna confusion. Dono jazbat mere dil aur dimag mein jhagda kar rahe the.

University ke gate par gaadi ruki. Muntaha ne bina kuch kahe saamne dekha, aur maine bhi quietly seat belt khola. Jaise hi main door kholke niche utarne lagi, usne kaha: ***"Shaam ko lene aata hoon. Jab tak apna khayal rakhna. Tabiyat theek na lage toh mujhe call karlena"*** Mujhe laga main kuch kahungi, shukriya bolungi, ya smile he kardun... lekin main sirf ***"hmm"*** kehkar university ki taraf chal padhi. Uski gaadi ki awaaz peeche se door hoti gayi, aur mere andar ek ajeeb si khamoshi barhne lagi thi.

Lecture hall mein baithkar main samajhne ki koshish kar rahi thi,

"Yeh waqt badal raha hai ya main khud?" Notebook khuli thi, pen haath mein tha, lekin har page par sirf ek naam likhne ka mann ho raha tha...

"Muntaha."

"Kya ho gaya hai mujhe?" Aaj subha jab ghar se nikli thi, tab toh sab kuch normal tha.

Darr tha... bas yeh darr ke Muntaha mujhse kuch aise sawal na kar baithe jo main sunna nahi chahti thi. humare nikah, mangni... ya meri raza-mandi ko lekar.

Lekin... Aaj usne ek lafz bhi nahi kaha in sab baaton ka. Na kisi chiz ka zikar kiya, na ishaara... Phir bhi, poora din mera itna khayal rakha, jaise main uske liye sab kuch hoon.

Par yeh naya thodi tha..Woh toh hamesha se mera khayal rakhta tha. Har baar jab bimaar hoti thi, woh mere liye medicines laata tha. Jab assignments pending hote the, woh mujhe notes bhejta tha. Aur jab main udaas hoti thi... toh sirf uski awaaz mujhe sambhal deti thi.

"Toh aaj kya naya hai? Kya badal gaya hai? Muntaha nahi, main badal gayi hoon... ya shayad mere jazbaat".

Aaj mera dil padhai mein bilkul bhi nahi lag raha tha. Do baatein mere dimag mein baar baar ghoom rahi thi. Ek toh, Muntaha ne us raat mujhe call kyu kiya tha... aur dusri, aaj usne mujhe waqai ankh mari thi ya main sirf mehsoos kar baithi thi."

Muntaha ka Nazariya (POV)

"Yeh ladki bhi na... bilkul apna khayal nahi rakhti. Muh tak dawai na le jao tab tak khaati hi nahi. Pata nahi kaise manage karegi poora din low BP mein. Kaise samjhaun ise... Apna khayal rakhegi tabhi toh padh likh payegi, aur kal ko kisi aur ka bhi khayal rakh paayegi."

Lekin aaj kuch alag tha... itni dari dari si lag rahi thi. Kya hua hai ise?

Pehle jaise hassi mazaak, ruthne nakhre karne wali Roshima aaj itni chup, itni bechain si kyun thi?

Mujhe use bohot sambhal kar leke chalna hoga... Roshima ko samajhna padega mujhe, lekin bina use pareshan kiye.

Main gaadi chala raha tha aur usi mein dooba hua tha ke raaste mein Coconut Water ka ek stall dikha, ***"Are haan... yeh toh socha hi nahi. Isse bohot taqat milti hai. Yeh le leta hoon. Wapas jaake ise pilaa dunga."*** Yeh sochkar maine gaadi side mein roki..."

Maine poore family ke liye bhi nariyal le liye. Lekin khas taur par *Roshima* ke liye chaar le liye, taake woh roz ek pile use teen din dawai ka course complete karna hai.

Taqat wali cheezein dekhkar iske chehre pe ajeeb si expression aati hai... jaise aansu rok rahi ho. Lekin junk food ke liye toh jaise *jaan* deti hai yeh ladki! Gol gappe ho, fries ho ya cream bun... bas naam lo aur uski aankhon mein chamak aa jaati hai.

"Itna sensitive dil aur itni zidd bhi hai yeh. Kya karun main is ladki ka" Maine socha, shaam tak rukne ka kya faayda... *Abhi* jaake Roshima ko coconut water de deta hoon, phir seedha office chala jaunga.

Main ne usse call kiya. Teeesri ring pe usne phone utha liya. ***"Ji boliye,"*** uski awaaz mein ek halki si thakan thi.

"Roshima, main aa raha hoon… tum thodi der ke liye niche aaogi?"

Maine poocha, ek natural si baat rakhne ke liye uske samne.

"Haan, aa rahi hoon," usne bina jhijhak ke jawab diya.

"Suno, daudti mat aana… aram se aana, mujhe bhi pohochne mein 10 minute lagenge,"

maine usse pyar se kaha… jaise har baar ki tarah is baar bhi mujhe uske *tezi se bhagte qadam* ka darr tha. kahin gir na jaaye yeh ladki.

Jaise hi university ke gate par pohauncha, main gaadi se utar kar coconut water leke andar gaya. Woh ek corner wali bench pe baithi thi, phone mein kuch scroll kar rahi thi, aur jaise hi hamesha hota hai, muh bana bana ke expressions de rahi thi, bilkul apni duniya mein.

Main wahin ruk gaya. Kuch lamhon ke liye bas use dekhta raha…
"Yaar, yeh itni cute kyu lagti hai", mere dil ne bina ijazat ke keh diya.

Mere chehre pe ek muskurahat khud ba khud agayi.

Uski woh innocence, woh concentrate hokar scroll karna, woh expressions... sab kuch itna real tha. Phir achanak main jhaunka, ***"Oye, hosh mein aaja Muntaha!'*** Apne aap ko samjha kar maine apna sar halka sa jhatka, aur chal diya uski taraf.

"Roshima…" Maine halki si awaz mein pukara. Woh jaise apni duniya mein itni khoi hui thi ke pehle toh suna nahi… phir dheere se usne sir uthaya aur mujhe dekha. Uski aankhon mein ek halki si muskaan thi. Main uske bilkul samne khada tha aur uske liye laaya hua coconut water uske taraf badhaya. ***"Yeh lo doctor ne kaha tha taqat wali cheezein khaya Piya karo,"*** maine kaha, ek halka sa smile ke saath.

Usne coconut water le liya aur mujhe ek ajeeb si nazar se dekhne lagi.

"Kya hua? Aise kyun dekh rahi ho mujhe?" maine pucha, uske expression ko dekhkar.

"Aap... yeh dene ke liye wapas yahan tak aaye ho?" Roshima ne thoda chid kar, thoda hairani se kaha.

"Haan," maine bilkul casually jawab diya.

"Tumhara BP low hai, aur coconut water se energy aayegi. Ab chup-chaap yahan baitho, aur mere saamne poora khatam karo, phir wapas jao." Mera tone pyaar bhara tha, lekin thoda sa dominant bhi… jaise main uske health ke mamle mein compromise karne ke mood mein nahi tha.

"Haan, mujhe laga aap mujhe lene aaye ho…" Roshima ne zara nakhrey ke saath kaha, ***"Aur yeh coconut water mujhe bilkul pasand nahi hai. Mujhe nahi peena!"*** Uski awaaz mein zidd thi, jaise chhoti bacchi jise zabardasti doodh pilaya ja raha ho.

Main mann he mann mein thoda muskuraya, lekin apne tone mein thodi sakhti le aaya,

"Dekho, main tumhe lene toh nahi aaya tha... lekin agar ghar chalna hai toh chalo, main drop kar deta hoon. Apna bag leke aajao."

"Lekin yeh coconut water tumhe peena hi padega. It's not a request, Roshima."

Roshima ne aankhon ko thoda sa chhota karte hue mujhe dekha, jaise keh rahi ho ***"Zyada smart banne ki zarurat nahi hai."***

Phir usne coconut water ki bottle uthayi, jaise kisi jang jeetne ja rahi ho.

"Theek hai, le rahi hoon. Lekin agar mujhe vomit hui na, toh zimmedar sirf aap honge Muntaha Qadri!"

Uska chehra serious tha, lekin uske lafzon mein woh usual Roshima wali drama bhi tha.

Main hansi rok nahi paya.

"Agar vomit hui toh main doosra bhi la dunga. Toh behtar hai healthy chizen peene ki aadat daal lo."

Woh meri baat pe thoda sa hansi, thoda sa gussa hui, aur ek lambi saans le kar coconut water peena shuru kar diya.

"Bohat pyari lag rahi thi woh, jab muh bana-bana ke coconut water pee rahi thi."

Uski har sip ke saath aise expressions aa rahe the jaise zehar pee rahi ho.

Mujhe toh hasi zor se aayi thi, lekin maine mushkil se apni hansi dabayi.

"Agar abhi hans diya, toh pakka ruth jaayegi," maine dil hi dil mein socha.

Jaise-taisey usne coconut water khatam kiiya, phir aankhon mein halka sa gussa le aayi, jaise main uska dushman hoon. ***"Sukun mila ab aapko? Khush ho gaye aap?"*** Uski awaaz mein woh narazgi thi, jo sirf close logon se ki jaati hai. Woh bilkul ruth gayi thi. Main uski baat sunke muskuraya, lekin is baar woh muskurahat zubaan tak nahi, sirf aankhon tak aayi. Us waqt, main bas uski woh chhoti si narazgi mehsoos kar raha tha, aur andar se... khush tha.

"Haan, sukun mila mujhe." Main halka sa muskuraaya, uski aankhon mein dekhte hue.

"Ab tum ghar chal rahi ho, ya class wapas jaogi?"

Maine poori tahammul se usse pucha, jaise main already jaanta hoon ke uska jawab kya hoga.

"Nahi, main nahi jaungi ghar. Main wapas class ja rahi hoon. Aapne mujhe energy ka dose pila diya hai na? Ab kuch nahi hoga din bhar," Roshima ne chidate hue kaha.

"Theek hai, mujhe bhi ab itmenan hai ke tum theek rahogi. Ache se padhai karo. Main shaam mein tumhe lene aata hoon," maine Roshima ko chidate hue kaha.

Woh uth kar tezi se boli, ***"KhudaHafiz. Apna khayal rakhiyega,"*** aur waha se chal di.

Main kuch lamhon tak wahi khada reh gaya. Uske aankhon se ojhal hone tak main use dekhta raha. Dil chah raha tha ke woh ek baar palat kar mujhe dekhe... aur usne waqai palat kar dekha. Ek nazar daali, thoda muh banaya, jaise chid rahi ho, aur phir muskura kar wapas palat gayi apni class ki taraf.

"Yeh ladki... jaise meri rooh ke har kone ko jaanti hai," maine socha, aur mere dil pe ek halki si muskaan chha gayi. Main seedha apni gaadi ki taraf gaya. Gaadi start ki aur nikal gaya, bas yeh sochkar ke shaam mein phir se is nakchadi ladki ko lene aana hai.

Roshima ka Nazariya (POV)

Jab Muntaha ka call aaya, toh maine sirf teen bell mein hi uthaliya. Mujhe pata tha woh aur koi baat nahi karega, bas meri tabiyat puchne ke liye call kiya hoga. Lekin jab usne kaha, ***"Niche aa sakti ho?"*** toh mujhe laga shayad woh mujhe lene aa raha hai. Maine turant apna bag pack kar liya... phir socha, agar woh mujhe lene nahi aaya ho toh? Main bag leke niche gayi toh woh mujhe dekh kar mazaak udayenga.

Isliye main bag toh pack kiya, lekin bina bag ke hi niche chal padhi. Jaldi jaldi neeche utar rahi thi ke tabhi yaad aaya, Muntaha ne toh kaha tha, ***"Aaram se aana, mujhe 10 minute lagenge."***

Main sirf 2 minute mein he niche aa gayi thi. Ab main uska intezaar karne lagi.

Kab aayega woh? yeh sochte sochte maine apna phone nikala aur call history check karne lagi. Tabhi yaad aaya ke Rahim ne bhi toh call kiya tha. Socha, call back kar loon... lekin mann nahi hua.

Phir meri nazar Muntaha Qadri ke naam par padi. Usne bhi toh call kiya tha, jo maine jaan bujhkar nahi uthaya tha. Ab main sirf uska naam dekhte ja rahi thi. Chehre pe ajeeb se expressions aa rahe the, gussa, pyar, chid, sab kuch. Har second mera chehra badal raha tha.

Aur tabhi... Muntaha saamne khada tha. Woh mujhe lene nahi aaya tha, sirf coconut water pilane. Zabardasti mujhe pilaya aur kehke chala gaya ke ***"Shaam mein wapas aaunga."***

Mujhe chid ho rahi thi yeh banda mujhe lene nahi aaya, coconut water pilane aaya hai... aur keh raha hai ***"Ache se padhai karo."*** Are bhai, padhai toh ache se hi karte hain! Bimar hoke bhi toh aayi hoon class mein.

Main chid ke class ki taraf toh nikal gayi thi... lekin jaise hi first floor ke corridor mein pohanchi, toh main ruk gayi. Balcony se neeche dekhne lagi. Muntaha waha abhi bhi tha. Jab tak woh gaadi mein baithkar waha se nikal nahi gaya, meri nazar us par se hati hi nahi.

"Muntaha ke jaane ke baad main class mein toh chale gayi thi, lekin mera dil ab bhi usse rutha hua tha, yeh soch kar ke woh mujhe lene kyun nahi aaya. Aur upar se coconut water bhi koi peelane aata hai bhala?"

Vaise main thoda behtar mehsoos kar rahi thi. I know, Muntaha thoda khadus hai, lekin mera bohot khayal rakhta hai… aur aaj sab kuch alag sa tha. Cafe mein humari nazar ka takrana, ek dusre ko bina palak jhapkaye dekhna, uska mujhe *ankh marna*, jo abhi tak confirm nahi hua ke hua bhi tha ya mera waham tha, yeh sab kuch ek ajeeb si feeling chhod gaya tha.

Phir uska mujhe zabardasti dawa khilana, mere liye coconut water lana… sab kuch. Yeh sab cheezein chhoti si thi shayad, lekin mere liye kisi badi duniya se kam nahi thi. Ajeeb si khushi mehsoos ho rahi thi, jaise dil keh raha ho ke bas wohi lamhe baar baar yaad karti rahun. Jab main aur Muntaha ek dusre ko sirf dekh rahe the.

Main class mein toh baithi thi, lekin mera dhyaan teacher ke board par likhe kisi bhi lafz par nahi tha. Har lafz ke beech Muntaha ka chehra dikhai de raha tha. Kabhi uska muskurana, kabhi woh coffee sip karna, kabhi woh moment jab hum dono ek dusre ki aankhon mein kho gaye the.

"Roshima…?" meri friend Anam ne dheere se meri taraf jhuk kar pucha, ***"Tu theek hai na? Aaj badi khoyi khoyi lag rahi hai."***

Main ek dum se hosh mein aayi, jaise kisi ne neend se jaga diya ho. ***"Haan... haan, main theek hoon."*** Maine jhooti si muskaan ke saath jawab diya.

"Pakka? Subha se dekh rahi hoon tujhe... na usual gussa, na woh tera 'coffee ke bina class nahi hoti' wala dialogue. Sab theek hai na?" Anam ne thoda concern ke saath kaha.

Main bas uski taraf dekhti rahi. Kehne ko toh kuch tha nahi, lekin dil mein tufaan tha. Mujhe laga agar maine abhi kuch kaha toh sab kuch meri aankhon se zahir ho jayega. Isliye bas muskurakar maine kaha:

"Bas... thoda low feel kar rahi hoon. Medicine li hai, thik ho jaungi." Anam ne meri back thapthapayi aur bola, ***"Take it easy. Break mein chalke ek achi si coffee peete hain tujhe acha lagega aur mood fresh ho jayega."***

Main sirf ***"hmm"*** keh kar phir se aage dekhne lagi. Mujhe realise hua ke main padhai par bilkul bhi focus nahi kar pa rahi hoon. Har baar jaise hi notebook kholo, Muntaha ka chehra samne aajaata hai, uska muskurana, ankhon ka woh lamha, aur woh coconut water wala scene.

Maine socha, nahi... bas ab aur nahi. Aaj bimar hokar bhi class attend karne aayi hoon, sirf isiliye ke padhai miss na ho. Mera sapna sirf ek acchi zindagi nahi, ek kamyab zindagi bhi hai aur usmein sabse pehle padhai aati hai.

"Roshima, please... bhool ja. Muntaha ke saath hua har ek scene... uski woh aankh marna, uski care, woh cafe... sab". Maine apne aap se kaha, jaise dil ko samjha rahi hoon. ***"Padhai pe dhyan de. Tu iss waqt class mein hai, Muntaha ke khayalon mein nahi."***

Yeh kehkar maine ek gehri saans li aur board ki taraf dekha. Teacher kuch explain kar rahe the aur maine apni pen uthayi aur is baar genuinely concentrate karne lagi.

Break ki bell baji, aur maine apna pen band kar diya. Kitni mushkil se maine apne dil ko lecture par lagaya tha, lekin ab lagta hai, ek chhoti si break zaroori bhi thi.

Anam meri taraf muskurayi aur bola, ***"Chal, canteen chalte hain."***

Main sirf haan mein sir hila kar uske saath chal padhi.

Canteen ka raasta chhota tha, lekin har kadam ke saath mujhe yeh lag raha tha ke main ghar chali jau. Dil ka bojh halka nahi ho raha tha. Anam ne mujhe dekha aur pucha, ***"Kya hua Roshima? Tabiyat phir se kharab hai kya?"***

Maine sirf halka sa muskurane ki koshish ki, lekin andhar se main thak gayi thi. Us waqt... pata nahi kyu... Sara yaad aagayi.

Woh hoti toh ab tak mujhe zor se gale laga chuki hoti... ***"Roshiii, bas kar drama queen... tujhe kuch nahi hua, tu sirf overthink kar rahi hai."***

Woh yeh kehti aur meri baaton ko leke itna funny bana deti ke main hass hass ke gir jaati.

Aaj agar Sara hoti, toh main use sab kuch bata deti. Usse chhupane ka sawaal he nahi hota. Muntaha ka mujhe coconut water pilana… Uska mujhe aise dekhna… Aur phir woh… aankh marna?

"Sara... mujhe tumhari bohat yaad aa rahi hai yaar." Maine dil hi dil mein kaha.

Anam kuch keh rahi thi, lekin main uski awaaz se zyada un yaadon mein kho gayi thi jahan Sara aur main canteen ki isi table par baitha karte the, ek dusre ke sandwiches chura kar khate hue, aur har cute ladke ko rate karte hue.

Aaj koi mazaak nahi tha. Aaj sirf ek khamoshi thi — jisme main sirf Sara ki hasi suni pa rahi thi. Main canteen mein Anam ke saath table tak toh pohanch gayi thi, lekin meri nazar samne ke ek khaali corner table par jaa tikki…

Wahi table… jahan main aur Sara hamesha baitha karti thi. Wahi jagah… jahan hum zindagi ke har chhoti badi baat pe hansti, rote aur plans banate the. Anam ne mera chehra dekha aur mere chehre ko padhne lagi.

"Tujhe Sara ki yaad aa rahi hai na…" Anam ne dheere se kaha. Main ek dum se uski taraf dekha… thoda hairaan bhi hui aur thoda muskurayi. ***"Tujhe kaise pata?"***

Anam ne ek halka sa saans bhara, ***"Main jaanti hoon… Sara tere liye sirf dost nahi thi, par ek behan jaise thi. Graduation ke time pe tu har jagah usi ke saath hoti thi. Itni gehri dosti chhupti nahi Roshima"***

"Haan yaar… pata nahi aaj kyun itni yaad aa rahi hai uski," maine thoda sa ruka, phir khud hi apne jazbaat sambhalte hue kaha, ***"Khair chhodo… chalo kuch aur baat karte hain."***

Anam ne meri baat badalte hi ek nazar mujhe dekha, phir thoda mischievous andaaz mein boli — ***"Tu hi suna… teri tabiyat theek nahi thi, phir bhi class mein ayi. Aur usse bhi badi baat, poore waqt muskura rahi thi!"*** Usne aankhein thodi si tang karte hue muskurate pucha, ***"Kuch hua hai ya hone wala hai teri zindagi mein?"***

Main uski baat sunke pehle toh bas muskurayi… par phir sochne lagi, kya waaqai kuch hone wala hai? Ya bas dil ka ek naya silsila shuru ho raha hai? Ab main Anam ko kaise batati.

Aaj subah se jo kuch bhi hua tha Muntaha ko lekar, usne mere andar kuch badal diya tha. Jaise dil kisi naye ehsaas ki taraf ja raha ho. Par main yeh sab Anam ke saath share karne ke mood mein nahi thi.

Isliye maine baat ka rukh mod diya, ***"Waise suna kal Rimsha aur Maha ka fir se jhagda ho gaya?"*** Anam turant gossip mode mein aa gayi aur hum dono dusri ladkiyon ke chhoti chhoti baaton mein ulajh gaye.

Break khatam hone wala tha, hum dono uthkar class ki taraf badhne hi wale the ke meri phone ki bell baj gayi. ***"Rahim Calling..."*** Screen pe naam dekhkar jaane kyun, ek ajeeb gussa sa ubhar aya.

Kal raat ki uski baat yaad aa gayi, woh shak bhare sawal, woh leja jo mujhe bilkul pasand nahi aaya tha. ***"Ab kya chahiye isse?"***

Maine phone ko dekha… par uthane ka mann nahi kiya.

Par mujhe pata tha... agar phone nahi uthaya toh yeh baar baar call karega. Isiliye ek gehri saans le kar maine call utha liya.

"Assalamualaikum, Rahim," maine thodi thakawat bhari awaaz mein kaha.

"Wa alaikum assalam. Khairiyat se ho na tum?" Uski awaaz mein fikr tha.

"Ammijaan ne bataya ke breakfast table par tumhari tabiyat kuch theek nahi lag rahi thi."

Rahim ki awaaz mein wohi purana dosti wala concern tha, lekin jaane kyun, ab mujhe usmein halka sa bojh mehsoos hone laga tha. ***"Main theek hoon. Muntaha mujhe Doctor aunty ke paas le gaye the, dawai bhi khayi hai. Coconut water bhi laakar diya tha... ab theek hoon,"*** maine thode rukhe lehje mein jawab diya.

Doosri taraf kuch pal ki khamoshi chhayi rahi, fir Rahim ki awaaz aayi. ***"Oh... mujhe bas tumhari tabiyat puchhni thi, isiliye call kiya tha. Apna khayal rakhna."*** Aur usne bina kuch aur kahe call cut kar diya.

Mujhe samajh nahi aaya, Rahim ka rawayya ajnabiyon jaisa kyu lag raha tha? Kal raat se woh kuch alag hi vyavhaar kar raha tha.

Maine zyada der tak iss baare mein sochna zaruri nahi samjha aur chup chaap class ki taraf badh gayi. Poore din ki thakaan, confusion, aur emotions ke bawajood maine apni class mein puri concentration ke saath padhai ki. Shayad issi mein mann lagana behtar tha. Jaise hi aakhri class khatam hui, main seedha canteen chali gayi aur Muntaha ka intezar karne lagi.

Pehli baar tha jab main itni shiddat se uska intezar kar rahi thi.

Har passing second ke saath mera dil bechain hota ja raha tha... pata nahi kyun, lekin lag raha tha jaise bus woh aajaye, aur main usse dekhlun dil bhar ke. Dil mein ajeeb si khushi thi, ek ajeeb sa sukoon... jise main samajh nahi pa rahi thi.

Main canteen ke kone wali table pe baithi uska wait kar rahi thi, nazar baar baar gate ki taraf jaati. Phir main apne phone mein dekhne lagti, phir ek nazr gate par hoti aur niche mere phone mein jisme main bus scroll kiya ja rahi thi lekin dekh nahi rahi thi. Phir achanak se mere phone ki ghanti baji. Screen par naam tha:

"Abbajaan Calling…" Maine naam dekhte hi call jhat se uthali.

"Assalamualaikum, Abbajaan," Maine adab ke sath salam kiya.

"Walekumassalam meri gudiya... bahar aajao, main tumhara intezaar kar raha hoon," Abbajaan ne apne hamesha ke narmi bhare lehje mein kaha.

Mere dil mein ek dum se udas bhara halkapan mehsoos hua. ***"Ji,"*** main sirf itna hi keh payi lekin us **"Ji"** ke peeche bohot kuch tha…

"Muntaha kyu nahi aaye mujhe lene ke liye?" Mere dimag mein bas yahi sawaal ghoom rahe the. ***"Kya woh mujhse naraaz hai? Kya main kuch zyada rude ho gayi thi unke sath aaj?"***

Gaadi start ho chuki thi. *Abbajaan* silently drive kar rahe the, aur main khamoshi se khidki ke bahar dekh rahi thi… lekin andar andhiyaara sa macha hua tha. Tabhi Abbajaan ka phone baja.

Unhone phone ko car ke speaker par connect kar diya.

"Bolo Muntaha bete," unka lehja soft tha. Mera dil ek pal ke liye ruk gaya. Muntaha ka call.

"Assalamualaikum Chachu," Muntaha ki awaaz car ke andar gunj rahi thi.

"Maine isliye call kiya hai ke Roshima se aap pooch lena... usne dopahar ki dawai li ya nahi."

Meri aankhen sharam se jhuk gayi.

Yeh Muntaha... mere Abbajaan ke saamne... mere tablets ka zikr kaise kar sakte hai.?

Oh Khuda!

Mujhe samajh nahi aaya ke *gussa karun, sharminda ho jaun ya... bas muskura ke reh jaun?*

"Roshima?" Abbajaan ne meri taraf dekha, ***"Kha li thi dawai dopahar ki?"*** *Speaker on tha. Mujhe pata tha Muntaha sun raha hai.*

Main halki si awaaz mein kaha,

"Haan Abbajaan... break mein hi kha li thi."

Gaadi ke andar ek pal ke liye sirf silence tha.

Lekin us khamoshi mein bhi ek khayal tha — Koi toh tha jo mere break ke waqt bhi meri dawaiyon ka khayal rakh raha tha.

"Yeh Muntaha ka bacha... itna bold hai ke mere Abbajaan se bhi nahi ghabrata?"

Mujhe samajh nahi aata, isse darr nahi lagta kya?"

Aur mere gharwale... itna linient kaise ho gaye hain iske saath.

Main yahan sharam se doob marne wali hoon, aur yeh dono aaram se meri dawaiyon ka status exchange kar rahe hain. ***"Unbelievable!"***

Abbajaan ne pyaar se meri taraf dekha, unki awaaz mein halke se *fikar* thi,

"Muntaha ne bataya tum thodi behaal thi... doctor ke paas bhi le gaya tha... Achanak se itna low kyun hogaya tumhara BP meri jaan?"

Unka lehja naram tha, par usme woh *baap wali chinta* thi. Main ne aankhen jhukai aur dheere se kaha, ***"Pata nahi Abbajaan... thodi raat mein padhai zyada kar li thi... aur neend bhi poori nahi hui... shayad isiliye..."***

Jhoot toh nahi tha... par poora sach bhi nahi tha.

Abbajaan ke samne toh bahana bana diya… lekin asal wajah Muntaha tha. Kal raat uska call, dinner par hamari shadi aur mangni ka announcement sabki baatein…Rahim ka behaviour sab kuch dimag mein ghoom raha tha.

Abbajaan ne pyar se mere sar par haath rakha aur bole, ***"Meri shehzaadi, kuch khaogi tum?"***

Ek pal ke liye mann kiya keh dun, ***"haan,"***

Lekin phir socha, Abbajaan ke saath baith kar khaana... pata nahi kyun, aaj awkward lagega.

Main halke se muskuraayi aur kaha,

"Nahi Abbajaan, dawai lene se pehle canteen mein thoda kha liya tha. Ab bhook nahi hai."

Kuch hi der mein hum ghar pahunch gaye. Abbajaan waise bhi Muntaha ke muqable zyada fast drive karte the.Muntaha toh hamesha araam se, sambhal ke gaadi chalata hai... jaise har turn usse mehsoos ho.

Main quietly car se utri aur seedha apne ghar ki taraf chali gayi. *As always,* mujhe maloom tha Ammijaan toh abhi bhi Muntaha ke ghar mein hongi. Unka wahi roz ka routine hai.

Main apne kamre mein chali gayi aur fresh hone lagi… Lekin mere dimag mein ek hi khayal baar-baar ghoom raha tha, ***"Muntaha mujhe lene kyu nahi aaya?"***

Pehle bhi 2-3 baar aisa hua tha jab Abbajaan mujhe lene aaye tha, lekin woh tab jab Muntaha kisi trip par hota ya out of city jaata.

Toh kya ab bhi woh out of city hai?

Ya phir… who mujhe lene he nahi ana chahta tha aaj?

Kya main usse text kar sakti hoon?

Nahi... nahi, kya sochenga woh?

Kisise pooch bhi nahi sakti… kaise puchun? kis bahane se?

Mere andar ek bechaini si chha gayi thi.

Jaise koi baat anjaani ho, par dil usse mehsoos kar raha ho. Maine himmat karke apna phone uthaya. Socha... *ek message bhej doon Muntaha ko... bus ek choti si baat...*

Jaise hi maine uska chat box open kiya, meri saansen rukh gayi.

Already do messages aaye hue the uske. Aur main ne dekhe bhi nahi tha ab tak.

Message from Muntaha Qadri (3:00 PM)

"Roshima, apni dawai kha lena aur usse pehle kuch acha sa healthy khana khana. Chips ya juice peekar dawai mat khana, tumhe nausea feel hoga. Apna khayal rakhna."

Message from Muntaha Qadri (5:30 PM)

"Roshima, main aaj tumhe lene nahi aaraha hun. Chachu aayenge. Apna khayal rakhna."

Mera dil ek dum se bhaari ho gaya.

"Yeh messages maine pehle kyu nahi dekhe?!"

Ya Khuda… maine pehle kyun nahi dekha... main reply karti na...

Muntaha... woh toh itna soch kar, fikr kar ke mujhe likh raha tha… Aur main... main khud se hi uljhi rahi. Main uske jazbaat tak nahi pahuch paayi.

"Ab woh mere baare mein kya soch raha hoga?

Shayad yeh ki main ignore kar rahi hoon?

Ya phir... main rude ho gayi hoon?"

Jab woh itna apna ban gaya hai, toh main uski apnayat ka jawab kyu nahi de paayi... Phone mere haathon mein tha…Lekin reply karne ke liye lafz tak nahi mil rahe the...

Main screen ko dekhti rahi... Us chat box ko ghoorti rahi... Main message likhne lagi…

Typing... "Lekin kya likhun?" "Sorry? Thanks? Ya bas kuch casual?"

Main ne phone ki screen pe likha: ***"Thank you Muntaha... aur sorry... messages late dekhe. Main theek hoon ab."***

Phir kuch sochkar woh bhi delete kar diya.

Phir likha: ***"Apka message ab dekha... dawai leli thi. Thank you."***

Message sent. **Blue ticks lage...** Lekin reply nahi aaya. Aur main, apni saansen rok kar, phone ki screen ko ghoorti rahi...

Phir Muntaha ka reply aya. ***"Okay."*** Bus itna... Muntaha ne bas ***"Okay"*** likh kar bhej diya. Mujhe laga, kam se kam ek line aur likhega…

"It's alright"

"Take care"

"No worries"

Kuch bhi likhta… Lekin nahi, ***SIRF OKAY.***

Mere haath mein phone tha, lekin dil mein **gussa** bhar gaya. ***"Woh kaun hota hai mujhse is tarah baat karne wala?" "Theek hai galti meri thi, maine late dekha message... par reply toh kiya na!"***

Main andar hi andar jhalne lagi thi. Aur ab mujhe kuch kehna tha... lekin keh bhi nahi pa rahi thi. Zubaan chup thi... Par dil cheekh raha tha — ***"Muntaha, tum rude ho. Bohat rude!"***

Phir maine phone side mein rakh diya. Thoda waqt khud se baat karne ka tha.

Par us ***"Okay"*** ne mere din ka mood bilkul bigaad diya tha.

Muntaha ka Nazariya (POV)

Mobile screen pe Roshima ka message flash hua, ***"Aapka message ab dekha... dawai le li thi. Thank you."*** Main us message ko teen baar padh chuka tha... Aur phir bhi sirf ek lafz bheja, ***"Okay."***

Haan sirf ***"Okay"***

Kyun?

Kyunki mujhe *bohot kuch* kehna tha... Par main keh nahi paya. Mera dil keh raha tha —

"It's okay, Roshima. Tumhara khayal rakhna mera farz hai."

"Mujhe bura nahi laga."

"Tumne message bheja, mere liye wahi kaafi hai."

Lekin main... Apne aap pe gussa tha. Kyu main usse itni ahmiyat dera hoon. Aur sabse badi baat, main *confused* tha. Jo uski aankhon mein aaj maine dekha, Jo café mein hua...Woh mera usse ***ankh marne wala lamha...***

Pata nahi woh mere bare mein kya soch rahi hogi. Bechari chup si ho gayi thi uske baad.

Main toh sirf ek shararat kar raha tha...Mujhe laga woh react karegi, hans degi, chid jaayegi ya kuch chid chidate mujhe sunayegi. Lekin usne kuch nahi kaha. Aur main... Tab se bohot kuch mehsoos karne laga hoon.

Kya usne bhi mehsoos kiya hoga...? Ya sirf main hi... overthink kar raha hoon?

Isiliye sirf "**Okay**" likha. Ek lafz mein sab kuch keh diya... Aur kuch bhi nahi. Maine Phone side rakha... Toh dil bhar aaya. Shayad usne meri coldness mehsoos ki ho.

"Main kya kar raha hoon, yaar..." Maine apne baalon mein haath pherliye, Thoda messy kiya jaise tension nikal jaaye... Phir phone uthaya...

Screen pe Roshima ka naam dikh raha tha.. Aur dil fir se pighalne laga...

Kal raat dinner table par bhi hamari nazar takraayi thi... Tab se achanak pata nahi mere sath kya ho raha hai. Hamare ghar walon ne hamare nikah ki baat tay kar di, aur mangni ki tareekh bhi fix kar di... *Hamare samne, Hamare bina kuch kahe.*

Aur hum dono... Sirf chup chaap baithe sunte reh gaye.

Mujhe samajh hi nahi aa raha tha ke main kya kahun. Kisi ne mujhse poocha bhi nahi.

Kya main razi hoon? Kya main tayar hoon shaadi ke liye?

Aisa nahi tha ke main Roshima se shaadi nahi karunga. Lekin...

Bas itna toh chahiye tha. Ek baar pooch lete. Roshima ki razamandi bhi mere liye important hai.

Woh sirf meri hone wali biwi nahi... Woh meri zimmedari hai. Aur hum kaise bina soche samjhe Ek aise bandhan mein bandhne ja rahe hain Jisme zindagi bhar ka safar tay karna hota hai?

Dadijaan ne kaha tha...

"Main Roshima se pehle hi baat kar chuki hoon"." Pehle? Kab? Kaise? Kyun mujhse nahi pucha?"

Main toh hamesha unka chaheta raha hoon... **Bachpan se.** Jo kaha, bas maan liya. Unka har faisla mere liye hukum tha. Woh ek baar keh deti thi, main ek baar sochta bhi nahi tha.

Lekin aaj… jab yeh suna ke meri mangni fix ho chuki hai, aur main usme bas ek hissa banne ja raha hoon shayad main unke liye bas ek misaal hoon, insaan nahi.

Ya phir... shayad unhe mujhpe itna yakeen hai ke jo bhi kahengi, main aankhen band karke maan jaunga. Shayad unka bharosa tha... lekin mujhe laga, mera apna faisla, meri apni soch, sab bekaar hai.

"Aur Roshima? Kya usse yeh sab pehle se pata tha? Agar tha,toh usne mujhse kuch kaha kyun nahi?" dimag mein bus yehi sawal chal rahe the.

"Par phir... kya keh sakti thi woh? Kaise keh pati? Kya woh bhi meri tarah is faisle ke samne sirf khamosh thi?" Dil mein hazar khayal aa rahe the.

Usse na gussa hai, na shikwa, na koi shikayat. Woh aisi ladki hai hi nahi. Masoom, thodi si seedhi. Lafz kabhi kabhi uski zaban tak aate hi nahi. Shayad isi liye kal raat main usse baat karna chahta tha... uski razamandi janna chahta tha. Jab woh andar gayi thi, kapde badalne…main usi waqt usse call kiya tha. Lekin... usne call uthaya hi nahi.

Aur phir woh... pagli kahin ki…dadi ke saamne kehne bhi wali thi ke main usse call kar raha tha. Agar main us waqt na tokta… toh sabke saamne keh deti. Akal naam ki cheez hi nahi hai uske paas.

Lekin...

Mere liye uska khubsurat Dil kaafi hai. Main Dadijaan se bohot mohabbat karta hoon.

Woh meri zindagi ki pehli mohabbat hain, bachpan se unhone jo kaha, usi ko sach maana, usi ko qubool kiya.

Aur agar unka faisla yeh hai ke mera nikah Roshima se ho — toh main piche nahi hatunga.

Woh mere liye sirf ek faisla nahi, ek dua hai.

Lekin…

Roshima... uski razaamandi bhi toh zaroori hai. Main kaise jee sakta hoon uske saath, agar uske dil mein mere liye... kuch bhi na ho toh?

Main usse poochna chahta hoon, Par... kaise poochun? Jab bhi uske samne kuch kehna chahta hoon, zuban jaise seene mein simat jaati hai. Dil dhadakne lagta hai.

Woh itni masoom hai…kya pata usne meri harqat ko galat samjha ho. Woh ankh maarna bhi...bas ek mazak tha. Par us lamhe mein, main uski ankhon mein kuch dekh gaya tha... kuch alag. Jaise uske dil mein mere liye zara si jagah hai.

Uske lamhe ke baad se woh thodi alag ho gayi hai. Na naraz hai, na khush… bus khamosh si hai. Aur uski khamoshi mujhe todti ja rahi hai. Woh ajeeb si nazar se mujhe dekhti hai, jaise main uske dil ka ek sawal ban gaya hoon.

Mujhe darr lagta hai... kahin uske dil mein koi aur na ho, kahin yeh sab sirf mere dil ka dhoka na ho. Bus ek baar woh khud keh de ke woh raazi hai, mere liye wahi kafi hoga.

"Maine uski aankhon mein... mere liye kuch toh dekha tha." Kuch tha... jo lafzon mein nahi tha. Woh silsila, woh khamoshi... sirf do dil samajh sakte the.

Par main phir bhi... uski aankhon ke imtihaan par yakeen nahi kar sakta. Mujhe uski zabaan se sunna hai, ek baar, sirf ek baar.

"Roshima, kya tum tayyar ho... mere saath zindagi guzaarne ke liye?" Main yeh sawal usse puchna chahta hoon, khule alfazon mein, seedhi aankhon mein dekh kar. Par har baar... ya toh waqt saath nahi deta, ya himmat mera saath chhod deti hai.

Aaj bhi...maine irada kiya tha —usse milun, usse puchun. Lekin qismat ko kuch aur manzoor tha. Ek urgent kaam aagaya, mujhe city se bahar aana padgaya. Main ab agle hafte hi wapas jane wala hoon... Aur usi ke agle din hamari *mangni* hai.

"Mangni! Haan yaar Muntaha Mangni hai teri Roshima ke sath" Mera dil bar bar mujhe yehi baat yaad dila raha tha. Aur ab mujhe Roshima se uski razamandi ka jawab lena hai par call pe kaise.. Call pe... jahan uski aankhon ka rang nahi dekh sakta, uski saans ki halchal mehsoos nahi kar sakta, na hi uski khamoshi ko samajh sakta hoon.

Aaj subah... kitne lamhe the mere paas, Clinic ke waiting area mein, Cafe mein uska haath pakadte waqt,Ya jab woh mujhe aankhon se... *shayad* kuch keh rahi thi. Par main chook gaya. Main usse yeh ek sawal nahi puch paya.

"Kya tum bhi yeh sab chahti ho, Roshima?"

Kya woh tayyar hai... mera humsafar banne ke liye?

Mujhe lagta hai main confident hoon lekin Roshima ke samne aata hoon toh.. yeh ladki mujhe nervous kar deti hai.Apni masoomiyat se, aur apni har us harqat sejo mujhe bechain bhi karti hai... aur shant bhi aur hasati hai. Kabhi serious nahi rehne deti.

Roshima... Tum samajh bhi nahi sakti ***tumhari ek "haan" se meri saari dunia theek ho sakti hai...*** Aur tumhari khamoshi... mujhe raat bhar jagaa rahi hai.

Main doosre sheher mein apna kaam nipta kar hotel ke room mein laut aaya tha. Fresh hone ke baad dinner order kiya, TV on kiya, lekin mera dhyan us screen par nahi, us ghar par tha jahan iss waqt pakka sab dinner table par baithe honge.

Mujhe yeh tasveer dikh rahi thi aankhon ke samne, Roshima chup chaap baithi hogi, aur Dadijaan, apni purani adaaon mein, phir se usse chhed rahi hongi hamari mangni ko lekar.

Mujhe sirf yeh soch kar muskurahat aagayi. Woh Roshima ka sharmaana, aankhon ka jhuk jana saaf tasavvur kar raha tha main. Itne mein phone ki ghanti baji.

"Dadijaan Calling..."

Screen par unka naam dekhte hi dil ka tempo change hogaya. Woh hi Dadijaan jinhe maine Eid ke din khud phone gift kiya tha aur sab sikha bhi diya tha ke kaise phone ko operate karte hai calls lena, video call karna, even emojis bhejna. Aaj woh mujhse call kar rahi hai.

Lekin yeh bhi sach hai, aaj kal woh itne ache se phone ke features ko samhaj rahi hai ke mujhe phone ke kuch functions sikha deti hain. Mere chehre par muskaan agayi dadijaan ke sath woh lamhe yaad karke.

Maine jhat se phone uthaya, jaise dil ne khud kaha ho, **"Is call ko miss nahi kar sakta main."**

"Assalamualikum Dadijaan, Khairiyat se ho aap?" Maine soft tone mein unse pucha, jaise unka chehra saamne ho. ***"Wa'alekumassalam mere Shehzaade,"*** unke lafzon mein hamesha ki tarah ek dua chhupi hoti hai, ***"Khairiyat se pohanch gaye beta? Thakawat toh nahi hui na safar mein?"***

Unki awaz mein ek sukoon tha, ek aisi mamta jo sirf daadi ke alfaazon mein hoti hai.

"Jee Dadijaan, sab theek hai. Aap bataiye, aaj din kaisa raha?"Maine pyar se unki fikr mein uljha sawaal wapas kiya.

"Din toh theek tha mere laal… lekin tum achanak se chale gaye. Yaad hai na, agle hafte tumhari mangni hai?"

Dadijaan ne narmi se yaad dilaya, lekin unki awaaz mein ek halki si shikayat bhi thi.

"Dadijaan, aap bilkul fikr mat kijiye. Main waqt se pehle wapas aajaaunga, yeh mera wada hai." Maine unhe puri tasalli ke saath jawab diya.

Dadijaan ne thodi der aur baat ki, jaise unhe bhi dil nahi ho raha tha call band karne ka. Phir kuch waqt baad unhone duaon ke saath call khatam ki. Main ne dinner shuru kiya, lekin har niwala uske khayalon ke saath jaa raha tha. Aisa lag raha tha jaise main Roshima ke zehan mein chal raha hoon, bilkul usi tarah jaise woh iss waqt mere dil-o-dimag mein chal rahi hai.

Maine phone uthaya, anguliyan kuch der tak screen par ruk gayi. Dil keh raha tha ke ***"Roshima ko message bhej du ya call karu"?*** Lekin phir yaad aaya—shayad woh abhi dinner table par ho, sabke saath. Main ne phone ko dheere se table par rakh diya.

"Thoda waqt aur sahi… phir baat kar lunga," yeh sochkar TV on kar liya. Lekin TV ki awaazon ke beech bhi, zehan mein uski muskaan ghoom rahi thi.

Main ne remote side mein rakha aur phone uthaya. ***"Chalo, at least ek message toh kar leta hoon."*** Chat thread open ki aur usi waqt meri nazar pad gayi us ***"Okay"*** pe... Wahi ***"Okay"*** jo maine uske heartfelt sorry ke jawab mein bhej diya tha.

Bas *Okay?* Mujhe khud se hi nafrat si mehsoos hui. Yeh ladki, jo har baar meri har baat par hass deti hai... har zidd, har chid mein bhi meri fikr karti hai… usne itni pyaari clarity se sorry bola, aur maine kya diya?

"Okay." Mera dil ekdum se guilt se bhar gaya.

"Yaar Muntaha, kya chala jaata agar thoda sa aur likh deta? Ek 'No worries'... ya 'I understand'... ya sirf ek smiley he sahi... kuch toh?"

Mujhe pakka lag raha tha, ***"Woh mujhse rooth kar baithi hogi."***

Aur roothi bhi hogi toh kuch galat nahi kar rahi?

Pata nahi kyu — ajeeeb si bechaini thi, thoda guilt… thoda darr… aur thoda uske naraz hone ka khauf. Maine chat box open kiya… kuch likhne ki koshish ki… phir delete kar diya.

Main sirf screen ko dekhte reh gaya… Aur usi waqt, **Roshima typing...** likha screen par.

Kuch der tak "**Roshima typing...**" screen par tha… Maine saans bhi rokh li thi…

"Kya likh rahi hai? Kya mujhe daantegi? Ya kuch baat karna chahti hogi? Ya bas wohi… ek usual sa reply?"

Mere dil ki dhadkan us chhoti si line ke saath tez ho gayi thi. Lekin phir achanak… **Typing...** chala gaya. Bas ek pal mein. Kuch nahi aaya. Na koi message, na ek emoji. Wo jaise kuch keh kar bhi chup ho gayi thi. Main screen ko dekhta reh gaya…

"Shayad usne kuch likha, phir delete kar diya. Shayad himmat nahi hui. Shayad uska mann badal gaya."

Maine phone haath mein hi pakad rakha. Har baar screen ko swipe karke check karta. Kahi woh online toh nahi? Kahi message toh nahi aaya? Par kuch nahi. Ek ghanta beet gaya. Aur Roshima... offline. Bas… uski woh ek jhalak thi screen par — aur uske baad sirf khamoshi.

Roshima ka Nazariya (POV)

Mujhe kuch samajh hi nahi aa raha tha... Agle hafte meri... yani *hamari* mangni hai. Kal se ghar mein tayyariyan shuru ho jaayengi. Sab kuch badal jaayega... Lekin main ab tak yeh nahi jaan payi hoon ke Muntaha is rishte ke bare mein sochta kya hai.

"Kya woh waqai is mangni ko lekar khush hai?" "Ya phir woh yeh sab sirf Dadijaan ke kehne par kar raha hai?"

"Usse kabhi laga bhi ke mujhse baat kare... ya meri razamandi samjhe?"

Aur uske message ne toh jaise mere andar aag si laga di thi... ***"Okay"***

Bas ek lafz... Na ek muskurahat. Na ek gila. Na ek tasalli. Kya itna hi tha uske paas mujhe kehne ke liye? Upar se usne yeh bhi nahi kaha ke woh out of city jaa raha hai. ***Waise kab usne mujhe batakar kuch kiya hai kabhi?*** Toh gila bhi kya karun... Lekin phir bhi... *dil toh hai na*. Usi ne toh mujhe coconut water pilane aaya tab kaha tha ***"apna khayal rakho"***.

Aur aaj dinner table par... Jab Dadijaan ne speaker par usse baat ki — Muntaha ki awaz sunte hi ek second ko toh... ***sab kuch ruk gaya tha mere andar.***

Par woh sirf Dadijaan ke baare mein baat karta raha. Jaise main uski duniya mein sirf dadijaan hai koi aur nahi Phir bhi... uski awaz thaki hui lag rahi thi. Bichara bohat thak gaya hoga.

Main bechain ho gayi thi lekin dinner table par khane lagi take koi galat na samjhe. Lekin poora dinner time pe Dadijaan ko sirf hamare mangni ki he padi hui thi who baate kar rahi thi aur mera chehra sharam se lal pad raha tha. Muntaha in baton se dur tha sukun mein. Main bhi jaldi se apne kamre mein jana chahti thi.

Jaise he apne room mein ayi in sab baton se dur, mujhe laga main kuch toofan se dur aakar baithi hun, maine Phone uthaya. Socha... Anam ko message kar doon mujhe use baat karni thi hamare assignment ke bare mein.

Typing start ki...

Par jaise hi screen dekhi, ***Muntaha ka chat window open tha.*** Aur main… ussi mein likhne lagi thi.

Jaise hi realise hua, ***typing rok di***... ***"Oh Khuda..."***

Main ek dam se chok gayi. Yeh kya kar rahi thi main? Main toh uski chat window pe likh rahi thi! Aur... woh online bhi tha. Mujhe laga meri saans atak gayi hai. Agar usne mujhe *typing*... karte hue dekh liya ho toh?

"Toh kya socha hoga usne mere baare mein?"

Main ne ghabra kar phone side mein phenk diya jaise woh kisi jurm ka saboot ho.

Dil zor zor se dhadak raha tha, jaise koi pakda gaya ho rang-e-haath. Aur phir ek aur soch ne mujhe pakad liya, ***"Woh online tha... lekin kiske saath baat kar raha tha?"***

Yeh sawal mere dimaag mein goonjta raha. "***Kya woh kisi aur ladki se baat kar raha tha?***

Ya bas... *idle scrolling kar raha tha?"*

Lekin main kyu soch rahi hoon itna? Yeh bechaini kyu hai? Yeh **"Sirf mera haq hai Muntaha par"** jaisi feeling kyu ho rahi hai? Main ne apna sar dono haathon mein le liya.

"Ya Khuda..." "Yeh mere andar kya badal raha hai?"

Kuch der tak main bas apni back pe seedhi leti rahi. Phone paas pada tha, lekin maine uski taraf dekhna nahi tha. Meri aankhon mein itni uljhan thi ke maine unhein band kar lena behtar samjha. Ek gehri saans li... Aur phir...

Woh saamne th… Meri band ankhon mein Muntaha ka chehra tha.

Café ke wohi lamhe... wohi setting. Main uske samne aur woh mere samne baitha huae the Wohi cream bun, wohi coffee, wohi coffee ke beech ka unspoken silence aur uss bich mein dheere se Muntaha ne mujhe ankh mari. Mera dil ek dam se uchhal gaya.

"Phir se?" Yeh sapna hai? Ya yaadon ka dhoka?

Muntaha ke chehre pe wahi hassi ko chhupane wali muskaan thi. Woh muskara raha tha jaise sab jaanta ho. jaise meri uljhanon ka jawab uske paas ho. Mera chehra laal pad gaya... Main aankhon mein aankhon daal kar usse kuch kehna chahti thi. ***Par har dafa ki tarah, is dafa bhi lafz gale mein atak gaye.***

"Roshima..." Kisi ki awaaz mujhe piche se bula rahi thi... Lekin meri nazar toh sirf *us par* thi **Muntaha.**

Main palat kar dekhna chahti thi, lekin... Muntaha ne mujhe ankh mari thi aur main bilkul *freeze* mode mein chali gayi thi. Na kuch keh paayi, na hil paayi. Woh lamha jaise *ruk* gaya ho... Mere liye duniya usi ek ankh mein simat gayi thi.

Woh dheere se uthkar mere kareeb aaya. Mera dil tez dhadakne laga. Woh mere kaan ke paas jhuka aur dheere se kaha:

"Jao... Chachijaan tumhe bula rahi hain."

"Roshima... utho beta..." Achanak sab kuch *fade* hone laga...

Mera sapna toot gaya.

Main apne kamre ke bed par thi. Aur *Ammijaan* mere sirhane khadi mujhe jaga rahi thi.

Main kuch pal tak chup chap leti rahi. Sapne ke woh lamhe ab bhi aankhon ke samne the.

Muntaha... uski ankh marna... uska jhuk kar kaan ke paas bolna...

Sab kuch itna haqeeqi lag raha tha, jaise main ab bhi uske paas hoon…

"Roshima beta… kya hua hai tumhe? Aise peeth ke bal kyun so rahi ho? Seedhe ho jao, beta," Ammijaan ne mere sirhane baith kar pyar se mera sar sehlaaya. Unki ungliyon ka narmi bhara touch mere khayalon ka silsila tod gaya.

Main jhat se hosh mein aayi. *Phone uthaya. Time dekha — 1:00 AM.*

Raat ka sukoon mere andar ek ajeeb si bechaini ban gaya tha.

Maine jaldi se message window khola. Lekin koi message nahi tha. Wo offline ho chuka tha.

Par main... Main ab bhi usi khwab mein thi. Woh khwab jahan Muntaha mere samne tha, uski ankhon mein mere liye wohi sharaarat thi, aur us ankhon ki muskaan ne mere dil ko kaid kar liya tha.

"Ji Ammijaan..."

Maine dheere se kaha aur unka haath thama. Phir apne bed par sidhi ho kar let gayi... Lekin aankhen bandh karte waqt dil mein sirf ek khwahish thi.

"Kaash dobara wohi khwab aajaaye..."

Jahan Muntaha ho... Aur sirf hum dono ki baatein ho...

Bina lafzon ke... sirf nigahon ki zubaan mein.

Muntaha ka Nazariya (POV)

"Yeh ladki... kyun itna satati hai mujhe?" Mere dil ne bechaini se poocha.

Woh mere chat window par kuch likh rahi thi... *Par achanak ruk gayi.* Kya kehna chahti thi?

Kya likhne se darr gayi?

Dil ke andar sawaalon ka silsila chal pada. Aur isi uljhan mein kab neend ka daaman thaam liya, pata he nahi chala… Main khud ko *us cafe mein* paata hoon, Wahi jahan hum dono baith kar cream bun aur coffee enjoy kar rahe the. Hamare haathon mein cups the, Hamari nazarien ek dusre se baat kar rahi thi, aur maine phir... ek chhoti si shararat ki — ***Roshima ko ankh marne wali shararat…***

Roshima… ek baar phir se *freeze* ho gayi. Uski aankhen meri aankhon mein ghul gayi thi, Lekin phir… kuch hua uske chehre par. Ek *ghabrahat*, ek *bechaini* chhane lagi.

"Ammijaan mujhe bula rahi hain!" Usne haste haste ek dam se kaha, aur phir... ek gehra dhuaan chhaya, aur *Roshima gayab ho gayi.*

Main haka-baka us jagah dekh raha tha jahan woh thi… aur meri aankhen khul gayi. Subah ho chuki thi. Par mere andar ek khali pan reh gaya tha, jaise ek adhura lafz, jo zubaan tak aake, bas reh gaya ho.

"Kaash yeh sapna nahi tuthta"

"Mujhe poore hafte yahin rehna hai... pata nahi kab ayega woh din, jab main wapas jaa kar Roshima se khule dil se

baat kar paunga. Par mujhe yeh zaroor janna hai. Kya woh is rishtay mein khush hai? Kya uski khamoshi mein razamandi chhupi hai ya majboori?"

Yeh sab sochta hua main ne apna blazer uthaya, mirror mein khud ko dekha...aur bas ek hi chehra nazar aaya, *Roshima ka.*

"Bas thoda waqt aur... phir main usse sab puch lunga, ***seedha, saaf, bina kisi sharmahat ke".*** Dil thoda halka kar ke main tayyar hua, aur kaam par nikal gaya.

Main business delegates ke saath table pe tha, lekin mera dil us table par nahi tha. Mera dil... us corner table par tha jahan *Roshima* apni muskurahat mein poori duniya bhool jaati hai.

Ek presentation chal rahi thi, log baat kar rahe the, main sir hila raha tha, lekin mera dimaag uski aankhon mein kho gaya tha.

"Kya mujhe usse mohabbat ho gayi hai...?" Ye sawaal pehli baar is kadar gehra laga. Woh toh hamesha se meri zimmedari thi, Lekin ab lagta hai, ab woh sirf zimmedari nahi rahi, ab woh meri har dua ka hissa ban gayi hai. Uska naam, uski hansi, uska muh banana, uska chidna, uska ruthna...Sab kuch mujhe mera lagne laga hai.

Aur sabse ajeeb baat yeh hai ke... ab woh officially meri zimmedari banne wali hai aur mujhe dar lag raha hai ke kya main uske liye wahi hoon jo woh mere liye ban gayi hai?

Kaam se laut kar maine apna laptop band kiya, coat dhyan se kursi par rakha, aur chhup chaap balcony mein aakar khada ho gaya. Shahar ki roshniyaan mere samne jagmag kar rahi thi, lekin mere dil mein sirf ek roshni jal rahi thi ***Roshima.***

Thandi hawa ne mere chehre ko chhua, lekin andar jazbaat ka ek ulta silsila chal raha tha.

Bechaini. Uljhan. Aur ek adhoora sa pyaar. Maine apni jacket ki pocket se wallet nikala…aur usmein se ek purani si folded photo kheench li. Yeh photo mujhe kuch mahine pehle ghar mein padi mili thi. Saare family members the, lekin mera nazar sirf ek chehre pe atak gaya tha *15 saal ki Roshima.* Us din graduation ka tha, woh khush thi, masoom thi…aur main… sirf uska *protective cousin.*

"Aur aaj…" Maine tasveer ko thoda door kar ke dekha, ***"Aaj usse dekh kar dil kuch aur hi keh raha tha."***

Maine photo ke kone se apni ungli chalayi, jaise uske chehre ke naks chhoo raha hoon. Woh muskurahat… aaj bhi waise ki waise hai. Phir maine phone uthaya. Gallery open ki. Kal Subah ki ek candid si tasveer thi. *Roshima muh bana kar coconut water pee rahi thi.*

Shikayat thi uski aankhon mein, lekin pyaar bhi tha.

"Pagal ladki… mujhe har waqt hansne par majboor karti hai." Mere hotho pe muskurahat thi, lekin dil mein ek gehri saans baandh ke baitha tha. Mujhe usse baat karni thi. Kuch kehna tha.

Toh maine draft likhna shuru kiya:

Draft Message – Not Sent

Roshima…

Mujhe nahi pata tum mere baare mein kya mehsoos karti ho…

Main agla jumla likhne hi jaa raha tha ke phone vibrate hua. ***"Rahim Calling..."***

Mere bhai ka naam screen par tha. aur maine phone ki screen ko thodii der tak dekha.

Iss waqt? Yeh call kyu kar raha hai….

Maine jhat se phone utha liya.

"Assalamualaikum Muntaha bhai... Aap kaise ho?"

"Wa Alaikumussalam, Rahim... Sab khairiyat? Itni raat ko call kaise kiya tumne?"

Meri awaaz mein halki si chinta thi main pareshan ho gaya tha.

"Bhai, sab theek hai..." Rahim ki awaaz halki thi, jaise kisi dar ko chhupane ki koshish kar raha ho.

"Bas woh.."

"Bas who kya Rahim…" Mera dil ghabrane laga ab.

"Who Dadijaan ki tabiyat thodi kharab ho gayi thi sham mein. Hum unhe hospital le aaye. Doctors ne kuch tests recommend kiye hain… toh admit kar liya hai temporarily."

Mera dil ek pal ke liye ruk sa gaya.

"Kya keh raha hai yaar? Yeh sab achanak kaise ho gaya?"

Maine ghabrakar poocha.

"Pata nahi bhai... Dinner table par baat karte karte woh achanak behosh ho gayi. Sab ghabra gaye, aur turant hospital le aaye. Lekin abhi stable hai."

Rahim mujhe tasalli de raha tha.

Maine ne turant kaha, ***"Main abhi nikalta hoon. Wapas aa raha hoon."***

"Nahi bhai... koi critical condition nahi hai. Dadijaan stable hain. Aur gharwalon ne khaaskar Tayabbu ne mana kiya hai aapko batane se. Lekin mujhe laga, aapka haq hai jaanna. Isliye call kiya." Rahim ne sambhalte hue kaha.

"Nahi yaar, mera dil nahi maan raha. Main aa raha hoon." Maine zidd se kaha, lekin meri awaaz thodi hichkichahat liye hue thi. Kamprahi thi.. Tabhi phone par doosri awaaz aayi ***Abbujaan ki.***

"Beta Muntaha…" Unki awaaz gehri, lekin narmi se bhari thi.
"Tumhe ghabrane ki zarurat nahi hai. Ammijaan ab theek hain. Doctors' keh rahe hain kuch din observation mein rakhenge bas. Lekin tum... tum wahan kis wajah se gaye ho, woh mat bhoolna. Humne tumhe soch samajh kar bheja hai. Yeh hamare business ke liye ek badi deal hai. Kal subah meeting hai na? Woh complete karke dekhna sab theek laga toh ajana."

Maine ne aankhen band karli. Dil to uda chala ja raha tha Dadi ke paas... lekin abbu ki baat... mere liye hukum thi. Maine halke se **"Ji Abbu"** kehkar call cut kiya. Aur balcony ke uss andhere mein khaamoshi se khada raha… ek taraf zimmedari… doosri taraf jazbaat…

Mera dil ro raha tha... Dadi jaan ki tabiyat ka soch-soch kar mera har pal bechain guzra. Main sheher se door tha, lekin dil toh wahi atka tha, Dadi jaan ke paas.

Mere paas sirf do din bache the kaam khatam karne ke liye, lekin mujhe laga yeh do din saalon ke barabar ho gaye hain. Main har hal mein jaldi wapas ghar lautna chahta tha... Dadi ko dekhe bina, unka haath pakde bina, main zyada der nahi reh sakta tha. Raat bhar maine presentation pe kaam kiya, documents tayar kiye, slides polish ki… aur subah pehli meeting mein apna proposal confidently rakh diya.

Client se ek hi baat kahi:

"Aapka jawab main sham tak le sakta hoon. Kal subah mujhe wapas jana hai zaruri hai."

Main har do ghanton mein Rahim aur Abbajaan se baat karta, sirf ek sawal ke saath ***"Dadijaan kaisi hain ab?"*** Main unki halat jaanna chahta tha, unka haal mehsoos karna chahta tha... aur dil se dua kar raha tha ***"Khuda kare Dadijaan theek ho jayein. Dadijaan main apse milne aata hoon… bas thoda aur sabr."***

Ghar ka mahaul bhari hua tha... Roshima aur saari ghar ki aurtein ro ro kar behal ho gayi thi. Sabne kabhi socha bhi nahi tha ke woh Dadijaan ko is halat mein dekhegi.

Dinner table par sab kuch theek chal raha tha... Dadijaan usual andaaz mein sabko hasaa rahi thi, apne purane kisso se ghar ke mahaul mein roshni bhar rahi thi, aur phir achanak unka chehra zard pad gaya, haath ka glass chhoot gaya aur woh behosh ho kar gir gayi.

Roshima ka dil ek dam se ruk gaya. Woh kaanp gayi thi. Aankhon ke samne andhera cha gaya aur usi waqt uska BP phir se low ho gaya. Ghabrahat mein usse bukhaar bhi aagaya.

"Dadijaan...!" uski cheekh nikli thi, jab Dadijaan behosh hogayi thi. Uski Ammijaan usse sambhalne mein lagi thi, lekin poora ghar ek bechaini se bhar gaya tha. Sabke chehre pe ek hi sawaal tha, ***"Yeh achanak se kya hua?"***

Rahim, uske Abbu, aur Dadijaan ke sab bete baari baari hospital mein unka dekhbhaal kar rahe the. Har waqt koi na koi bahu Dadijaan ke saath ICU ke bahar baithi hoti aankhon mein dua, haathon mein tasbeeh liye, ek he umeed ke sath ke Dadijaan sahi salamat ghar wapas ajaye.

Lekin Roshima… ab tak hospital nahi gayi thi. Woh jaa bhi nahi sakti thi. Usme himmat hi nahi thi ke woh dadijaan ko iss halat mein dekhe. Aur yeh pehli baar tha, jab usne mehsoos kiya ke Dadijaan uske liye sirf ghar ki buzurg nahi thi, woh uske dil ka ek hissa thi. Jab woh unhe hasti, dua karti aur sabko sambhalte dekhti thi, tab usne kabhi yeh socha nahi tha ke woh kabhi itni kamzor bhi pad sakti hain. Roshima ke dil mein ek khali pan, ek bechaini, aur ek kasak chhodi thi iss haadse ne.

Sheher se door, 32nd floor par, main ne apna laptop band kiya, presentation bhejne ke baad bhi mera dil bechain tha…Proposal tayyar tha, lekin mere *dil* kisi aur halat mein tha.

Mera dil Dadijaan ke paas tha. Dopahar mein maine Rahim ko call milaya, meri awaz thodi si kaanp rahi thi, ***"Rahim… Dadijaan ki tabiyat ab kaisi hai? ICU se nikli kya? Doctors ne kya kaha?"***

Phone ke dusri taraf ek thaki, lekin sambhali hui awaaz aayi, ***"Bhai, aap tension mat lijiye. Dadijaan ab stable hain.***

Shayad shaam tak unhe general ward mein shift kar diya jaaye."

Rahim ki awaaz mein dard tha aur Mere dil mein ek narm si toofan chalne laga.

Maine call band kiya, aur khamoshi se lambe se glass window ke paas jaakar khada ho gaya. Bahar sheher ki roshni thi, lekin mere andar andhera. Maine apni aankhen band ki… aur woh saare lamhe aankhon ke samne aa gaye. Dadijaan ka mujhe pyar se bulana, baalon mein tel lagana, matha chumna, aur har faisle mein mera mashwara lena.

"Muntaha mera samajhdar beta hai…" unke ye lafz ab bhi kaano mein goonj rahe the. Meri aankhon mein aansu bhar aaye. Usi waqt peon ne aakar coffee tray mere samne rakh di. Bina palat kar, maine coffee uthai… ek haath blazer ke pocket mein, dusra coffee mug mein… aur aankhen… us sheher ki roshniyon par, jo mere dil ki udasi ko chhupa nahi pa rahi thi.

Us waqt, main sirf ek businessperson nahi tha, main ek pota bhi tha…jo apni Dadi ke liye bechain tha. Window ke us paar duniya chal rahi thi, lekin Mere andar sab kuch ruk sa gaya tha. Jab Maine ne apni coffee ki aakhri sip li, tabhi mere phone ki ghanti baj uthi. Screen par client ka naam dekh kar mera dil ek pal ko thoda aur tez dhadakne laga.

"Hello…" Dusri taraf se seedha jawab aaya:

"Mr. Muntaha, please come to the conference room. The board would like to speak with you."

Main ek pal ke liye ruk gaya. ***"Itni jaldi?"*** kal tak ka waqt toh diya gaya tha.

Dil mein ek choti si ghabrahat ne jaga le li.

"Kahin presentation mein koi kami toh nahi reh gayi thi?"

ya

"Kahin deal reject na kar dein?"

Maine gehri saans li, aur aankhen band kar ke dil se kaha:

"Ya Khuda... tu hi behtar jaanta hai. Jo behtar ho wahi karna."

Main apna blazer theek karta hua **conference room** ki taraf badha, jahan clients mera intezar kar rahe the. Room mein khamoshi thi… ek thandak thi… lekin andar mere dil mein toofan chal raha tha. Clients ne mujhe dekhte hi gesture kiya baithne ka. Ek senior client ne halki si muskurahat ke saath kaha, ***"Mr. Muntaha, impressive proposal. We had a brief discussion, and… we're ready to move forward."***

Uss lamhe mein main ne apni heartbeat thoda sambhali, aur ek narmi bhari muskurahat ke saath bola, ***"I thought you'd take some more time to decide about the collaboration request…***
But I'm glad to see such a quick and confident decision."

Meri awaaz mein professionalism tha, lekin mere dil mein shukr tha, apne kaam ka bhi, aur Rab ka bhi. Uss waqt, mujhe mehsus hue ke jab niyat saaf ho aur jazbaat sachche ho toh har rasta khud-ba-khud asaan ho jata hai.

Senior client ne thoda politely mujhse kaha, ***"We are very impressed with your proposal, Mr. Muntaha. We've decided to sign the deal with you."***

Thodi der ruk kar unhone ek narmi bhari nazar se mujhe dekha aur kaha, ***"And... we're really sorry to hear about your grandmother."***

"Honestly, we had made up our minds during your presentation itself," unhone halka sa muskurate hue kaha. ***"But we took a bit of time just as a formality. After hearing about your family emergency, we all agreed it's best to finalize everything at the earliest... so you can be with your family."***

Yeh sun kar maine apne manager ki taraf dekha, jinhone halka sa sar hila kar tasdiq di, jaise keh rahe ho: ***"Yes, it's all sorted now."*** meri aankhon mein halka sa bharapan mehsoos hua, lekin maine muskurahat ke saath control kiya.

"That's so generous of you all. Truly... I appreciate it." maine dil se unka shukriya ada kiya.

Agle kuch minutes mein deal ke saare documents par sign ho gaye, aur mere dil se bohot bada bojh halka ho gaya.

Main khamoshi se apne dil mein keh raha tha ***"Dadijaan... main aa raha hoon. Aapke paas."***

Main lounge ke corner mein ek kursi par baitha tha, ek pair ka paon nervously hil raha tha...aur dusra pair pal pal zameen pe thap thap kar raha tha jaise waqt ko tez karne ki koshish kar raha hun. Kuch der baad main uth kar wahan ki glass wall ke paas chala gaya... jahaan se runway dikh raha tha. Plane ke lights blink kar rahe the, lekin mer aankhon mein sirf ek chehra tha ***Dadijaan ka.***

Main har 5 minute mein apna boarding pass check karta, phir jaake screen par flight status dekhta. Security counter se jaake ek baar phir poochta, ***"Boarding kab start hogi?"*** Woh kehte kuch der mein hogi aur main sirf haan mein sar hila ke wapas laut aata, magar mere andar se sab kuch betaab tha.

Har guzarne wala minute mere liye ek intehaan ban gaya tha.

"Ya Khuda... sirf itna sunle mere Rab- Bus Dadijaan theek ho."

Maine apne bag se water bottle nikali, lekin gala itna sukha tha ke pani bhi na utra.

Finally... Boarding call hui. Main ne ek gehri saans li, aankhon mein thoda sukoon, thoda ghabrahat thi. Window seat pe baith kar maine aankhon se neeche lights dekhe, shahar ke, raat ke, zindagi ke. Par mere dil mein ab sirf ek roshni thi, *Dadijaan.*

Flight 3 ghante ki thi... lekin mujhe aisa lag raha thajaise har ghanta 100 saal ka ho. Har waqt mera mann sirf dua karta jaa raha tha...***"Ya Khuda, main der toh nahi kar gaya na?"***

Plane se zameen par pehla kadam rakhte hi Mere dil ne ek ajeeb si kasak mehsoos ki. Jaise kuch toot gaya ho, ya kuch chhoot gaya ho aur dil ek ajeeb sa khauf leke dhadakne laga.

Main aankhon se saamne utarte logon ko dekhta raha lekin mere aas paas sab kuch dhundhla lag raha tha. Maine apna cabin bag uthaya aur slow motion mein jaise conveyor belt tak chala gaya.

Maine bag uthaya hi tha ke phone vibrate karne laga, ***"Rahim Calling..."*** Mera gala ek pal ke liye sukh gaya, maine turant call pick kiya.

"Bhai... aap kahan ho?"

Rahim ki awaz thami hui thi.

"Maine abhi luggage claim kiya hai…kyun? Kya hua Rahim? Dadijaan theek toh hai na?"

Mere dil ka darr, meri awaz mein saaf dikh raha tha. Mera chehra safed pad gaya tha aur aankhon ke koneh geele hone lage.

Phone ke us paar kuch der khamoshi chhayi rahi…sirf saans lene ki aawaz aa rahi thi.

"Rahim... kuch toh bolo aur wada karo kuch acha he bologe!"

Main ab cheekhne ke kareeb tha.

Aur tabhi Rahim bola, **"Dadijaan... ICU mein hain abhi bhi. Par... bhai... unhone aaj aapka naam leke aankhen kholi thi. Unhone kaha — 'Mera Muntaha aaya?'"**

Main ek pal ke liye wahi ruk gaya. Mere haath se bag girte girte bacha. Mere dil ne ek saans li…aur aankhon se aansuon ka ek dhaar nikal gaya.

"Main aa raha hoon... Rahim... Main aa raha hoon Dadijaan ke paas."

Maine phone band kiya, aur bina kisi direction ke seedha nikal gaya. Lights dim thi. ICU ke baahar kuch chairs thi, kuch log neend se adhoore, kuch dua mein mashghool. Muntaha ne tez kadmon se andar ghusne ki koshish ki, lekin pehle hi uski nazar Rahim par pad gayi. **Rahim kursi par baitha tha**, sir jhuka hua, aur aankhon mein aansu…

Jab usne Mujhe aate dekha, usne jhat se aankhen pochhi, khud ko sambhala aur seedha uthke Mujhe **gale laga liya**.

Woh jor se ro nahi raha tha lekin woh ro raha tha, andar se toota hua.

"Roshima… aur Dadijaan..." Rahim ki awaaz bhari hui thi. Usne poora jumla nahi kaha, lekin bas yeh do naam hi kaafi the. Maine use aur zyada zor se gale laga liya.

"Kya hua Rahim? Theek toh hai dono? Batao mujhe!"

Rahim ne aankhen band karke saans gehri li… aur phir dheere se kaha, ***"Roshima aur Dadijaan aur sab ghar ke bade andhar hai Bhai"***

"Itne saare log ICU mein kya kar rahe hai" Yeh kehte kehte Main ICU mein enter hogaya.

Room mein halke disinfectant ki smell thi, lekin sabse zyada tez jo mehsoos ho raha tha, woh tha ek zinda insaan jo bed pe padi thi unke liye sabki bechaini. Main jaise hi andar gaya, mera dil ek pal ke liye ruk gaya.

Dadijaan oxygen mask mein theen, unke seene ke upar machines ke wires the — beep… beep… ek rhythm chal rahi thi jo zindagi aur intezaar ke beech ki lakeer jaisi thi. Right side pe Muntaha ke Abbujaan aur Niyaz chachu apni apni apni biwiyon ke saath dua mein jhuke hue the.

Left side pe Roshima aur Salam aur unke parents chhup chaap baithe the. Roshima ki aankhon mein sujaan thi, lekin un aankhon ke peeche sirf ek hi dua chal rahi thi, ***"Bus Dadijaan theek ho jayein…"*** Maine sabko ek he salaam kiya, aur bina kuch kahe seedha jaake Dadijaan ka haath tham liya. Maine unka matha chuma aur aankhon mein aansu meri ankhon mein aagaye…

"Dadijaan..."

Dadijaan ne aankhen dhundhli si kholi, par jaise hi unhone Meri awaaz suni, unke chehre par ek roshani jaisi muskurahat aayi. Unhone apna haath thoda sa uthaya, jaise keh rahi ho ***"Aagaya mere Sehzada.."***

Room ke ek kone ki khidki se halka sa parda hil raha tha, jahaan se shaam ka nazara dikh raha tha, meri ankhon mein aansu the main Woh ladka tha jo har waqt sab ke liye strong banta tha, lekin aaj ek chhoti si roshni ki tarah palkein jhuka ke khada tha. Dadijaan ka haath ab mere haathon mein tha, aur poora kamra kuch waqt ke liye sirf khamoshi aur duaon se bhar gaya tha.

Maine jhuk kar Dadijaan ka haath apne dono haathon mein le liya. Meri ankhon mein jo ansu the main unhe chhupane ki koshish kar raha tha, main nahi chahta tha ke Dadijaan meri kamzori mehsoos karein.

"Aap theek ho jayengi Dadijaan... mera dil kehta hai aap jaldi bilkul theek ho jayengi,"

maine halki si muskurahat ke saath kaha. Dadijaan ne meri taraf dekha, *narmi bhari, thaki hui aankhon se.*

Unke honton par thoda sa kampna tha, aur aawaz usse bhi zyada nazuk

"Muntaha… mere bacche..." "...mujhe apni zindagi pe bharosa nahi raha…"

"...lekin tujhpe hai."

Meri saansein jaise yeh sunne ke bad rukh gayi... maine ek pal ko aankhen band kar li, main is waqt ko kabhi nahi dekhna chahta tha.

"Mujhe lagta hai mere paas zyada waqt nahi hai beta..." "...isiliye... mere jaane se pehle... mujhe tujhse kuch chahiye..."

Unka haath ab bhi mere haath mein tha, lekin unki pakad dheere dheere kamzor hoti ja rahi thi.

Room mein sabki saansein tham si gayi thi. Ek samundar tha jazbaaton ka jo sirf un logon ke beech beh raha tha. Maine Dadijaan ke haath aur zor se tham liya. Mere chehre par dard bhi tha... aur umeed bhi.

"Dadijaan... aap aise kyun keh rahi hain...? Doctors' ne kaha hai aapko jaldi general ward mein shift kar denge. Main apko kuch bhi hone nahi dunga, aap theek ho jaayengi... mujhe yakeen hai."

Main baat karte karte ruk gaya aankhon mein aansu the, lekin main apne jazbaat daba raha tha. Dadijaan ne halki si muskurahat ke sath mera chehra dekha ek maan jaisi muskurahat.

"Nahi mere bacche..." "...tu sirf keh de ke meri baat manega..." "...shayad usi mein Rabb mujhe kuch aur lamhe de de..."

Unki awaaz ab thak chuki thi, lekin lafzon mein ek bechaini thi, ek maa jaisi dua, ek akhri tamanna. Maine thoda aur khareeb ja kar unka haath apne galle se lagaya.

"Aap jo kahengi... wohi hoga. Aapka Muntaha kabhi mana nahi karega."

Yeh sunte hi Dadijaan ki aankhon mein aansu aa gaye. Woh halki si ghutti hui saans ke sath boli,

"Muntaha… main chahti hoon… ke tu Roshima se nikah karle…"

Maine Dadijaan ka haath apne mathe se lagaya… meri aankhon se behta aansuon ka paighaam *tha ek* ***wada****, ek* ***mohabbat****, ek* ***tooti si dua****.*

"Haan Dadijaan… kar lunga. Wada karta hoon… bas aap theek ho jaaiye…"

"Maine aaj tak kabhi aapko kisi baat ke liye mana kiya hai?. "Aaj bhi mana nahi karunga."

Maine bina sonche bina samjhe bus unse wada kar diya, unki aankhon se tapakte aansuon ko dekhkar, mera dil phat gaya tha.

"Muntaha..." *Dadijaan ka lafz larazta hua nikla.* ***"Main chahti hoon ke... abhi isi waqt..."..tu aur Roshima nikah mein bandh jao…"...isi ICU mein..."...jahan shayad main kuch waqt baad zinda na rahun."***

Maine aankhen phaad kar unki taraf dekha. Mere dil ne ek jhatka khaya yeh soch kar nahi, ke mujhe nikah karna hai, balki yeh soch kar ke dadijaan ko lag raha hai woh hum sabko chodke ja rahi hain…

"Maine tere abba ko keh diya tha......aur unhone Qazi Saab ko bulwa liya."

Unki awaaz ka har lafz ek duaa bhi tha, aur ek ilm bhi ke waqt kam hai… Tabhi ICU ka darwaza halka sa khula… Rahim andar aaya — uske saath Qazi Saab the…Rahim ka chehra pheeka, aankhen laal…uske haav-bhaav se lag raha tha ke woh bohot ro chuka hai…

Woh Mere ke paas aaya — aur uska kandha pakadkar dheere se bola, ***"Bhai… Dadijaan ke liye…"***

Main ab bhi dadijaan ke paas jhuka hua tha, lekin mera chehra thoda sa side mein tha. Meri aankhen kahin aur dekh rahi thi, magar dil ek hi jagah atka hua tha…

"Roshima…"

Main darr raha tha.

"Agar uski aankhon mein 'Na' hui is rishte ke liye toh?"

"Agar usse yeh zabardasti lage…?"

"Main usse poochhe bina haan kaise keh gaya Dadijaan se?"

Mera dil baith gaya tha, main strong dikh raha tha sabke saamne, par andar se main ek andheron se bhara hua doobta hua ladka ban gaya tha.

Maine aankhen band kar li... ***"Ya Khuda… maine toh sirf Dadijaan ke liye haan ki…magar Roshima… agar uska dil na ho toh…?"***

Mere zehan mein ek aur soch aayi ***"Kya woh mujhe kabhi maaf karegi?"***

Tabhi Qazi Saab ne awaaz lagayi, ***"Larki ko bulaya jaye."***

Kamre ka mahaul ek dum thanda pad gaya, sabki nazar ek taraf mud gayi…

Roshima, white shimmer churidaar mein, dupatta sir par, bohat halke kadmon se dadijaan ke pass mein aayi.. Mere chehre par na to poori tasalli thi, na poori pareshani…

Roshima aayi, aur dadijaan ke paaon chhoo kar unke pairon ke paas he baith gayi... Maine sar uthakar uski taraf nahi dekha. Main nahi dekh pa raha tha.

Tabhi... Dadijaan ne Roshima ko apne aur khareeb kiya aur uska haath pakda, aur dheere se mere ke haath mein rakh diya.

Mera dil dhak se reh gaya. Dadijaan ka haath bohat thanda, lekin unke choone mein mohabbat aur tassalli thi. ICU ke us kamre mein jahaan zindagi aur maut ke beech sirf ek saans ka faasla tha, wahan ek naya rishta janm le raha tha, ***Nikah ka rishta.***

Qazi Sahab ne apni kitaab kholi, aur dadijaan ki nazar hum dono par thi, Qazi Sahab ne pehle Roshima se pucha, ***"Beti, kya tumhe Muntaha bin Riyaz sohar ke taur par qubool hai?"***

Kamre mein sab kuch thama hua tha... sirf Roshima ke dil ki dhadkane tez thi, lekin uske honton pe koi darr nahi tha, ***na tassuf, na majboori, bas ek sakoon tha.***

Usne bina rukke, bina jhijhak, teeno baar kaha,

"Qubool hai."

"Qubool hai."

"Qubool hai."

Sabki nazar uspar thi... magar uski nazar sirf Dadijaan ke chehre pe thi, aur wahan ek noor bhari muskaan thi. *Ab baari thi Muntaha ki yaani meri.*

Qazi sahab ne kaha, ***"Beta, kya tumhe Roshima bint Ehtesham tumhari ehliya ke taur par qubool hai?"***

Sabka dhyan ab mujhe par tha lekin Main ab bhi neeche dekh raha tha, is darmiyan maine ek baar bhi Roshima ki taraf nazar uthake nahi dekha. Main bhi Roshima ki tarah sirf dadijaan ke chehre ko dekh raha tha, aur dheere se unka mattha chuma, unki aankhon mein dekha, aur phir, maine kaha...

"Qubool hai."

"Qubool hai."

"Qubool hai."

Mere alfaaz theek the, lekin mujhme ek kasak thi, ek sannata tha, jaise mere andar kuch adhura reh gaya ho, ya kuch kehna reh gaya ho...Qazi sahab ne nikah ki dua padhi, aur sab ne "Ameen" kaha. Dadijaan ke honton par ek noorani sukoon tha, jaise unka dil ab halka ho gaya ho.

Magar Main... abhi bhi chup tha. Aur Roshima bhi... bus hum dono Dadijaan ki taraf dekhtr rahe... bina kisi shikayat ke.

Jaise hi nikah ki rasmein khatam hui, Rahim chhupke se ICU se nikal gaya. Woh hospital ke ek sunssan corridor mein jaa kar diwar se lag kar khamoshi se rohne laga. Uske aansu rukne ka naam nahi le rahe the, lekin woh har cost par tootna nahi chahta tha.

Thodi der baad uske peechhe uski maa aayi. Bina kuch kahe usne apne bete ke kandhe par haath rakha. Rahim ne jhat se apne aansu ponch liye, aur jab palat kar dekha, toh maa uske samne thi aankhon mein aansu, chehre pe pachtawa, aur dil mein ek maa ka bepanah dard.

Unhone dheere se kaha:

"Main jaanti hoon beta… kis toofan se guzra hai tu. Ek taraf Dadijaan ki tabiyat ko lekar bechain kar dene wala haal, aur doosri taraf Roshima… jise tu dil-o-jaan se chahta tha."

Woh thodi der ke liye ruk gayi, phir sambhal kar boli, ***"Roshima tere naseeb mein nahi likhi thi, beta. Tere dil ka haal toh main samajh gayi thi, lekin Ammijaan ne humein kabhi mauka hi nahi diya ke hum Roshima ka rishta tere liye maang sakein."***

Unki awaaz bhi bhari ho gayi thi.

"Agar mujhe zara bhi andaza hota ke unke dil mein yeh faisla chhupa hai, toh main har haal mein Roshima ko teri zindagi ka hissa banane ke liye ladti. Mujhe maaf kar de beta… main tere liye kuch nahi kar paayi."

Rahim ne aankhen band kar lein. Dil mein ek khaali pan, ek mehroomi ki cheekh thi Kuch lamhon ke baad usne *bohot sambhalte hue* kaha,

"Ammi, aapka koi kasoor nahi hai... kasoor toh mere khud ka hai... maine kabhi Roshima se keh hi nahi paaya ke main usse kitni mohabbat karta hoon."

Rahim ki awaaz bharayi hogayi thi, magar har lafz mein haqeeqat chhupi thi, adhuri mohabbat ki haqeeqat. ***"Woh mere samne hoti thi, roz milti thi, baat karti thi, aur main sirf ek accha dost ban ke reh gaya. Main darte raha, chup raha… aur waqt nikal gaya…"***

Rahim ki ammi ne uska haath pakad liya, aur uske kandhe par haath rakh kar usse apne se lagaya. *Rahim ka sabr ka bandh toot gaya* aur woh apni maa ke gale se lag kar phoot phoot kar ro diya.

"Maine apne dil ka sabse haseen hissa kho diya, Ammi… aur ab uska naya rishta mere bhai se jud gaya hai. Ab main kya kahun, kya mehsoos karun, kaise bhool jaun?"

Rahim ke ammi ke aankhon mein bhi aansu aa gaye aur woh bhi apne bete ke dukh mein rone lagi, woh sirf itna keh saki ***"Beta, kuch rishton ka likha bas itna hota hai… mohabbat hoti hai, lekin manzil nahi. Aur kuch rishton mein manzil milti hai, chahe rasta dardon se guzarta ho..."***

Kuch der baad Rahim ke walid ka phone aaya. Rahim ne aankh pochhte hue call uthaya —

"Ji, Abba…" kehkar woh apni maa ke saath phir ICU ki taraf badhne laga.

Andar ka mahaul ab kuch aur tha. ICU mein khushi ka aik narm sa saaya tha. Gham ke baad thodi si raahat thi. Sab Mujhe aur Roshima ko mubarakbaad de rahe the, kisi ne Roshima ka matha chuma, kisi ne Mera haath thaama. Aur sabse zyada, Dadijaan ke chehre par ek sukoon bhari roshni thi, jaise unka dil ab halka ho gaya ho.

Unke chehre ki wo muskaan dekh kar sabke dil bhi bhar aaye… aur thodi der baad sab wahan se rukhsat ho gaye.

Ab sirf ICU mein reh gaye the**, Main**, aur hamari **dono maaen**, jo ek doosre se zyada, apne bachon ki khamoshi ko samajhne ki koshish kar rahi thi. Kuch palon ke liye kamra bilkul khamosh ho gaya.

Roshima ne halka sa muskuraya…aur Main bhi. Magar hum dono ne ek baar bhi ek dusre ki taraf nazar utha kar nahi dekha. Shayad is darr se…ke aankhon mein agar **sawal** hua toh **jawab** mil jaaye, aur agar **jawab na mila**…toh yeh zabardasti ka rishta hame aur tor dega.

Khamoshi mein do log the, jo ek hi dor se bandhe the, lekin abhi tak yeh samajh nahi paa rahe the ke us dor ka naam mohabbat tha… ya sirf ek wafadar zimmedari. Kuch der baad doctors check-up ke liye aaye. Maine bechaini ke sath Dadijaan ke haal chal ke baare mein poocha.

Doctor ne muskurate hue kaha, ***"Ab unki tabiyat stable hai. Agar sab theek raha, toh agle 4–5 ghanton mein unhe general ward mein shift kar diya jayega."***

Yeh sunte hi mere dil se ek bhaari bojh utaar gaya. Kamre mein ek halka sa sukoon phail gaya. Tabhi Abbajaan ne mere kandhe par haath rakh kar kaha, ***"Bete, tum toh airport se seedhe yahan aaye ho… do din se na neend mili, na sukoon. Thoda aram kar lo. Roshima ko saath le jao, ghar chalo."***

Yeh sunte hi Roshima ki nazar jhuk gayi… aur Mere chehre ka rang ek pal ke liye udd gaya.

Ek ajeeb si sankoch bhari khamoshi chha gayi. Lekin main ne turant apne jazbaat sambhale aur narmi se kaha, ***"Nahi Abba… main Dadijaan ke paas hi rehna chahta hoon. Itne din unke bagair raha hoon…ab dil kahin aur nahi lagega. Aur yahin extra beds bhi hain, Ammi bhi mere saath rahengi. Main yahin aram kar lunga."***

Abbjaan ne meri aankhon mein dekha aur mere jazbaaton ko samjha, aur sirf ek halka sa sar hila kar mere faisle ki tayeed kar di. Ehtesham Qadri, jo Roshima ke walid the unhone Roshima ki taraf dekha aur narmi se kaha,

"Chalo beta, main tumhe ghar le chalta hoon."

Roshima ne sirf halka sa sar hilaaya aur phir bina kuch kahe, aahista se Dadijaan ke paas gayi.

Unke kareeb jhuk kar unka haath apne haathon mein liya aur pyaar bhari nazar se dekhte hue kaha:

"Allah Hafiz, Dadijaan.Main apka ghar par intezaar karungi"

Dadijaan ne uske sar par haath rakhte hue aankhon mein aansuon ke saath dua di:

"Roshima beta… yeh rishta aaj hota ya kal, lekin hona toh tha hi. Tumne aaj Muntaha se nikah karke na sirf mera maan rakha hai, balki mere dil ko sukoon diya hai. Allah tumhe zindagi bhar khush rakhe, aur har qadam par apni rehmat barsaye."

Roshima ki aankhon mein ek nami thi, magar uske chehre par ek halka sa tasalli ka noor tha.

Us lamhe, main wahan khada tha, lekin jaise hi Roshima Dadijaan ke kareeb gayi, maine ek khamosh si izzat ke saath apna ek qadam peeche le liya.

Isliye nahi ke main door hona chahta tha, balki isliye ke Roshima bina kisi jhijhak ke apne naye rishton ke saath sukoon se woh pal jee sake.

Mera yeh ek kadam mein izzat thi, samajhdaari thi… aur shayad thoda sa pyaar bhi —jo lafzon mein nahi tha, lekin *mahsoos* zaroor ho raha tha.

Roshima ka sar jhuka hua tha. Uske qadam thehre hue, lekin chalte ja rahe the. Nikah ke baad woh pehli baar mere saamne se guzar rahi thi aur har qadam par ek ajeeb sa bojh uske dil mein tha.

Woh ICU se bahar ja rahi thi… Main ne bhi us waqt sirf ek thirchi nazar se uski taraf dekha.

Na zyada der, na zyada gehra bas itna ke izzat bani rahe. Lekin us ek pal mein uske dil mein ek khaali si jagah mehsoos hui. Jaise kuch chala gaya ho… jaise main nahi chahta tha ke Roshima yahan se jaye.

Roshima ka Nazariya (POV)

Jab main car mein baithi apne Abbu ke saath, maine apni aankhen band kar li.

Car ki khidkiyon ke paar sheher ki roshniyan tezi se peeche ja rahi thi, aur mere dil ke andar ek nayi pehchaan tezi se ubhar rahi thi.

"Mrs. Muntaha Qadri..." mere dil ne dheere se kaha, aur is naam ke saath hi meri aankhon se aansuon ki ek silsila beh nikla. Maine sirhane se apni palkein band ki aur dil ke ek purane kone mein chali gayi wahan, jahan main ek janamaz par baithi thi.

"Ya Khuda... meri Dadijaan ko theek karde, unhe ghar le aaja..."

Main us raat ka pal yaad kar rahi thi, jab maine ro-ro kar apne rabb se ek waada kiya tha,

"Jo tu mere naseeb mein likhega, main raazi ho jaungi. Bas tu Dadijaan ko wapas bhejde. Woh jo kahengi, main wohi karungi."

Us waqt Maine mohabbat ka koi faisla nahi liya tha, sirf ek *imtihaan* ke liye tayyaar ho gayi thi.

Main toh sirf ek dua ki thi aur Rabb ne meri dua ko *Kun* keh diya tha.

Aaj jab Dadijaan theek hain, aur maine apne nikah se guzar chuki hun, mere dil mein ek sakoon bhi tha... aur ek halka sa *khauf* bhi.

"Kya maine sahi kiya?"

Maine apne dil se poocha. Lekin phir mere zehan mein Dadijaan ka muskurata hua chehra aaya, aur woh pal yaad aaya jab ICU mein unhone mere sar par dua ke liye haath rakha tha. Us pal, maine sirf ek rishta nahi qubool kiya tha, maine *ek dua ka asar* qubool kiya tha.

Aur kabhi kabhi... duayein mohabbat se zyada gehri hoti hain.

"Muntaha ne ek baar bhi meri taraf nazar utha kar nahi dekha...
aur na hi maine uski taraf dekha. Shayad hum dono hi ek ajeeb si kashmakash mein the yeh sab itna achanak hua tha ke samajhne ka waqt hi nahi mila hume"

Hum dono shayad dil hi dil mein *mangni* ke liye tayyar ho rahe the... lekin yeh *nikah*, woh bhi ICU mein, Dadijaan ke samne, yeh to kisi khwab ka hissa bhi nahi tha.

Lekin yeh hi naseeb hota hai, jo kal hone wala tha, woh aaj ho gaya.

"Kya farq padhta hai?" Mere dil ne kaha.

"Padhta hai farq…" Mere andar kisi ne jawab diya. Main sirf ek baar Muntaha se poochna chahti thi kya woh bhi mujhse nikaah karna chahte hai? Kya unka *qubool hai* bhi unhone dil se kaha tha ya sirf Dadijaan ki khushi ke liye?

Agar yeh shaadi kisi khushi bhare mahol mein hoti, khandani mehfilon ke darmiyan, toh shayad dil ko samajh aata, Magar aaj… yeh rishta sirf ek arzoo ka nateeja tha, Dadijaan ki khwahish ka nateeja tha. Main yeh nahi keh rahi ke main raazi nahi thi, main thi. Lekin aaj ka Qubool Hai sirf unke liye tha, jo zindagi ke mod par thi — Dadijaan ke liye.

Ab mujhe sabr karna hoga, intezaar karna hoga apni khud ki khushi ka. Ek din jab Muntaha apne dil se kahega ke woh mujhe chahta hai uss din main is rishte ki *khushi* mehsoos karungi, us din apne nikaah ka jashn manaaungi apne dil se. Raaste bhar main khamosh rahi. Mere chehre par shikayat nahi thi, lekin sukoon bhi nahi. Mere walid ne bhi kuch nahi poocha, shayad samajh gaye the ke beti thak gayi hai.

Jab Dadijaan ne ICU mein Muntaha se kaha ke use abhi isi waqt mujhse nikah karna hai…tab bhi unhone meri taraf ek baar bhi nahi dekha. Ek nazar… bas ek nazar mil jaati, toh main unki aankhon mein dekh leti… ke woh razi hai ya nahi, ke woh bhi chahte hai yeh rishta ya nahi.

Lekin main jaanti hoon… jaise main unki taraf dekh nahi paayi thi darr se, waise hi woh bhi meri taraf dekh nahi paayen honge… shayad usi darr se.

Main khud ko tasalli de rahi thi, shabdon se nahi, apne andar se… khud ke dil ke saath chupke se ek samjhauta kar rahi thi. Kuch der baad gaadi ghar ke samne ruk gayi. Main ne khamoshi se apne walid ka saath chhoda aur sidhe apne kamre ki taraf badh gayi. Kamre mein jaate hi maine darwaza andar se band kar liya… jism thak gaya tha, lekin dimaag ab bhi bhaari tha. Main bed par let gayi.

Aankhen chhat ki taraf... jaise ceiling se koi jawab milne ki umeed ho. Na mujhe rona aa raha tha… na muskurahat mere chehre pe aayi.

Woh ek ajeeb se bechaini mein thi, na gham poora tha, na sukoon mukammal.

Aaj Main Mrs. Muntaha Qadri bangayi thi...

Jaise hi Maine aankhen band karne ki koshish ki, mere phone ki ghanti baj uthi. Screen par ek naam chamak raha tha. ***"Rahim Calling..."***

Na jaane kyu...na toh koi gussa aya,aur na hi koi uljhan mehsoos hui. Maine bas khamoshi se call uthaya, jaise sab kuch pehle se tay tha.

"Assalamualaikum Rahim," Maine halki, thakki hui awaaz mein kaha, apne sir par haath ferte hue, jahan dard ki lehr meri thakaan ki gawah thi.

"Wa Alaikum Assalam, Roshima... tumhe khana khane ke liye sab bula rahe hain,"

Rahim ki awaaz mein na toh zyada naramish thi, na saktayi bus ek halka sa farz, jaise woh bhi normalcy ka hissa banaye rakhna chahta ho.

"Theek hai, main aati hoon," Main ne itna kehkar phone rakh diya. Phir main phone ki screen kuch pal tak dekhi rahi... fir maine phone ulta rakha aur gahri saans li.

Asliyat toh yeh thi ke mera jism bhi thak chuka tha, aur mera dil bhi. Khaane ka bilkul mann nahi tha, lekin maon nahi chahti thi ke koi mujhe lekar baatein banaye... koi nazar mujh par ruke. Main chahti thi ke sab kuch waise hi rahe, jaise Dadijaan ke hote tha.

Ghar ka mahaul, khamoshi ke bawajood bhi, aesa mehsoos ho jaise sab theek ho. Kisi ko yeh ehsaas na ho ke Dadijaan bistar par hain. Unke na hone ke bawajood zindagi waisi hi chale, jaise har din chali hai. Aaj nahi toh kal, jab woh laut kar aayengi, toh unhe apna ghar waisa hi mile, saja hua, muskurata hua, jaise woh chhod kar gayi thi.

Main dheere se uthi apne dupatte ko sambhalte hue, aankhon ke kone se aansuon ko halka sa pochte hue. Ek thakaa hua sa lekin sachcha sa muskurahat bhara chehre lekar.

Main aaine ke samne jaakar khud ko dekh rahi thi hai pal bhar ke liye khamosh, phir dheere se mere zaban par lafz aye, ***"Mrs. Muntaha Qadri..."***

Yeh alfaaz jaise mere wajood mein utar jaarahe hain. Ek narm si roshni mere chehre par phail rahi hai, aur aankhon mein khushi ke aansu jhalak rahe hain. Us lamhe, Mujhe ehsaas hua ke maiin is rishtay se khush hun.. ke Muntaha ko apna humsafar manzoor kar chuki hun.

Dil se…

Maine apna huliya theek kiya halka sa kajal, dupatta sambhalti hui aur dheere kadmon se Muntaha ke ghar ki taraf nikal gayi dinner ke liye. Wahan sab log mere intezaar mein the.
Jab main drawing room mein daakhil hui, meri aankhein Muntaha ki ammi par padi, jo nazar ki handi lekar tayyar khadi thi mere liye.

"Idhar aao meri pyari beti," unhone baazoo faila kar kaha. ***"Yaqeen nahi hota ke tum meri bahu ban chuki ho."***

Main jaise thoda jhijakti, lekin muskurati hui unke paas gayi. Unhone mujhe apne samne khada kiya aur pyaar bhari nazar se meri nazar utarne lagi.

"Dekho toh zara, kitni kamzor ho gayi hai… bohat thaki thaki lag rahi hai," unhone afsos ke saath kaha. Wahan Meri ammi, Salam aur Rahim ki ammi bhi khadi thi sabke chehre par ek naram, sukoon bhari muskaan thi.

Lekin... **Rahim**...

Woh dinner table par chup chaap apni jagah baitha raha, na meri ki taraf dekha, na kisi aur ki taraf. Jaise woh bas sab ke wapas table par lautne ka intezaar kar raha ho. Rahim ke chehre par koi shikayat nahi thi, lekin uski khamoshi mein ek gehri baat chhupi thi. Woh maano sabke beech hokar bhi, kisi aur soch mein dooba hua tha.

Meri nazar utarne ke baad sab log dinner table ki taraf badh gaye. Khane ke saath-saath baat ka silsila Dadijaan ke haal chaal par baatein hui.

"Kal Dadijaan ghar aa jaayengi. Lekin kuch din unhe apne kamre mein hi rest karna padega," Faiz ne sabko khabardaar karte hue kaha.

"Tumhe kaise pata?" Salam ne thoda hairani se poocha.

"Maine Muntaha bhai se phone par baat ki thi," Faiz ne jawab diya.

"Woh Dadijaan ko kal subah general ward mein shift karwa rahe hain. Aur unka kehna tha ke agar sab kuch theek raha, toh shaam tak unhe ghar le aayenge. Unhone doctors se milkar unke kamre mein saare arrangements karwa diye hain bed se le kar medicines tak taake unhe koi takleef na ho aur hum sab aasani se unka khayal rakh sakein."

Sab log ek dum se sanjeeda ho gaye. Har kisi ke chehre par chinta ke saath ek tasalli bhi thi, ke Muntaha sab kuch sambhal raha tha, aur Dadijaan jald ghar laut aayengi.

Muntaha ka Nazariya (POV)

Dadijaan ko aakhirkar neend aa gayi thi. Unhe general ward mein shift kar diya gaya tha, jahan ab sab kuch zyada aaraam-deh tha. Maine aur meri maa dadijaan ka poora khayal rakh rahe the dawaiyon ka waqt, unki pulse, unka paani unka glouse, sab kuch bariki se nazar rakh rahe the.

Kal unhe ghar le jaane ka plan tha, aur is baat ne mere chehre par ek halka sa sukoon la diya tha. Dadijaan ki tabiyat mein behtari ka asar uske lehje, uske chalne, aur uske aankhon ki roshni mein nazar aa raha tha.

Main chhup chaap canteen se kuch khane ko le aaya apne liye aur apni maa ke liye. Hum dono ne milkar aaraam se khana khaya, jaise ek bade imtihaan ke baad ek pal ke liye saans li ho. Khane ke baad meri maa bed par let gayi. Main bhi ward ke ek aur khaali bed par jaake let gaya. Aankhen band nahi ki sirf hospital ki ceiling ko dekhta raha... us safed, thandi roshni ke neeche jahan sab kuch theher gaya tha dard bhi, dua bhi, aur sukoon bhi.

Mere dil mein ek ajeeb si shanti thi shayad isliye nahi ke sab kuch theek ho gaya tha, balki isliye ke main har lamha apne farz nibha raha tha. Ankhen band karte hi, Mere zehan mein Roshima ka chehra ubhar aaya.. wahi sharmaya hua, lekin mazboot chehra... us lamhe ka, jab usne ***"Qubool hai"*** kaha tha.

Woh alfaaz ab bhi mere kaanon mein goonj rahe the itne saaf, jaise Roshima abhi bhi mere paas ho, iss pal mein qaid ho. Maine dhyan se aankhen kholi aur hospital ki thandi si ceiling ki taraf dekha. Aur phir... mere tasavvur mein ek manzar ubhar aaya Roshima ek bench par baithi hui thi, apna favourite cream bun khate hue, aur ek paper cup se coffee pee rahi thi. Uski aankhon mein sukoon tha, aur honton pe woh jaane-pehchaani muskaan.

Mere chehre par bhi ek halki si muskurahat aa gayi. Maine andar hi andar mehsoos kiya, ***"Mrs. Muntaha Qadri..."*** Haan, ab Roshima sirf Roshima nahi rahi woh ab meri humsafar ban chuki hai, ***"Woh meri biwi hai... aur main uska shohar."***

Yeh soch kar mere dil mein ek ajeeb si naram si garmi phail gayi jaise zindagi ke is naye mod ne mere andar kuch badal diya ho, bina kisi zor ke, bina awaz ke sirf ek izzat bhari tasleemgi ke saath.

Par kya woh khush thi?" Mere dil se ek bechain si soch ubhri.

Kash...

Kash main ek baar uski aankhon mein dekh leta — Nikah se pehle...

Aankhen toh kabhi jhoot nahi bolti. Kam se kam andaza ho jaata, ke uske dil mein kya tha.

Ek dard bhari khamoshi mere andar se guzar gayi. ***"Aur Nikah ke baad bhi... dil bhar kar nazar utha nahi saka Roshima ko"***

Mere dil mein yeh soch halki si chubhan banke uthti rahi.

Tabhi phone ka notification baja, Faiz ke message aya tha Family group mein Nikah ki tasveerein bheji gayi thi.

Maine jaise hi tasveer kholi, mera dil ek pal ke liye ruk gaya.

Roshima... Halke gulabi rang ke dupatte odhe hue thi, safaid noor jaise uske chehre par tha.

Narm si muskaan, jhuki hui aankhen, aur ek aisi masoomiyat jo tasveer ke us paar se bhi mehsoos ho rahi thi.

Mere honton se bas ek hi lafz nikla:

"Masha Allah..."

Phir dil ne dheere se kaha

"Agar tasveer mein itni khubsurat lag rahi hai, toh us lamhe mein... asal mein...kitni bepanah haseen lagi hogi."

Aur usi waqt, ek khamosh si pachtawa mere dil mein uthta hai ***"Kash... ek baar dil bharke use dekh leta. Bas ek baar..."***

Mere aankhen screen pe tiki rahi lekin nazar us pal ko dhoondh rahi thi jo guzar gaya, aur jo shayad dobara kabhi usi tarah nahi aayega.

Agla din bhi agaya. Dadijaan ko abhi hospital mein hi rakha gaya. Doctors ka kehna tha,

"Ek aur din observation mein rakhenge, taake kal unhe araam se ghar le jaa sakein."

Abbajaan ne mujeh ghar bulaya tha. Lekin Main ghar jaane ke liye tayyar hi nahi tha. Main toh airport se seedha hospital aaya tha, aur tab se le kar ab tak... ek pal ke liye bhi chain nahi mila tha.

Mere sir pe na sirf safar ki thakawat thi, balki us din ke tamam lamhon ka bojh bhi tha Nikah... ICU... Dadijaan...

Roshima... Sab kuch itna achanak hua tha ke Mere paas kuch mehsoos karne ki fursat bhi nahi thi. Yeh sab sirf isiliye ke mujhe yahan se Dadijaan ko salamati ke sath apne sath he ghar leke jana tha.

"Jab tak Dadijaan yahan hain, main kaise jaa sakta hoon?"

Main bus dadijaan ke paas baitha raha, kabhi unka haath thaamta, kabhi khamoshi mein unka chehra dekhta. Main thak gaya tha, mere uska dil keh raha tha, ***"Main Jaunga toh Dadijaan ke sath he."***

Yahan ghar mein sab log Dadijaan ke aane ka intezaar kar rahe the. Dil mein ek umeed thi ke bas aaj ki shaam unke saath guzregi. Lekin jab hospital se khabar aayi ke Dadijaan kal tak ghar nahi aayengi, toh ek halka sa sannata cha gaya. Sab khamosh ho gaye, jaise kisi ne dil ke taar dheere se kheench diye ho. Udaasi toh thi... lekin us udaasi ke peeche ***sukoon*** bhi tha ke woh dheere dheere sehat ki taraf badh rahi hain.

"Theek ho rahi hain..." yeh kehna hi kaafi tha, aur sab ne apne dil ko ishi tasalli se samjha liya.

Dinner ke baad, sab apne-apne ghar chale gaye, kal ke intezaar mein, ke *Dadijaan* ghar wapas aa jaayengi. Roshima bhi apne kamre mein chali gayi. Bed par let kar woh aankhon mein umeedein liye sochne lagi,

"Dadijaan wapas aayengi... main unka welcome kaise karungi?"

Uske dil mein ek halka sa lehrata khayal *Mera* bhi tha. Woh sirf Dadijaan ka intezaar nahi kar rahi thi, kahin na kahin, woh *Mera* bhi raasta dekh rahi thi.

"Qubool hai..." Maine ne yeh lafz uske liye kahe the, lekin kya main dil se khush tha?

Ya phir uske ***'Qubool hai'*** ke peeche sirf *Dadijaan* ki khushi chhupi thi?

Yeh sawal Roshima ke dil-o-dimag mein ghar kar gaya tha. Aur uske paas... iska koi jawab nahi tha.

Roshima, apne dil o dimag mein sawalon ka ek toofan liye bisthar par let gayi thi. Ankhein band karne ki koshish ki, lekin un band aankhon ke peeche bhi use mere muh se kaha gaya, ***"Qubool hai..."*** sunai de raha tha aur Mera chehra uski ankhon ke samne ghoom raha tha.

Tabhi... ek halki si message ki beep ki aawaaz ne Roshima ke khayalon ka daira tod diya. Usne dheere se haath badhaya, phone uthaya... screen par ek naam chamk raha tha woh tha Mera.. Muntaha. Dil ek pal ko ruk gaya. Uski ungliyon ne darr, khushi aur hairani ke beech woh message khola.

Maine use Bas ek hi lafz bheja tha... lekin us lafz mein uski saari duniya simat gayi thi.

Roshima ka Nazariya (POV)

"Assalamualaikum Biwi"

Main jo abhi tak takiye mein chhupi thi, seedha uth kar baith gayi. Mera chehra ek pal mein rangon se bhar gaya. Gaalon pe halka sa laalpan, aur aankhon mein chamak agayi thi. Mere dil mein sawalat paida hogaye. ***"Unhone mujhe 'Biwi' kaha... Muntaha ne mujhe apna maana..."***

Main kuch kehna chahti thi, lekin lafz mere honton tak nahi aaye. Screen par us lafz ko baar baar dekh kar main muskurane lagi. Ek pal ko laga zindagi mil gayi hai mujhe. Maine aankhen phaad phaad kar dobara us message ko padha, phir dheere se phone ko sine se laga liya. Ek halki si muskaan mere honton par aayi, lekin agle hi pal main cheekh uthi. Mujhe kuch realise hua.

"Ya Khuda! Yeh toh mujhe jaan bujhkar sata raha hai!" Meri ankhen ghumne lagi jaise kisi case par kaam kar rahi hun aur mujrim ka pata lag gaya tha mujhe. ***"Haan... bilkul... Khadoos kahin ka!"*** Main takiye par muh chhupa kar phir se let gayi, magar dil chain se kaha baithta hai. Phir main dimag ladane lagi,

"Is salaam ka kya jawab doon? Kya likhun ke woh padhe toh uske dil tak utar jaye?, Woh mujhe sataraha hai toh main bhi usi ki biwi hun main bhi use usi ki language se jawab dungi."

Phir maine chat box khola. Ungliyan chhalki jazbaat beqarar the.

"Walekum Assalam Sohar"

...type kiya... phir turant delete kardiya Phir se type karne ki koshish ki…

"Walekum Assalam Muntaha" dobara maine message delete kardiya.

Pata nai himmat he nahi ho rahi thi ke use wapas uske jaise satane ki koshish karu. Maine ek bar phir try karne ki thani. ***"Walekum Assalam Mr. Muntaha Qadri"*** mujhe halki si hansi aayi, lekin phir bhi maine woh message bhi clear kardiya.

Maine thak har kar apna sir pakad kar baith gayi. ***"Uff, kya mushkil hai! Kuch toh likhna padega."***

Akhir mein maine apni ankhen band ki aur dil ne jo mujhse kaha maine wohi keh diya,

"Walekum Assalam"

...aur send kar diya.

Apne bazu phone rakh diya, lekin dil ki dhadkan ab aur tez thi. Mera jawab toh chala gaya tha, ab intezar tha toh uss "khadoos" ke ek aur paighaam ka...

<u>*Muntaha ka Nazariya (POV)*</u>

Mere phone ki beep baji. Mujhe zara bhi andaza nahi tha ke Roshima reply karegi. Ab jab Dadijaan theek ho rahi thi aur agle din ghar aane wali thi, toh mere ke dil ko thoda sukoon mila tha. Isi khushi mein mere dil mein khayal aya ke Dadijaan ke liye koi chhoti si surprise welcome planning ho jaye. Waise bhi, har special occasion par ghar mein kuch bhi plan karna hota toh woh kaam hamesha Roshima hi sambhalti thi.

Issi bahaane se main chah raha tha ke main Roshima se baat karlun, shadi ke baad pehli baar. Ajeeb sa toh lag raha tha mujhe. Woh meri biwi ban chuki hai ab aur humne ek dusre se koi baat nahi ki hamare nikah ke bare mein. Main Roshima se bohat saari batein karna chahta tha. Phone karna chahta tha, lekin ICU mein Dadijaan ke sath tha, unhe chod kar bahar nahi nikal sakta tha. Isliye maine ek chhota sa message bhejne ka socha.

Jab message likhne laga, toh mere dil mein ek halka sa shararat ka jhonka aya. Socha Roshima ko thoda chidhaya jaye aur maine seedhe se likh diya:

"Assalamu Alaikum Biwi"

Mujhe yakeen tha ke yeh padhkar Roshima zaroor chid jaayegi. Par yeh expect nahi kiya tha ke Roshima itni jaldi reply karegi. Jab mere phone par **"Walekum Assalam"** ka message aya toh mere chehre par ek badi si muskaan cha gayi. Main bas phone haath mein liye, Roshima ka message ghuroor bhari muskurahat ke sath dekhta raha.

Kuch der baad maine soncha ***Agar maine ab kuch reply nahi kiya, toh Roshima mujhe kaccha chaba jaayegi. Isi Lamhe Mere aur Roshima ki conversation start ho gayi thi.***

Roshima: ***"Kyu message kiya is waqt? Kya chahiye use? Kahin yeh toh nahi kehna chahta ke yeh nikah sirf Dadijaan ke liye tha? Woh kuch din baad mujhe chhod dega?"*** Apne dil-o-dimag mein uljhi hui thi. Woh sochti ja rahi thi. Dil mein sawalon ka samundar tha who toh bas poore kamre ka round lagaye ja rahi thi. Tension mein, bechaini mein, shayad thoda guzzar mein bhi. Kamre ke dus chakkar kaat chuki thi — kabhi bed ke paas, kabhi window ke, kabhi almari ke. Har baar phone uthati, phir rakh deti. Har beep par dil tez dhadakta. Aur phir... uska intezaar khatam hua.

Muntaha: ***"Roshima, mujhe tumhari help chahiye thi. Kal Dadijaan ghar wapas aa rahi hain, unke liye kuch surprise plan karna hai.***

Yeh padhte hi Roshima ke chehre par halki si muskaan agayi aur uske dil ki ghabrahat kuch kam hui. *"Toh sirf isliye message kiya tha? Par chalo... kam se kam message toh kiya."* Woh khamoshi se phone ko apne haath mein pakde, muskurate hue sochne lagi *"Kya reply du?"* Ab shararat toh karungi he apne sohar se.

Roshima: ***"Samjho kaam ho gaya!" Waise bhi hum sab already unke liye surprise plan kar he rahe the. Unke favourite pakwan bana rahe hain, 80s ki music collection ready hai, balloons bhi lag chuke hain. Aur haan, unhe chhote chhote teddy bears pasand hain na? Toh unka pura***

room teddy bears se bhar diya hai! Decoration bhi complete hai —Mujhe lagta hai sabse zyada khushi unhe tab hogi jab woh sabko ek saath dekhengi.

Aur haan… tumhara welcome speech bhi abhi tak pending hai Mr. Muntaha Qadri.

Tayyar rehna, Dadijaan ko tumhari speech sunke khushi toh bohat hogi!"

Maine jaise hi Roshima ka reply padha, mere chehre par ek zor ki hasi phoot padi. Lekin turant maine apni awaaz dabali kahin Dadijaan ki neend mein khalal na ho. Main jaanta tha, Roshima ab shararat pe aa gayi hai. Aur yeh soch kar mere dil khush ho gaya ke nikaah ke baad bhi hamare beech ka rishta wahi purani leg-pulling aur masti bhari dosti jaisa bana hua hai.

Hum dono ke darmiyan ek ankahe darr ki silvatein zaroor thi... Lekin shayad, aise chhoti chhoti shararatein, ek doosre ki taang kheenchna, woh zariya ban sakta hai jisse hum dono us baat ke kareeb jaa sakein... Jisse ab tak hamne ek dusre ki aankhon mein dekhkar keh nahi paye the.

"Ab madam ko kya reply doon... sab kuch toh pehle se hi ready kar chuki hai," Maine muskurate hue dil hi dil mein soncha. *"Waise mujhe andaza tha, yeh surprise plan already tayyar hoga. Chalo, ab shabaashi toh banti hai."*

Main khud se baat karta hua screen pe likhne laga,

Muntaha : ***"Thanks, Biwi. I'm proud of you. Aur haan, meri speech bhi tum hi likh dena... main ek baar padh***

loonga aur wahi keh dunga jo tumne likha hoga Dadijaan ke honor mein."

Yeh type karte waqt mere chehre pe ek shararti si muskaan thi.

Roshima ko message bhej kar maine phone side mein rakha aur Roshima ke reply ka intezaar karne laga.

Mere message dekhte hi Roshima ke chehre par ek saath chid aur muskaan dono aa gayi.

"Uff yeh insan bhi na... ab speech bhi likhwa raha hai!" Lekin uske dil ke kone mein ek ajeeb si mithaas thi, jaise kisi ne uski thodi si khamoshi ko sun liya ho. Usne chat window turant open ki, aur anguliyan keyboard par hilne lagi:

Roshima: ***"Haan kyun nahi, sohar ke liye biwi itna toh kar hi sakti hai na. Aap chaho toh apne honor mein bhi kuch likh doon main***

Message bhejte hi Roshima apne aap pe hansne lagi. Woh khush thi finally, ek naye safar ki shuruwat toh ho hi gayi thi.

Maine ne jaise hi Roshima ka message padha, mere chehre par khushi ki ek lehar si daud gayi. *"'Sohar', usne mujhe 'Sohar' kaha..."* Maine apne phone ki screen ko do teen baar ghoor ke dekha, jaise yaqeen nahi ho raha ho.

"Ya Khuda, yeh ladki bhi na... mujhe meri he language mein sataa rahi hai," main muskurate hue dil hi dil mein bola. Lekin phir meri aankhon mein ek alag si chamak thi *"Main jaanta hoon chidane ke liye kaha hai usne, lekin... woh mujhe apna sohar maanti hai."* Bas, yeh soch kar mera dil poori tarah khushi se bhar gaya.

Muntaha: ***"Haan, biwi ke toh aur bhi bohat saare farz hote hain... woh bhi nibha lo zara,"***

"Ek baar toh pooch lo — maine khana khaya bhi hai ya nahi."

Maine ne muskurate hue likha, Phir maine thoda ruk kar ek smiling emoji bhej diya jaise uss ladki se keh raha hun, *"Dekho main bhi rooth sakta hoon..."* Roshima ne mera message padha, Uske chehre par ek pal ke liye guilt sa aaya, *"Arre haan, maine toh pucha hi nahi..."* Phir turant usne phone uthaya, aur message type karna shuru kiya.

Roshima: ***"Arreeeee so sorry Sohar jaan... aapne toh bilkul sahi pakda. Mujhe toh sirf surprise ke teddy bears yaad rahe, par asli teddy ne kuch khaya bhi hai ya nahi, woh nahi pucha Maine. So silly of me" Chalo, ab se roz poochungi... breakfast, lunch, dinner, midnight craving sabki zimmedari meri!***

Muntaha: ***"Teddy bear? Seriously? Kabhi dhyan se dekha bhi hai mujhe? Main kisi soft toy jaisa nahi lagta... Main toh pura babbar sher hoon, walk bhi waise hi karta hoon, aur personality toh bas Lion king wali hai."***

Roshima: ***"Acha ji? Lion? Phir toh apke room ke bahar apke liye 'Jungle ka Raja' ka board lagwate hain. Aur tumhare khane mein chicken nahi... shikaar ka fresh gosht serve karenge, theek hai?"***

Muntaha: ***"Haan haan, main toh shikaar karta hoon... fresh gosht ka. Tumhari tarah nahi hoon ke cream bun aur coffee se dil behla loon. Tumhari diet dekh ke toh jungle ke jaanwar bhi sharma jaayein!"***

Roshima: ***Mujhe pata hai... ek lion ko maine bhi dekha hai cream bun aur coffee consume karte hue aur badi sharafat se kha raha tha bichara uska favourite jo tha cream bun.***

Muntaha: ***Main jungle ka Lion hoon raw, wild, aur spice se bhara hua. Tumhari bakery se guzarta hoon kabhi kabhi, par asli zindagi toh meri sirf gosht aur thrill se chalti hai***

Roshima aur Main raat bhar chat par ek dusre ki tang kheenchte, masti aur chhed-chhaad mein lage rahe. Baaton hi baaton mein raat beet gayi aur kab neend ne dono ko apni baahon mein le liya, pata hi nahi chala.

Subah jab Roshima ki aankh khuli, toh sabse pehle uski nazar phone screen par gayi. Pichli raat ki muskurahat uske chehre pe wapas aayi. Woh uth kar jaldi se tayyar hone lagi aaj uski Dadijaan ghar wapas aane wali thi… aur uska Sohar bhi.

Idhar main bhi gehri neend mein tha jab Dadijaan ne pyar se mera naam le kar bulaya. Unki awaaz sunte hi main turant uth gaya aur jaa kar unke paas baith gaya. Kuch der unse halka-phulka haal chaal poochha, lekin mere zehan mein ab bhi Roshima ke saath hui raat bhar ki baatein ghoom rahi thi.

Maine phone uthaya, ungliyan automatic WhatsApp khol chuki thi. Screen par ek naya message chamak raha tha, ***"Subah ho gayi hai Sohar ji… Nalli Nahari ka intezaam kar du aapke liye?"***

Yeh padh kar mere honton par muskurahat aagayi, ek halki si hasi bhi nikal gayi. Dadijaan ne meri muskurahat ko dekhte hue pyaar se poochha, ***"Kya baat hai, beta? Aise kya dekh rahe ho phone mein?"*** Muntaha ne phone palat kar rakh diya aur halka sa jhootha sa bahana bana diya, ***"Kuch nahi Dadijaan... bus Nalli Nahari khane ka mann kar gaya hai."***

Dadijaan ne bhi muskara kar meri baat taal di, lekin mere dil mein ek ajeeb si khushi thi ek aisi shuruaat, jo rishte mein rang bharne lagi thi.

Ab woh waqt aa hi gaya tha… jab Dadijaan hospital se discharge ho kar hamare ghar laut rahi thi. Ghar ke har kone mein ek alag si raunak thi, har chehra ek alag si roshni se chamak raha tha.

Drawing room mein halki si music chal rahi thi wohi 80s ki melodies jo Dadijaan ko pasand thi. Sofa ke aaspaas chhoti chhoti fairy lights lagayi gayi thi, aur unka kamra toh jaise kisi bacho ke jashn ka hissa ban gaya tha chhote-chhote teddy bears aur colorful balloons se bhara hua.

Sabse khaas cheez thi unke bed ke saamne lagi ek badi si wall frame jis mein poori family ka ek khubsurat group photo lagaya gaya tha. Dadijaan ko apne apno ko apni aankhon ke saamne dekhna hamesha se pasand tha isiliye sabne decide kiya ke yeh frame unke room mein he rahegi

Kitchen mein khushbu ka ek alag hi manzar tha, har bahu ne apni saas ke liye koi na koi khaas dish banayi thi. Roshima ne toh pehli baar kitchen mein kadam rakha tha… sirf Dadijaan ke liye. Usne apne haathon se kheer banayi thi woh bhi maa ki madad se. Pehli bar kheer ka chammach haath mein le kar jab usne chakkha, toh uske chehre par ek sukoon bhari muskurahat thi.

Yeh sirf khane ka intezaam nahi tha yeh mohabbat, lagav aur ek nayi shuruaat ka jashn tha. Ghar ke gate par jaise hi car ruki, sab ke dilon ki dhadkane tez ho gayi. Drawing room mein sab log ek line mein khade the, aankhon mein intezaar aur chehre par ek muskurahat thi.

Roshima ka dil thoda aur tez dhadak raha tha… uski aankhon ne sirf Dadijaan ko nahi, balki apne sohar ko bhi dhoondhna shuru kar diya tha. Dadijaan ki sabse badi bahu, Meri maa, ek chhoti handi le kar tayar khadi thi, taaki Dadijaan ki nazar utar sake. Jaise hi Dadijaan ne ye dekha, unke honton pe ek thaka hua, lekin pyara sa muskaan aya.

"Salam ki maa, ek aur nazar utarne wali handi le aao," Dadijaan ne dheere se kaha.

"Ammijaan… dusri handi kis ke liye?" Salam ki maa ne hairani se pucha.

"Tum bas le aao," Dadijaan ne narmi se jawab diya.

Handi le aayi gayi. Ek handi Muntaha ki maa ke haath mein thi… dusri Salam ki maa ke paas. Pehle Dadijaan ki nazar utari gayi usi rasm ke saath jo har baar hoti thi… lekin is baar ek aur moment aane wala tha. Dadijaan ne dusri handi apne kamzor hathon mein le li. Phir Roshima ki taraf dekha aur usse kaha,

"Roshima, meri bachi… jaa ke Muntaha ke paas khadi ho jao."

Poora ghar ek pal ke liye chup ho gaya. Roshima ka sar jhuk gaya, aur woh dheere kadmon se mere paas aakar khadi ho gayi. Hum dono ne ab tak ek dusre ki aankhon mein nahi dekha tha hum dono ka dil bohat kuch keh raha tha, lekin zabaan chup thi. Roshima lihaz ke taur par mujhse thoda dur khadi thi, Dadijaan ne kuch nahi kaha… bas apne haathon se hum dono ki nazar utari.

Nazar utarne ke baad, Dadijaan ne kuch paise hum dono ke sir par se waare phir woh paise mere abbu ko diye aur kaha, ***"Inhe sadqe ke taur par baant dena."***

Dadijaan ne jaise hi ghar mein kadam rakha, sabne unse kaha ke woh apne kamre mein jaake araam karein. Lekin unhone muskurakar seedha drawing room ka rukh kiya.

"Main apne kamre mein akele nahi baith sakti. Itne din ghar se door rahi hoon, tum sabse door… aur sabse badhkar, apne bachpan ke aangan se door. Meri asli dawa toh tum sab ho meri rooh ka sukoon ho tum sab." Unki ankhon ke ansu unki zabaan se zyada bol rahe the.

Sofe par baithte hi, saare bade bhi unke aas-paas baith gaye. Lekin hum pota-potiyan… humsab toh zameen par Dadijaan ke pairon ke mein phail gaye jaise koi bichhda sa jadoo wapas mil gaya ho. Kisi ne unke pairon ko pyaar se sehlaya, toh koi unke haathon ko chhukar apna gham halka kar raha tha.

Roshima dheere se unke peechhe jaa kar khadi ho gayi… aur unke baalon ko halka halka ungliyon se suljhane lagi jaise unmein phir se zindagi bharne ki koshish kar rahi ho. Tabhi Faiz ki awaaz aayi, bhari hui, lekin pyaar se bhari, ***"Dadijaan, aapko nahi pata… aap humein kis dard se guzarke gayi ho. Jab aap hosh mein nahi thi na, toh lagta tha poora ghar bejaan ho gaya hai."***

Salam ne bhi zubaan kholi, lekin uski aankhon mein jo tha, woh lafzon se baahar tha,

"Aap samajhti ho ke sirf aap humse pyar karti ho? Hum bhi aapse bepanah mohabbat karte hain Dadijaan. Jab ICU mein aapko dekha, toh laga saans hi rukh gayi."

Kabir bhi kuch kehne jaa raha tha, lekin uski awaaz thodi dard bhari thi, aur baat poori hone se pehle hi Dadijaan ki aankhon mein aansuon ka dariya umad pada. Unhone sabko dekha, ek ek chehra pyar se, shukr se. Woh bol nahi payi, lekin unki aankhon ne sab kuch keh diya.

"Aap iss ghar ki rooh ho, Dadijaan," Maine ne halka sa jhukkar Dadijaan ke hath chumte hue kaha, ***"Aap hamesha salamat rahein. Allah aapko lambi, sehatmand zindagi de."***

"Haan Dadijaan," Rahim ne bhi apni baat jodhi, ***"Jab tak aap hospital mein thi... lagta tha jaise is ghar se rooh chali gayi ho. Har kone mein khamoshi thi aur har chehra udaas."***

Kabir jo ke hamesha se Dadijaan ka *laadla aur naazuk pota* raha tha, kuch bol nahi paya.

Uska gala ruk gaya. Aankhen bhar gayi. Aur phir, wo chupchaap Dadijaan ke pairon se lipat gaya... aur phoot phoot kar rone laga. Ek aise insaan ka rona jiska dil dard se bhar gaya ho, lekin lafz kam pad gaye ho.

Kabir aansu dekh kar Faiz, Rahim, Salam, Roshima aur main, hum sabhi ki aankhon mein aansu chhalak aaye. Aur phir woh aansu, hamare chehron par se behne lage, bina ijazat, bina roke. Poore ghar ka ek asli lamha tha jahan mohabbat dikhayi jaa rahi thi, shabd aur jazbaat chhupaye nahi jaa rahe the.

Hamare ghar ke bade mere abba, Niyaz chachu, Ruhan chachu aur Ehtesham chachu, Dadijaan ke chaaron sagge bete, unhone apne aansu chupane ki koshish ki, lekin unke dil bhi bhar aye the. Unke chehra sab kuch keh rahe the, *unke jazbaat, unka shukr, unki duaayein.* Bahuon ka dard bhi us pal phoot pada.

Mere Ammijaan ne aage badhkar Dadijaan ka haath thaama, aur bhari awaaz mein boli, ***"Ammijaan, agar aapki tabiyat kabhi bhi halki si bhi kharab ho, toh please humein turant batayiye. Hum dil se aapse mohabbat karte hain. Aap sirf hamari saas nahi, hamari maa hain."***

Baaqi sab bahuon ne bhi aankhon mein aansuon ke sath haami bhari. Is pal mein na sirf mohabbat thi, balki shukriya, ehsaas aur ek wada bhi chhupa tha, ke aage se Dadijaan kabhi akeli nahi hongi. Sab log khushi mein doobey hue the aur sabse zyada sukoon Dadijaan ke chehre par tha. Hospital se wapas aane ke baad ka poora hafta, har waqt koi na koi Dadijaan ke paas hota, unka haath thaame, unse baatein karta. Pyaar aur duaon se bhara har pal jaise unki sehat ko wapas kheench laa raha tha.

Raaton ko Main unke kamre mein hi sota. Main chhupke se dekh leta ke unki dawai ka waqt ho gaya hai ya nahi… Unki kambal theek hai ya nahi… Woh theek se so rahi hai ya nahi… Shayad isi liye Dadijaan ke dil mein Mere ke liye **ek alag hi jagah** thi, ek aisi jagah jo sirf bharose aur duaon se bhari hoti hai.

Ek shaam, jab main unke pair dabaa raha tha, Dadijaan ne mujhe apne khareeb bulaya aur mere sar par haath rakha aur kaha,

"Muntaha… mere dil se tumhare liye aisi duaein nikalti hain ke agar maut bhi samne aa jaaye na… toh meri dua uss maut ko bhi bhaga degi. Tum 100 saal jiyo, sehatmand raho aur 10 auladon ke baap bano."

Dadijaan ki yeh baat sunkar main hass pada, ***"Kya Dadijaan! Aaj ke zamane mein 10 bacche? Main khud abhi ek baccha hoon… baap kya banunga!"***

Mere yeh kehti he woh muskurane lagi, unki aankhon mein ek ajeeb si roshni chamak gayi,

"Are beta, meri toh yeh dua hai ke tu salamat rahe, khush rahe, aur main teri aulad ki aulad tak dekhun… Phir araam se ankhein band karun."

Main ne dadijaan ke haathon ko chuma aur phir apni hansi rok kar bola,

"Dadijaan, agar hum sab bhai-behen milkar bhi shaadi kar lein na… tab bhi 10 bacche nahi honge!"

Iss baat par hum dono bhi hans pade, ek aisi hansi jo duaon se nikli thi, aur mohabbat ke silsile ko aur mazboot kar gayi thi.

Subha ka waqt tha. Aaj Dadijaan ne sabko keh diya tha ke woh sabke saath dining table par naashta karengi. Yeh sunke sab ke chehre khil gaye. Ghar mein ek chhoti si chahat jaise tayyohar ban gayi thi. Naashtay ke liye khaas intezaam kiya gaya. Tandoor ki garma garam rotiyaan, malai maar ke doodh, halwa puri, omelette aur Dadijaan ki pasandida moong daal ke cheele Har chiz unke liye banayi gayi thi.

Jab sab log dining table par baithe, Dadijaan ke saare bete, unki bahuein, pote… Aur unki ek lauti potri Roshima, jo unki aankhon ka taara thi, Dadijaan ne har taraf dekha aur unke dil se ek hi dua nikli, ***"Bus Khuda hum sabko hamesha aise he khush aur sehatmand rakhna. Aur iss ghar par hamesha apni rehmat banaye rakhna. Kisi ki nazar na lage hame."***

Poora ghar uss waqt ek tasveer ban gaya tha, mohabbat aur barkat ki tasveer. Naashta shuru hua toh baaton ka silsila bhi shuru hogaya, Dadijaan ne ek ek potay se pyaar bhari aankhon se poocha ***"Beta, tumhari padhai kaisi chal rahi hai?" "Tumhara kaam theek se ho raha hai na?"***

Toh sab ek hi jawab dene lage, ***"Dadijaan, jabse aap bimar hui hain, na university ka hoosh raha, na kaam ka. Sab kuch ruk gaya tha. Aap theek ho jaayein, bas wahi dua thi sabki."***

Yeh sunke Dadijaan ki aankhon mein aansuon ka ek halka sa dariya tha, lekin chehre par muskurahat wahi thi sabr aur shukr wali muskurahat.

Unhone sabki taraf dekha aur pyaar bhari awaaz mein kaha, ***"Mere bachcho, tum sab meri taaqat ho. Mere jeene ki wajah ho. Mere liye itna kuch kiya tumne, Allah tum sabko har khushi de."***

Dadijaan ne sabki baatein sunne ke baad pyar bhari lekin thodi daant bhari awaaz mein kaha:

"Par main nahi chahti ke tum log meri khatir apna kaam ya padhai chhodo. Roshima, tum toh sabse zyada jazbaati ho apne sapnon ko leke... tum toh sabse lad kar padhai karne lagi thi. Tum toh University chale jaati beta."

Roshima ki aankhon mein turant aansu agaye. Woh halki si muskurahat ke sath boli,

"Kaise jaati Dadijaan, aapko is haalat mein chhod kar? Mujhe kuch bhi karne ka mann nahi tha jab aap ICU mein thi… sab kuch ruk gaya tha. Main agle hafte se jaungi, aap theek hain na ab. Aur aap sunlijiye mere liye apse badhkar kuch nahi hai. Padhai toh door ki baat hai.. Apke liye main apni jaan bhi de sakti hun"

Usne apne aansu chhupane ki koshish ki, lekin uska rona sab dekh rahe the. Ghar mein ek pal ke liye udaasi si chhane lagi. Mera bhi dil bhar aaya lekin main chahata tha ke mahaul halka ho.

Faiz ne mahol ko khushnuma karne ke liye apni behan ko chidaya, ***"Accha Roshima Ji, Jaan dene ke liye jaan hona bhi padhta hai jism mein. Khudko dekha hai 40 kg ki bhi nahi ho"***

Yeh baat sunkar sab hasne lage aur Roshima bhi Faiz ko pyar bhare andaaz mein dantne lagi.

Maine turant apni maa ki taraf dekha aur mischievous andaaz mein bola, ***"Ammijaan, aapki Nalli Nahari toh bani hi nahi aaj…!"***

Yeh sunkar sab ke chehre khil uthe, Roshima ki aankhen pal bhar ke liye badi ho gayi, jaise kisi ne uska raaz sabke saamne rakh diya ho. Uske gaalon par ek halki laali si chhane lagi… woh jhuk gayi, lekin uski muskaan sab kuch bayaan kar rahi thi.

"Muntaha ko yaad hai... mera woh chhota sa mazaak bhara message..."

Roshima ne apne dil mein socha, ***"Itna khadoos hai yeh insaan, par sab yaad rehta hai ise… sab kuch."***

Woh ek pal ko meri taraf dekhne lagi, Main table ke dusre kone par sabke saath baatein kar raha tha, lekin mere chehre ki muskaan aur aankhon ki chamak, jaise sirf Roshima ke liye ho.

Roshima phir se apni ankhen jhukaleti hai, aur dil hi dil mein bas itna keh kar reh jaati hai, ***"Bohat khadoos hai yeh Muntaha..."*** magar uski muskurahat us baat ko jhutla deti hai.

Do din ka sukoon bhara waqt guzra Dadijaan ke sath ghar ka mahol normal hogaya aur Monday ki subah aagayi. Roshima ki maa ne halki si dastak di uske room ke door par, ***"Beta, university ka waqt ho raha hai… uth jao."***

Roshima ne aankhen kholi, lekin uska mann abhi bhi thoda bhari tha. Woh dheere se bed se utar kar washroom chali gayi. Fresh hokar wapas aayi, aur bed ke kinaare baith gayi, Aaj uska dil bilkul nahi kar raha tha jaane ka. Par andar kahin ek awaaz thi…

"Likhnay ka safar, sapne ki taraf pehla qadam hai."

Fresh hone ke bad usne apna bag uthaya, dupatta theek kiya, aur chali ayi mere ghar jaise roz subah ka riwaaj hai. Breakfast table par sab log baith kar baatein kar rahe the. Roshima ne sabko salaam kiya, aur aage badhne lagi. Maine Roshima ki taraf dekha... Aur bina kisi dare ya jhijhak ke use ***ankh maar di***.

Roshima ka chehra ek pal ke liye *freeze* ho gaya. Phir agle hi second.. Usko thaska lag gaya. Woh zor zor se khasne lagi, jaise kisi ne uske secret emotions pakad liye ho. Sab thoda ghabra gaye. Maine ne *jaldi se* table se paani uthaya aur bina kuch kahe glass Dadijaan ke haath mein thama diya, jo foran Roshima ko paani pilane lagi.

Roshima paani peete hue bhi Mujhe gusse bhari nazar se dekh rahi thi. Uski aankhon mein sawaal tha, ***"Yeh kya tha? Sabke beech mein?!"***

Lekin Main chup baithne walon mein se nahi tha... main bas halka sa jhuka Roshima ki tarag dekhne laga aur mere chehre par wohi shararat bhari muskaan thi, ankhon hi ankhon mein keh rahi thi, ***"Ab toh Biwi Saheba... Mera haq banta hai tumhe aankh marne ka."***

Roshima ka nashta kab ka khatam ho chuka tha… Lekin woh *uth nahi rahi thi*. Uski nazar apni thali par thi, par dhyan... Mere nashte ke khatam hone ka intezaar kar rahi thi. Main bar-bar uski taraf dekh raha tha jaise har pal uski aankhon se aankhein milane ki koshish kar raha hun.

Par Roshima...

Jaanti thi kya hone wala hai. Isliye woh har bar nazrein jhuka leti taake main phir se ankh na maar de.

Main uske yeh *nakhre* dekh raha tha. Aur mann hi mann mein muskara raha tha. Tabhi Mere phone ki ghanti baji, Maine call receive kiya aur baat karne laga.

"That's great news, we'll be coming soon..."

Itna keh kar maine call cut kiya hai aur abbajaan ki taraf apna chehra ghumaya.

"Abba, hamare clients yahan visit par aaye hain. Factory ka chakkar lagana chahte hain. Mujhe turant nikalna padega."

Abba kuch kehne hi wale the ke Dadijaan ne pehle keh diya, ***"Haan beta, tum jao. Unhone bharosa karke hame contract diya hai, Hame unhe comfortable feel karwana chahiye."***

Maine haan mein sir hilaaya. Phir Roshima ki taraf dekha, ***"Roshima, chalo main tumhe University chhodta hua nikal jaunga."***

Roshima bhi apne aap ko sambhalte hue halki si apni garden hilate hue khadi ho gayi.

Lekin tabhi... Ehtesham chachu ki awaaz aayi:

"Arey nahi beta, usne apna bag bhi nahi laya. Ghar jaake time lagega. Tum nikal jao, Rahim usse drop kar dega University."

Ek pal ke liye hum dono, ***Main aur Roshima*** ek dusre ko *khaamoshi se dekhte* rahe. Kuch *unkaha* tha hamare bich…

Kuch *ruka hua* tha... Phir hum dono ne *dil chhupa kar* nazar jhuka li. Aur main bina kuch aur kahe wahan se ruksati leli.

Roshima ka Nazariya (POV)

Pata nai Mera dil kyu ghabra raha tha. Main khush thi ke Muntaha mujhe university drop karne jayega. Lekin ab woh nahi aa raha hai mere sath aur mera dil udaas sa hogaya tha. Main *chup chaap* jaakar Rahim ke saath car mein baith gayi. Maine apna bag apni goad mein rakh diya. Warna jab bhi main Muntaha ke saath hoti thi, bag hamesha pichli seat par hota.

Muntaha ke saath main *safe* mehsoos karti thi. Aisa nahi tha ke Rahim ke saath main insecure thi but ab main *relaxed* bhi nahi thi.

Car mein kuch der tak *khaamoshi* chhayi rahi. Rahim bhi chup tha aur main toh, sirf khidki ke bahar dekh rahi thi, lekin dil mein sirf *Muntaha* ka khayal tha. Main Muntaha ke saath car mein safar karna *miss* kar rahi thi.

Tabhi Rahim ne *sannata todha*:

"Tum kuch khaogi?"

Maine ne sirf itna kaha:

"Nahi, thank you, abhi nashta kiya hai. I'm full."

Rahim ne meri tone mehsoos ki aur pehchaan gaya, ke main usse baat karne ke mood mein nahi thi. Rahim ke chehre par thoda sa *dard* tha. Usse woh purane din yaad aagaye jab main usse bina rukhe har baat share karti thi.

Rahim se raha nahi gaya aur usne puchh he liya: ***"Roshima... kya hua? Tum kabhi itni khaamosh nahi hoti thi mere saath."***

Maine ne dekha bhi nahi Rahim ki taraf aur seedha jawab diya,

"Main theek hoon, Rahim."

Rahim thoda *narm andaaz* mein bolta gaya:

"Main maanta hoon, Uss raat maine tumse Muntaha bhai aur tumhare nikah ko le kar bohot seedhe sawal kiye the. Mera koi haq nahi tha... Main bas yeh janna chahta tha, kya tum raazi ho? Kya tum khush ho?"

Maine ne uski baat *kat* di, ***"Rahim, mujhe uss baat pe koi discussion nahi karni. Aur haan jo naseeb mein likha hota hai na... usko khushi khushi accept kar lena chahiye. Maine bhi wahi kiya hai."***

Is baar mera lehja thoda *tez* tha. Rahim ne usme *duri* mehsoos ki. Aur *chup* ho gaya. Raaste bhar dono khaamosh rahe. Sirf car ki awaaz... aur beech mein unka *sannata*. Jaise he hum University pohanche, Maine ne sirf ek lafz kaha, ***"Khuda Hafiz."***

Aur bina peeche dekhe andar chali gayi. Rahim kuch pal tak meri taraf dekhta raha fir aankhon mein *pachtawa* le kar seedha office chala gaya...

Jahan... Muntaha ek client ke saath cabin mein baitha tha lekin jaise uske dil ka ek hissa, abhi bhi Roshima ke saath car mein tha.

Kuch din pehle tak, Rahim ki zindagi mein *khwahishen* bhi thi, aur *khushiyan* bhi. Meri ek muskurahat se uski har subah ban jaati thi, aur uska har din mere ek *message* se roshan ho jaata tha. Lekin... phir sab kuch *badal gaya*.

Dadijaan ke achanak beemar hone ne sabko hila kar rakh diya. Aur uss ek raat... jab ICU ke bahar sabka chehra *duaon* se bheeg raha tha Muntaha aur aur ka Nikah ho gaya. Rahim bas *khamoshi se dekhta reh gaya.* Usne na kuch pucha, na kuch kaha.

Lekin uske dil ke andar ek *silsila* chal raha tha, ***"Kya sab sach mein khatam ho gaya?" "Kya mere jazbaat bas mere the?"***

Lekin phir...Rahim ne apne aap se ek baat keh di:

"Jo Khuda ki marzi hoti hai...wo behtareen hoti hai. Aur jab uski marzi ke aage jazbaat rukawat banein, toh insaan ka kaam hota hai sabr aur rida."

Woh Mujhe *kho chuka tha*, lekin apna *aakhri izzat* aur *sukoon* nahi khona chahta tha. Iss liye Rahim ne tay kar liya,***"Main move on karunga."***

Lekin dil ke kisi kone mein ek *khali jagah* chut gayi thi, jo kabhi hansne lagti thi jab main uske sath hoti ti aur sannata mehsoos karthi thi jab main nahi rehti thi.

Muntaha ka Nazariya (POV)

Rahim Office pohanch gaya tha. Maine ne jaise hi Rahim ko dekha use awaz dekar andar bulaliya. ***"Rahim, zara andar aana."***

Clients baith chuke the, aur ek soft jazz music background mein baj raha tha.

Maine ne khade hokar apne bhai ko introduce karvaya ***"He is my beloved brother, Rahim Qadri. He is an equal partner in our company."***

Phir thoda sa ruk kar, ek confident muskan ke saath bola, ***"As you suggested expanding the business in the U.S., I would like to nominate his name for the Chicago move. He'll be joining you all in ten days."***

Rahim ke chehre par sannaata sa mehsoos ho raha tha. Usne pehle Muntaha ko dekha phir clients ki taraf hath badhaya. Aankhon mein sawaal hi sawaal the, lekin zubaan... chup thi.

Clients usse milkar kaafi impressed hue. Rahim ne bhi smile karke professionalism banaye rakha. Par andar se... woh ghoom raha tha. Maine uske shoulder par halka sa hath rakha aur kaha, ***"Main tumhe background deta hoon... just a minute."***

Phir woh clients ki taraf mukhatib hua, baat cheet ka daira business par laaya, aur jab meeting khatam hui, Rahim apne dil ki tokri mein sawaal bhar ke mera paas aa gaya. Cabin ka darwaza band hua aur ek gehri khamoshi chhayi rahi kuch palon tak.

"Kya chal raha hai bhai?" Rahim ne finally pucha aankhon mein halke se hairani thi.

"Batata hoon, Rahim. Tum baitho," Maine kaha, phir intercom par peon ko bulaya, ***"Do cup kadak chai le aao."***

Main Rahim ki taraf mud kar halka sa muskuraya, ***"Bhai, jab main sheher se bahar gaya tha presentation dene toh woh log presentation se itne impress hue ke deal turant finalize ho gayi. Sirf ek hafte mein 50% kaam bhi complete ho gaya. Aur ab..."***

Maine ne ek lamha ruk kar chai ka intezaar karte hue kaha, ***"Ab woh chahte hain ke ham apna business USA mein expand karein."***

"Main yeh moka haath se jaane nahi dena chahta, Rahim. Tum samajh rahe ho na, agar hamara business international level tak chala gaya... toh Qadri Group ka naam kisi introduction ka mohtaj nahi rahega."

Rahim ne halki si muskurahat ke sath sir hilaaya, ***"Haan bhai, yeh toh wahi opportunity hai jiska hum hamesha intezaar karte aaye hain... lekin aapne mera naam kyu diya?"*** Uske lehje mein halka concern tha.

"Aapne presentation di, kaam sambhala, sab kuch aapka hai... toh credit bhi aapko milna chahiye." Maine chai ka cup lete hue uski har baat ka jawab diya.

"Kyuki mujhe pata hai, agar main kisi par pura bharosa kar sakta hoon, toh woh tum ho."

"Main chahta hoon ke jab Qadri Group ki pehchaan duniya ke dusre kone tak jaaye toh usme tumhara naam

likha ho. Tumhari mehnat, tumhara vision... sab kuch. Tum is expansion ke liye perfect ho, Rahim."

"Par bhai... aap bhi toh USA ja sakte ho na? Sirf main hi kyu?" Rahim ne halka sa sar jhuka kar kaha, ***"Aap age badhenge, toh hum sab aapke saath khud-ba-khud badhte rahenge."***

Maine uski taraf dekha, phir pyaar se uske kandhe par haath rakha aur kaha, ***"Rahim, main jaa sakta hoon... lekin mera dil wahan jaane ko tayyar nahi."***

Phir main thoda sa ruk kar muskuraya, ***"Lekin tum... tumhare toh sapne wahi ke hain. Tum chhote the tab se USA jaana chahte the. Tumne toh higher studies bhi wahin karne ka plan banaya tha, yaad hai?"*** Rahim ne chupchaap sir hila diya. Woh lamha uske liye bohot personal tha. Maine ne baat jari rakhi,

"Par us waqt Dadijaan ki zid, unki unka protectiveness, sab kuch itna sensitive tha ke tumne apna sapna chhod diya. Aur bina shikayat kiye sab kuch accept kar liya. Ab jab waqt ne tumhare liye phir se woh raasta khola hai, toh main har haal mein chahta hoon ke tum jao. Ye sirf ek business trip nahi hai bhai... ye tumhara sapna pura hone ka waqt hai."

Phir maine Rahim ke sar par pyaar se haath phira jaise bade bhai ka farz ada ho raha ho.

"Aur mujhe tum par fakhar hoga... jab tum videsh mein Qadri Group ka parcham lehraoge."

Rahim ki aankhon mein nami thi, lekin uske chehre par muskurahat bhi thi. Usne sir uthakar kaha, ***"Main jaaunga***

bhai... aur aapko bohat bohat thanks ke apne mujhe samjha aur mere khwab ko yaad rakh kar mujhe aage badhne ka mauka de rahe hai."

Kuch der tak hum dono bhai project details aur expansion ki requirements par baat karte rahe. Paperwork, logistics, deadlines sab pe clarity lena zaroori tha. Hum dono ke haathon mein ab chai ke khali cups the, aur baat karte karte kab lunch time bhi ho gaya, pata hi nahi chala. Jaise hi office boy ne hamare tiffin le kar knock kiya, maine dekha aur halka sa muskuraya.

"Rahim, aaj yahin cabin mein saath lunch karte hain.

Hamesha ki tarah aaj bhi har kisi ke tiffin unke cabins mein hi bhej diye gaye the Riyaz Qadri apne cabin mein, Niyaz chacha apne mein, Ehtesham chachu apne cabin mein, aur main aur Rahim bhi apne apne cabins mein lunch karne ke aadhi the. Yehi hamara roz ka tareeqa tha kaam ke darmiyan thoda waqt nikaal kar chup chaap khana, phir se kaam mein lag jana.

Lunch ke dauraan hum dono bhai chup chaap khana kha rahe the. Kabhi kabhi nazar milti, toh ek halke se muskurahat hoti, lekin hum dono apne khayalon mein doobe hue the. Maine ne ek niwala khaya, phir halka sa apna gala khankara, jaise kuch kehne ki himmat jamaa kar raha ho.

"Rahim... bura na mano toh ek baat puchun?" Mera lehja narm tha, lekin aankhon mein ek baarik si pareshani chhupi thi.

"Haan bhai, puchho. Aapko toh poora haq hai... aap mere bhai ho," usne sahlayyat aur adab se kaha.

Main thodi der tak chup raha. Jaise kuch soch raha tha, ya apne sawalon ko theek tareeke se tarteeb de raha tha. Phir maine dheere se, lekin narmi ke saath kaha, ***"Rahim… tum Roshima se bachpan se close ho. Main ne khud dekha hai, tum dono aksar phone pe baatein karte the. Drawing room mein baith kar projects pe kaam karte the… hamesha saath saath. Achi dosti thi tum dono ke beech mein. Hain na"***

Rahim ne ek pal ke liye aankhen jhuka li. Phir jaise kuch purani yaadon ke saaye uske chehre par ghoom gaye, usne halki si muskurahat ke saath kaha,

"Haan bhai… Roshima ki koi behen nahi thi. Hum sab cousins the, aur uska ek chhota bhai Faiz. Bachpan mein… sab uske saath khelna nahi chahte the, bas isliye ke woh ladki hai. Aur Dadijaan ne uske kisi bhi dost ko ghar bulane ki ijazat bhi nahi di thi. Woh kaafi akeli pad jaati thi..."

Usne ek gehri saans li.

"Main bas chahta tha ke usse kabhi yeh mehsoos na ho ke woh akeli hai. Main uske sath baithta tha, khelta tha… padhai bhi hum saath karte the. Usse arts aur book reading ka bohot shauk tha… aur mujhe bhi. Kuch cheezein common thi hamare beech… isliye hum ache dost ban gaye the."

Rahim apne jawab se jaise khud ko justify kar raha tha. Lekin uske dil mein ab kuch uljhanen si uthne lagi thi. Ek bechaini, ek khauf.

"Muntaha bhai aise sawal kyun kar rahe hain? Kahi… unhe yeh toh nahi pata chal gaya ke main Roshima ko pasand karta tha?"

Uske chehre par ek halke se tension ki lakeer ubhar aayi. Woh meri aankhon mein dekhna chah raha tha, lekin uski nazar chura gaya.

"Haan... hum chhote the," Maine ne dheere se kaha, jaise yaadon ke kisi kone se baat kar raha tha.

"...aur woh ladki thi. Main sochta tha ke ek ladki ka hamare beech kya kaam. Isiliye kabhi usse saath khelne ke liye nahi bulaya. Par..."

Meri nazar zameen par tik gayi,

"...fir bhi, hamesha uski fikr rehti thi mujhe. Isliye kabhi books, kabhi teddy bears... kuch na kuch laata rehta tha. Sirf isliye... ke woh akeli mehsoos na kare." Maine apni baat saaf niyyat ke sath rakh di.

Rahim ne chup chaap meri baat suni. Yeh sab sunte hue uske dil mein halchal si mach gayi thi. Phir usne himmat jutaayi. Aankhen meri taraf uthaate hue bola, ***"Par bhai, aap aaj achanak mere aur Roshima ki dosti ke baare mein aise kyun pooch rahe hain?"***

Maine ne ek gehri saans li... jaise ek bojh se bhar gaya ho. Phir dheere se bola:

"Ab tumse kaise puchun, Rahim..."

Ek lamha khamoshi mein beet gaya. Phir maine aankhen band kar ke apne chehre par haath pher liya, jaise kisi jazbaat ko dho dena chahta tha.

"Woh meri biwi ban chuki hai, tum jaante ho." Rahim ne yeh suna toh uska dil ek pal ke liye ruk sa gaya. Lekin usne apne jazbaat ko chupaya, aur bas narmi se pucha,

"Haan bhai... woh aapki biwi ban chuki hai..." Uski aankhen thodi si nam ho gayi thi, lekin awaaz mein thaharav tha,

"...lekin kya aap is baat se khush nahi ho?"

Main uske sawal par thoda sa ghabra gaya. Mera chehra us uljhan ka aaina ban gaya jo mere dil mein chhupi hui thi. ***"Pata nahi Rahim..."***

Mere awaaz mein thakaan si thi, lekin woh thakaan sirf jismani nahi thi. Woh dil aur soch ke beech ka bojh tha.

"Ek mahine pehle tak, Roshima sirf mujhe meri zimmedari lagti thi. Aise nahi hai ke maine kabhi usse behan ki nazar se dekha ho..."

Meri nazar ab bhi thali mein padhe khaane par thi, lekin mera dhyaan kahin aur tha yaad ke kisi lambe safar mein.

"Faiz abhi zyada bada nahi hai, uske internship mein busy hai... aur ghar ka bada beta hone ke naate, Dadijaan ne school se hi Roshima ki zimmedari mujh par dal di thi."

Maine halka sa muskaraane ki koshish ki, lekin woh muskaan thodi si tooti hui thi.

"School se lekar college tak... usse laana, le jaana... shopping, events, har jagah. Hamesha mujhe hi bhejti thi Daadi — Roshima ke liye zimmedar insaan banake."

"Us dauraan... haan, ek lagao zarur ho gaya tha mujhe Roshima se..."

Maine thoda sa ruk ke Rahim ki taraf dekha.

"Lekin mohabbat..."

Woh lafz mere hont tak aake ruk gaya, maine phir aankhen jhuka li. Jaise mere dil mein kuch tha, lekin main us jazbat kabool nahi kar pa raha tha ya khud se bhi sach bolne se ghabra raha tha.

"Bhai... aap usse mohabbat nahi karte?"

Rahim ne dheere se mere kandhe par haath rakha uske chehre par fikar bhi thi, aur bechaini bhi. Jaise hi usne yeh kaha, Maine uski taraf dekha lekin woh nazar jaise Rahim ke zariye apne aap se sawal kar rahi thi. Ek lamha khamoshi chhayi rahi.

"Woh meri biwi hai, meri zimmedaari hai, Rahim..." Maine thandi lekin saaf awaaz mein kaha, Rahim ki aankhon mein jhaankte hue jaise khud ko yaad dila raha ho. Phir maine saans li, aur ek aur naya sawal pesh kiya, jo mere dil mein kuch dinon se dabe paaon chal raha tha.

"Tumse mujhe yeh sawal karna tha..."

Meri awaaz halki si thi.

"Kya woh mujhse mohabbat karti hai, Rahim?"

Main ab us se ek bhai ya saathi jaise nahi, balki Roshima ke sabse kareebi insaan se pooch raha tha.

"Kya woh is rishte mein khush hai? Tum uske dost ho, usne... kuch toh kaha hoga tumse. Hamare baare mein... mere baare mein."

Mere chehre par uljhan, bechaini aur thoda sa dard bhi tha, jaise main har waqt Roshima ki khushi ka bojh apne dil mein uthaye ghoom raha tha.

"Main jaanta hoon woh mujhse khuli kitab ki tarah hai, aur hum dono bachpan se Tom aur Jerry ki tarah rehte aaye hain... ek dusre ko chhedna, sataana, lekin ek dusre ke bagair reh bhi nahi paana..."

Mere labon par ek halki muskurahat aayi, lekin aankhon mein udaasi thahar gayi.

"Lekin hamare Rishte ki baat achanak chhidna... aur phir ICU mein usse nikah kar lena... sab kuch itna jaldi hua, itna achanak... ke main abhi tak sab samajhne ke process mein he hoon."

Main kuch der ruk gaya, phir Rahim ki taraf dekh kar dheere se bola:

"Main uske saath poori koshish karta hoon normal rehne ki... kabhi use mehsoos nahi hone deta ke main kitna pareshan hoon. Jab woh muskurati hai na Rahim... toh mujhe lagta hai, shayad main apni zimmedaari achhe se nibha raha hoon."

Meri awaaz mein ab aur narmi se bhar gayi, aur nazar kahin door jaa chuki thi.

"Lekin jab uske chehre par udaasi hoti hai, fikr hoti hai... toh mera dil dard se bhar jaata hai. Mujhe darr lagta hai, Rahim..."

"Mujhe darr hai ke kahin meri wajah se usse takleef na ho jaaye. Kahin main uske chehre ki muskurahat chheen na loon... agar aisa kabhi hua na, toh main khud ko kabhi maaf nahi kar paunga."

Yeh kehkar maine apna chehra apne haathon mein chhupa liya, jaise jazbaat ka darya ab aur bardasht na ho paaya ho.

Rahim ne meri bechaini aur pareshani ko gehraai se mehsoos kiya. Usne mere kandhe par haath rakha aur narmi se bola, ***"Bhai… aap itna kyun soch rahe ho? Main ne dekha hai aapko… bachpan se le kar aaj tak, aapne Roshima ki har zimmedaari itni wafadaari se nibhaayi hai ke kisi aur se umeed bhi nahi ki ja sakti."***

"Aap usse sirf samajhte nahi… usse mehsoos karte ho. Kya khana pasand hai, kya padhna, kya dekhna, sab jaante ho. Uske har mood, har ada ko pehchaante ho. Bhai, woh aaj higher studies kar rahi hai toh woh bhi aapke kehne par hi Dadijaan ne usse ijazat di thi, yaad hai na?" Rahim ki awaaz mein yaqeen tha, tasalli thi.

"Aur haan ab… jab Khuda ne aapko uska shohar banaya hai… toh zarur koi khair ka raasta soch kar banaya hoga. Har rishta kisi wajah se milta hai bhai."

"Bhai… aap jaante ho na, woh kitni nadaan hai," Rahim ne muskurate hue kaha, lekin uski awaaz mein ek gehra dard tha.

"Usse aap jaisa samajhdar, sabr wala aur zimmedar insan hi sambhal sakta hai. Woh duniya se ladne wale logon mein se nahi hai, lekin aap uske liye ek aisi deewar ho jo har toofan se usse bacha sakte ho."

Main yeh sunkar halka sa muskuraya, meri muskurahat mein shukar bhi tha aur thoda sa sukoon bhi. Maine apna chehra neeche kar liya, phir halki si saans le kar apne aap ko sambhala.

"Aaj toh tumne Roshima ko university drop kiya tha na..." Thoda ruk kar maine phir pucha, ***"Usne kuch kaha mere baare mein? Kuch toh kehti hogi… pasand karti hai ya***

nahi? Ab toh main uska shohar ban chuka hoon. Pata nahi... meri izzat karegi bhi ya nahi."

Rahim ne meri aankhon mein dekha, ek pal ko chup raha. Phir dil se bola, ***"Bhai... hum hamesha idhar-udhar ki baatein karte rahe, lekin Roshima ne kabhi aapke baare mein kuch nahi kaha."***

"Aur na hi kabhi bataya ke ek saal pehle Dadijaan usse yeh bata chuki thi ki woh aapki dulhan banegi." "Humein sabko bhi usi din pata chala jab Dadijaan ne dinner ke dauran sabke saamne aap dono ki engagement aur nikah ka faisla sunaya."

Mere chehre se muskurahat dheere dheere chali gayi. Meri aankhon mein uljhan si chhup gayi thi. ***"Mujhe bhi ajeeb laga, Rahim... agar Roshima ko pehle se pata tha, toh usne mujhe kyu nahi bataya? Ek saal tak... woh kaise sab kuch chhupaye rahi?"***

"Shayad woh dari hui thi itne din..." Maine dheere se kaha, jaise Rahim se zyada khud ko samjha raha ho. ***"Lekin mujhe... ek baar bhi mehsoos nahi hua ke woh is baat ko jaanti hai. Puri tarah se waise hi thi jaise humesha hoti thi — normal, hassi-mazak waali, chidne waali..."***

Rahim halka sa muskaraaya, usne mere kandhe par haath rakha.

"Bhai... aap jaante ho na use... aapse shararat karna uski aadat thi."

"Hamesha chidti thi aapse, kyunki aap Dadijaan ke ladle the. Mujhe toh woh baar baar kehti thi — 'Muntaha hi

kyun? Main toh eklauti poti hoon! Mujhe Dadijaan ka ladla kyu nahi banaya gaya?'"

Rahim ke chehre pe sharaarat si thi, usne thoda hansi ke sath kaha,

"Use aapse gile the, lekin woh gile pyar wale the bhai... isme aapki toh koi galti thi hi nahi."

"Aur hum sabko yeh pata tha, ke jab Roshima chidti thi toh uska andaz alag hota tha. Humein toh maza aata tha uski chidne ki adaaon mein."

Itna keh kar hum dono bhai ek pal ko chup ho gaye... aur phir achanak ek dusre ki taraf dekh kar muskara diye. Ek chhoti si bachpan ki yaad ne dono ke chehron par halki si hansi la di thi.

"Bhai..." Rahim ne thoda ruk kar kaha,

"Kam se kam aapke paas toh main hoon, aapse dil ki baat karne ke liye...Lekin Roshima? Uske paas kaun hai?"

Maine Rahim ki taraf dekha, lekin kuch nahi bola. Sirf aankhon se poochhne laga ke woh kya kehna chah raha hai.

"Sach kahun toh..." Rahim ne saans lete hue kaha, ***"Mujhe bhi ab tak samajh nahi aaya ke uske dil mein kya chal raha hai. Aapke aur uske rishtey ko lekar woh kabhi kuch bolti hi nahi."***

Phir thoda ruk kar, aur dheere se bola,

"Itna sab hone ke baad bhi... woh itni normal kaise hai, bhai? Aise lagta hai jaise... kuch bhi nahi badla. Jaise Nikah hua hi nahi."

Maine apna sar jhukaya, aur meri aankhon mein kuch udaasi si chhup gayi. Main khud bhi jaanta tha yeh khamoshi kuch keh rahi thi, lekin kya… yeh kisi ko samajh nahi aa raha tha.

"Mujhe lagta hai ab waqt aa gaya hai seedha Roshima se baat karne ka…"

Maine yeh baat khud se kahi, aur Rahim ke sath mil kar apna kaam sametne laga.

Roshima ka Nazariya (POV)

Main university ke lawn mein khamoshi se baithi thi, kuch bechain si.

"Shayad Muntaha mujhe pick karne aayein... ya nahi..."

Mujhe yaad aya, aaj client visit ka din tha, isliye Muntaha subha nahi laa paaye the. Main thodi udaas si ho gayi.

"Abbu ya Rahim hi aayenge shayad... chalo, tab tak kuch kha leti hoon."

Main cafeteria ki taraf chal padi. Cream bun aur coffee mera comfort food khane. Jaise hi maine bun ka pehla bite liya, meri aankhon ne entrance ki taraf dekha aur waqt ek second ke liye ruk gaya.

Wahan khada tha Muntaha **dil ne kaha Roshim ka Muntaha.**
Burgundy leather jacket, matching shades, casual cargo jeans, aur wrist pe sporty watch. Jaise koi fashion show ka model sidha uski taraf ramp walk karta hua aa raha ho.

Meri aankhen phati ki phati reh gayi. Cream bun mere muh mein tha, lekin chabana bhool gayi thi.

"Yeh Muntaha itna khubsurat kaise lag raha hai yaar..."

Mera dil chilla chilla ke keh raha tha, aur mera muh khula ka khula reh gaya.

Muntaha seedha mere paas aaya aur mere bilkul bagal wali kursi par baith gaya. Aur usne phir se mujhe aankh mari.

Maine achanak se apni aankhen jhapkayi jaise kisi ne jhatka de diya ho.

Muntaha thoda jhuk ke, mischief bhari muskaan ke saath kehne laga, ***"Assalamualaikum, Biwi. Ab salam bhi main hi karu?"***

Maine thoda eyebrow raise karke, coffee ka cup table par rakhte hue jawab diya.

"Wa-alaikum-assalam, Husband... yeh kya huliya banaye hue ho aap?"

Muntaha ne shades utare, table par rakhe, aur thoda nakhre se bola, ***"Haan acha lag raha hun na? Tumhe pasand nahi aaya kya? Maine toh socha biwi ko pick karne aa raha hoon, toh thoda impress hi kar doon..."***

"Itne efforts dalke raaste mein gadi rok kar shopping ki, change kiya, aur tum ise 'huliya' keh rahi ho? Yeh toh insult hai!"

Maine ne coffee ka sip lete hue aankhon mein muskan chhupa kar kaha, ***"Toh aap impress karne aaye ho ya fashion show mein audition dene?"***

Muntaha ne mere galon pe halka sa tap karte hue bola, **"Jo tumhe lage sonchlo"**

"Aap... yahan kya kar rahe ho?" Maine aankhen chura kar pucha, sharam se kaan laal ho gaye the mere.

Muntaha ne muskurakar kaha, ***"Tumhe lene aaya hoon. Aise kyun puch rahi ho, kisi aur ka intezar tha kya?"*** Maine ab bhi aankhon ka contact nahi banaya, ***"Haan... mujhe laga Abbu aayenge."***

Muntaha mere sharmane wale soft gesture ko enjoy kar raha tha. Usne zara jhukar meri taraf dekha, **"Tumhare chehre par toh cream bun ka cream laga hua hai... yeh lo handkerchief wipe karlo warna log kahnge main gentleman nahi hun."**

Main ne jhat se muh saaf kiya aur sharm se apna chehra coffee ke cup ke peeche chhupa liya.

Muntaha coffee table se uthte hue, halki si muskaan ke saath kehne laga, ***"Mujhe laga aaj tumhe gol gappe khilaunga."***

Main ankhon mein ek dum chamak aate hue excitingly maine kaha, ***"Sach mein? Mujhe khana hai gol gappe! Ek mahina ho gaya hai aur ab tak maine gol gappe nahi khaye."***

Meri awaz mein bilkul bachpana tha, jaise ek chhoti khushi milte hi saari tension door ho gayi ho. Muntaha ne halki si hasi ke saath apna haath meri taraf badhaya.

"Chale, Biwi?"

Maine thoda sa sharma ke, par dil se khush hote hue apna haath uske haath mein rakh diya. Jaise hi Muntaha ke ungliyon ne meri ungliyon ko pakda, Mere dil mein ek ajeeb si khushi ki lehar phail gayi.

Hum dono cafeteria se bahar nikle. Suraj ki halki si dhoop hamare chehron pe gir rahi thi. Unn suraj ki kirnon mein Meri muskaan itni sachhi thi ke Muntaha ne chaah kar bhi apni nazar nahi hatayi. Mere ankhon ki woh masoom chamak Muntaha ko yeh keh rahi thi ki kam se kam iss pal mein… Main sirf khush hun.

Car ke paas pohonchte hue, Muntaha ne mera haath ab tak nahi chhoda tha. Aur maine ne bhi, pehli baar, chhodne ki koshish nahi ki. Car ke andar baithe ki, Muntaha steering pakde ek side se muskurata jaa raha tha aur dusre side se kabhi kabhi Mujhe dekhe ja raha tha.

Muntaha ab mood mein tha mujhe chene ke aur chedte hue usne kaha, ***"Waise, tumne toh mujhe huliya keh diya… Par bataya nahi ke pasand aya hai ya nahi meri Biwi ko yeh Huliya"***

Main bhi toh unhi ki biwi thi mujhe kahan seedhe se unki tariff karni thi, thoda sharma ke, par muh banate hue maine bhi keh diya, ***"Theek he lag rahe ho"*** *Kehkar window ke bahar dekhne lagi.*

Itni der mein car gol gappa wale stall ke paas ruk gayi. Stall wala bhaiya hum dono ko dekh ke muskuraya, aur tez awaaz mein bola, ***"Arre bete, bohat bohat mubarak ho tum log ke nikah ke liye!"***

Ek pal ke liye hum dono chup ho gaye. Meri nazar sharam se neeche gir gayi, aur Muntaha ne halki si khansi karke dusri taraf dekha. Dil ke andar hum dono ko maloom tha… abhi bhi hamare beech ek baat thi jo kehni baaki thi. Woh baat jo hamare rishte ko ek nayi shuruat de sakti thi… ya phir uss khamoshi ko aur gehra kar sakti thi.

Muntaha ne stall wale ko order diya, par uski ek nazar ab bhi mere chehre pe tiki thi… jaise woh samajhna chahta ho ki mere dil mein kya chal raha hai. Aur main… bas apne dil ki dhadkan ko sambhalne ki koshish kar rahi thi.

Muntaha gol gappe ka pani sip karte hue, ***"Gol gappe bohot ache banate hain Viqar chacha."***

Maine doosra gol gappa uthate hue jawab diay, ***"Haan, isiliye toh mujhe har dusre din gol gappe ka dose chahiye hota hai."***

Muntaha muskurate hue, thoda lean karke mere kanon mein kehne laga, ***"Acha biwi ji, ek kaam karte hain... Viqar chacha ko har dusre din hamare ghar bula lete hain."***

Main halke se hansi ke saath kahan, ***"Haan, phir meri tarah Dadijaan aur baaki ghar walon ko bhi har dusre din gol gappe chahiye honge."***

Muntaha ne muskuraya aur hum dono ne dil bhar kar gol gappe khaye. Wapas car mein baithte hue, baaton ka silsila chal pada, kabhi hum ek dusre ko chhedte, kabhi pyaar se baat karte, kabhi Dadijaan ka zikr hota toh kabhi ghar ke baaki logo ka. Kuch der baad, jab car Muntaha ne Mere ke ghar ke saamne roki, toh maine halka sa ruk kar kaha, ***"Dinner par milte hai".*** Main jaise he car se utarne wali thi Muntaha ne mere naam pukara.

"Roshima..."

Maine palat kar dekha aur nazar Muntaha ki aankhon se mili. ***"Raat mein main call karunga... tum please uthana. Mujhe baat karni hai tumse."***

Yeh sunke Mera dil ek pal ke liye thahar gaya. Main bas sir hila kar haan kar di, kuch bole bina palat kar dheere dheere apne ghar ki taraf chal di.

Muntaha ka Nazariya (POV)

Main Roshima ko drop karne ke bad uske door hote kadmon ko dekhte hue dil he dil mein soch raha tha, ***"Roshima... main jaanta hoon tum meri tarah uljhan mein ho. Maine hamare rishte ko leke tumse abhi tak khule taur pe baat nahi ki... par ab karni padegi. Ab waqt aa gaya hai."*** Phir ek gehri saans lekar, main apne ghar chala gaya.

Dinner ka waqt aa chuka tha. Ek ek karke sab apni apni jagah par baith gaye. Roshima aur main bhi aakar apni chairs par baith gaye. Ab toh yeh roz ka manzar ban gaya tha jab bhi Roshima ki nazar mujhse se milti, maine use chedne ke liyeaankh maar deta, aur woh kabhi ghabra jaati, kabhi halki si sharma jaati.

"Muntaha bete, yeh sach hai ke tum Rahim ko Chicago bhej rahe ho?" Dadijaan ne poocha, apne haath ka spoon rok kar.

"Haan, Dadijaan," maine muskurate hue jawab diya. ***"Aaj uski baat hui wahan ke logon se, aur woh Rahim se kaafi impressed hain. Aapko pata hai mujhe yahan se kahin nahi jaana maine yahan sab kuch sambhal rakha hai. Chicago mein sab naya hoga, toh Rahim wahan manage karega."***

Dadijaan ne tasalli se sar hilaya. ***"Haan, mujhe Rahim par poora bharosa hai. Wahan sab kuch sambhal lega. Acha kiya tumne yeh faisla liya. Waise bhi, woh hamesha se USA jaana chahta tha. Ab jab mauka mil raha hai, toh main iss baar use rokungi nahi."***

"Rahim bete, tum wahan khoob kamiyab ho. Main bohot khush hoon ke tum ja rahe ho. Kitne din ka rukna hoga tumhara?" Dadijaan ne pyar se poocha.

"Waise toh unhone teen mahine bola hai," Rahim ne muskurate hue jawab diya, ***"lekin main soch raha hoon chhe mahine ruk jaun. Wahan ek business course hai jo main hamesha se karna chahta tha. Wahan ke ek university se woh course kar lunga."***

"Haan haan bete, tum jo bhi karna chahte ho karo. Main khush hoon tumhare liye," Dadijaan ne tasalli se kaha. Uske baad sab idhar-udhar ki baatein karte rahe, aur aahista-aahista sabka khana khatam ho gaya. Phir sab apne-apne kamron mein laut gaye.

Rahim ko Dadijaan ne call karke apne kamre mein bulaya. ***"Dadijaan, aapne bulaya tha mujhe... sab theek toh hai na? Aapki tabiyat kaisi hai?"*** Rahim ne fikr se poocha.

"Main theek hoon, beta. Tum yahan aao, mere paas baitho", Dadijaan ne pyar se kaha, aur Rahim ko apne paas bitha liya.

"Rahim, main tumse maafi maangna chahti hoon, beta. Maine bachpan se tum par zyadati ki hai... apne faisle tum par thompke tumhe hamesha takleef pohanchayi hai," Dadijaan ne dono haathon se Rahim ke haath thamte hue kaha.

"Yeh aap kya keh rahi hain, Dadijaan? Aapke kisi bhi faisle se mujhe kabhi takleef nahi hui. Aapne hamesha hum sab ka acha hi socha hai, aur humare sirf acha hi hua hai aapke faislon ki wajah se. Mujhe aapse koi gila kaise

ho sakta hai? Aap aise mat kahiye... aapko achanak se kya ho gaya hai?" Rahim ne une sambhal kar unhe tasalli di.

Rahim ke lafzon par Dadijaan ki aankhon mein halki si chamak aayi, lekin us chamak ke peeche ek bojhal aansu chhup gaya. Unhone halki si muskaan di, magar woh muskaan ek adhoori kahani ki parchhaayi jaise thi.

"Jab tum barvi mein the, tum USA jaana chahte the aage padhne ke liye... lekin maine tumhe jaane nahi diya," Dadijaan ki awaaz mein ek purani kahani ka bojh tha. ***"Yeh sochkar ke mere ghar se, mujhse... koi door kabhi nahi jayega. Main bohat selfish thi, beta."***

Unhone halka sa saans li, jaise har lafz unke dil se nikal kar unhe thaka raha ho.

"Isiliye toh... ghar chaar hone ke baad bhi, meri bahuein din bhar isi chhat ke neeche apna waqt guzarti hain... aur sirf raat ko sone ke liye apne apne ghar jaati hain. Meri zid... meri soch... ne aaj tak kisi ko poora haq nahi diya ke woh apne terms par jee sake."

Dadijaan ki aankhon mein aansu aa gaye, unki awaaz halka sa kaanp gayi. Rahim ko laga jaise unki har baat ek purana zakhm khol rahi ho, jise unhone saalon se chupaa rakha tha. ***"Dadijaan... aap please roye mat,"*** Rahim ne unke aansuon ko dekhta hua halka sa muskaan banane ki koshish ki, ***"aur aise toh bilkul mat kahiye ke aap selfish hain. Hum sab agar apni marzi se jeete... toh kahin na kahin, thokar khaa kar hi seekhte. Aapne apne faislon se hamesha humein un thokaron se bachaya hai."***

Yeh kehkar Rahim ne Dadijaan ko apni gale lagaliya. Unke saanson ki garmi aur unke haath ka halka sa kasna. Rahim ki aankhon mein bhi aansu le aaya.

"Aap achanak se aisi baatein kyu kar rahi hain, Dadijaan?" Rahim ne unke aansu ponchte hue pyaar se poocha.

"Kyuki... maine anjane mein tumhara dil dukhaya hai, beta. Maine apni aankhon se tumhe rote hue dekha hai," Dadijaan ki awaaz bohot dheemi ho gayi.

"Nahi, Dadijaan... aapko galatfaimi hui hai. Haan, thoda upset zarur hua tha jab aapne mujhe USA jaane se mana kiya tha... lekin roya? Nahi, aisa kabhi nahi hua. Aap itna mat sochiye." Rahim ne unke haathon ko halka sa sehlate hue tasalli di.

Dadijaan ne unki baat kaat di, ***"Nahi, beta... main ICU ki baat kar rahi hoon. Jab Muntaha ka nikah Roshima ke saath hua tha... tab maine tumhe dekha tha. Sabke peeche chup kar khade... aur tumhari aankhon se aansu nikal rahe the."***

Rahim ek pal ke liye bilkul jam sa gaya. Jaise kisi ne andar ke sab raaz ek hi pal mein samajh liye ho. Uski saans tez ho gayi, lekin usne apni aankhon mein bhar aayi nami chhupane ki koshish ki.

"Dadijaan... woh waqt... woh baat... main kab ka bhool chuka hoon," usne muskurane ki koshish ki, magar uski awaaz thodi kaanp gayi.

Dadijaan ne uske haath ko mazbooti se pakad liya. ***"Nahi, beta. Maa kabhi apne bachche ke dil ka bojh bhool nahi***

sakti. Tere chehre ka woh dard... aaj bhi meri yaad mein zinda hai. Main ne tumse ek khushi cheen li thi. Shayad tum kabhi keh nahi paaye, lekin main samajh gayi thi."

Rahim ne apni nazar neeche kar li. ***"Kabhi kabhi hum dusron ki khushi ke liye apne jazbaat daba dete hain, Dadijaan. Aur phir waqt ke saath woh jazbaat sirf kahani ban jaate hain."***

"Aur main... main us kahani ki woh kirdaar ban gayi jo tumhari khushi ka raasta rok deti hai," Dadijaan ki awaaz toot gayi. Unki aankhon se aansu beh kar Rahim ke haathon par gir gaye.

Rahim ne turant unke aansu ponch diye aur unhe apne gale se laga liya. ***"Aapne kabhi mera raasta nahi roka, Dadijaan... aapne sirf mujhe woh raasta chalne nahi diya jo shayad mere liye theek nahi hota. Aur main maanta hoon... aap hamesha sahi hoti hain."***

Kuch der dono chup rahe... sirf ek doosre ke saath ki apna gham mehsoos karte hue. Jaise dono dilon ne ek saath saalon ka bojh utaar diya ho.

"Maine... anjane mein hi sahi, tera dil dukhaya hai beta," Dadijaan ki awaaz halki si kaanp gayi. ***"Mujhe kabhi pata nahi tha ke tu Roshima se mohabbat karta hai. Pata hota... toh bhi shayad mera faisla wahi rehta. Kyunki, Roshima ko... Muntaha ki hi hona tha."***

Unhone gehri saans li aur nazar neeche kar li. ***"Yeh mera nahi, tumhare Dadajaan ki zidd thi. Unhone mujhse wada liya tha ke Roshima ka nikah main Muntaha se hi karwaungi. Aur jab mujhe laga ke mera waqt kam hai... maine ICU mein hi unka nikah karwa diya. Sirf isliye,***

taaki jo wada maine tumhare Dadajaan se kiya tha, woh poora ho jaye."

Unki awaaz bohot dheemi ho gayi. ***"Mujhe maaf kar de, beta... main teri adhuri khushiyon ka bojh apne saath le kar nahi jaana chahti."*** Dadijaan ke aansu phir se behne lage, jaise har alfaaz ke saath saalon ka dabba hua pachtawa nikal raha ho.

"Dadijaan, aap ne bachpan se hame yeh samjhaya hai ke naseeb ke aage badshahon ki bhi nahi chalti," Rahim ne halka sa muskara kar apne aansu chhupane ki koshish ki. ***"Haan... Roshima ko main pasand karta tha, lekin ab nahi. Ab woh mere bhai ki dulhan hai, meri Bhabhi ban chuki hai."***

Uski awaaz mein izzat aur qadr dono thi. ***"Main uski izzat pehle bhi karta tha, aaj bhi karta hoon... aur zindagi bhar karta rahunga. Mere naseeb mein nahi thi toh bas... nahi thi."***

Rahim ne apne aur Dadijaan ke aansu ponch diye, jaise unki chinta ko bhi saath hi mita dena chahta ho. ***"Aapki duayein mere saath hain... yeh hi mere liye kaafi hai. Aur aap dekhna main bohat kamiyab hoke he lautunga"*** Rahim aur Dadijaan ek-dusre ko tasalli de hi rahe the ke tabhi maine open door par halki si knock ki.

"Are, Muntaha bete, aao... Darwaza toh khula hai, knock kyun kar rahe ho?" Dadijaan ne pyaar se pucha.

"Basic manners, Dadijaan. Kisike bhi room mein jaane se pehle knock karna chahiye. Main hamesha hi aise aata hoon," Maine muskara kar jawab diya.

Rahim ne halke-phulke andaaz mein kaha, ***"Bhai, aap baithiye… mera quota poora ho gaya. Aaj main aur Dadijaan khul ke baatein kar chuke hain, ab aapki baari."*** Yeh kehte hue usne ek nazuk ishara Dadijaan ki taraf kiya ke woh Muntaha se kuch na kahe aur roye bhi nahi. Dadijaan ne sirf ek halki si muskaan dekar samajh liya.

Main chup-chap aakar Dadijaan ke paas baith gaya, aur Rahim hum dono ko chhod kar wahan se nikal gaya.

"Soye nahi, beta, abhi tak tum?" Dadijaan ne pyaar bhare lehje mein poocha.

"Nahi, Dadijaan… soch raha tha, kuch der aapke paas baith jaun," Maine ne halki si muskaan ke saath kaha. Yeh keh kar main aaram se Dadijaan ki goad mein apna sar rakh kar let gaya. Dadijaan ne uske baalon par haath pherte hue ek sukoon bhari saans li, jaise us pal ki khamoshi mein saari thakan, saari fikrein halki ho rahi ho.

"Kya hua mere bache…? Aaj zyada baat nahi kar rahe ho," Dadijaan ne mere chehre ko dekhte hue pyaar se poocha.

"Dadijaan… mujhe aapse kuch poochna tha," maine halki si hichkichahat ke saath kaha. ***"Maine aaj tak is baare mein kisi bhi bade se koi baat nahi ki… lekin aaj bohat zaroori lag raha hai keh do."***

"Haan meri jaan, pucho," Dadijaan ne apna haath uske sar par rakhte hue kaha, jaise har jawab dene ka wada kar rahi ho.

"Roshima ke liye… kya main theek ladka hun?" Maine halki si khamoshi ke baad pucha. ***"Mera matlab… woh ek***

padhi-likhi ladki hai, main bhi padha-likha hi hun, ghar ka business sambhalta hun... lekin..."

Main Dadijaan ki taraf dekhne laga. Dadijaan mere baat poora karne ka intezaar kar rahi thi.

"Lekin use toh koi bhi mil sakta tha... doctor, lawyer, engineer... ya jo bhi uske sapno ka aadmi hota. Toh phir main hi kyun, Dadijaan?" maine halka sa thaka hua sawal poora kiya.

Dadijaan ke chehre par pyari si muskaan aa gayi. Unhone mere haath par apna haath rakhte hue kaha, ***"Mere bacche... nikah aasman par likha jaata hai, aur zariya bas zameen par banta hai. Meri zid ismein sirf ek bahaana thi... asal mein tum dono ka rishta toh upar waale ne pehle se taay kar rakha tha. Yeh khud ki marzi hoti hai, beta... aur hamare rabb ki marzi hamesha behtareen hoti hai."***

"Mujhe darr hai ke main use khush nahi rakh paunga," maine ne apni fikr zahir ki.

"Aise kyun keh rahe ho beta? Kya Roshima ne tumse kaha hai ke woh tumhare saath khush nahi hai?" Dadijaan ne pyaar se poocha.

"Nahi, aise kuch nahi kaha usne... lekin woh bilkul waise hi hai mere saath, Nikah hone ke baad bhi," Maine halki si shikayat ki.

"Haan toh... tum chahte the ke Nikah ke baad woh badal jaaye?" Dadijaan ne muskaan ke saath sawal kiya. ***"Nahi Dadijaan, mera matlab... woh abhi bhi bilkul normal hai. Jaise hamara Nikah hua hi nahi,"*** maine samjhane ki koshish ki.

"Acha, beta, toh kal se main Roshima ko keh deti hoon ke tumhe Aji keh ke bulaye... tumhara roz khane par intezar kare... aur tumhare samne pallu le le. Yehi chahte ho na tum?" Dadijaan ne mazaak mein kaha, aur halki si hansi unke hothon par aa gayi.

Main bas unki baat sun ke muskurane laga, lekin aankhon mein halka sa soch ka saaya ab bhi tha, ***"Dadijaan, aap bhi na..."*** main sharma kar muskurane laga. Phir hum dono Dadi aur pota apne purane dinon se lekar aaj tak ki khoob saari baatein karne lage.

Kuch lamhe Dadijaan ke saath guzarne ke baad Main apne kamre mein chala gaya. Bed par baith kar maine phone uthaya. Phir dil mein khayal aya.

"Maine bol toh diya hai usse ke mera call uthaye... lekin baat kaise shuru karu? Kahan se shuruat ho? Itna waqt bhi ho gaya... pata nahi jaag rahi hogi ya so gayi hogi... abhi call karun ya nahi?"

Main yeh sab sochta raha, phir himmat karke maine ek chhota sa message type kiya,

"Tum jaag rahi ho? Call kar sakta hoon main?"

Roshima ka Nazariya (POV)

Dinner ke bad jab main apne room mein wapas ayi mera dil tez tez dhadak raha tha. ***"Muntaha ne mujhe call uthane ko kyun kaha? Kya baat karni hai unhe mujhse? Kya bolna chahte hain… kahin… kahin mujhe chhodne ka faisla toh nahi kar liya?"***

Main bas apne kamre mein bechain hokar idhar-udhar tehal rahi thi. Ek ghante ke andar poore kamre ke shayad sau chakkar lag chuki thi. Haath mein phone tha, aur Muntaha ke call ka intezar. Ek dam se phone ki ek beep baji aur Muntaha ne mujhe message kiya.

"Tum jaag rahi ho? Call kar sakta hoon main?"

Yeh message dekhte he mera dil zor-zor se dhadakne laga. Lekin message padh ke mere chehre par halki si muskaan aa gayi. ***"Accha hai... direct call karne se pehle message kiya…"*** maine socha, aur mann hi mann khush ho gayi.

Kuch lamhon baad maine bohat himmat karke reply bheja, ***"Haan, main aapke call ka hi intezaar kar rahi thi."*** Paanch minute baad, mere ke phone ki screen chamki, ***"Muntaha Calling…"*** Mera dil ek dum se tez dhadakne laga.

"Ya rabb… main kya baat karun iss shakhs se? Kya baat karega woh mere saath?"

Maine phone apne haath mein sambhala, lekin ungli *accept* button tak jaa hi nahi rahi thi.

Phone ke vibration aur ghanti ki awaaz kamre mein goonj rahi thi, lekin main bas screen ko ghoorti rahi… bejaan si.

Kuch lamhon baad call cut ho gaya. Screen se ***"Muntaha Calling…"*** ka naam gaayab hote hi, meri aankhon mein aansu bhar aaye. Main chup-chaap bistar par baith gayi, phir dheere se let gayi… aur aansu gham ki nadi ban kar behne lage.

Mera dil toota jaa raha tha.

"Agar main phone uthati toh shayad woh kehta… main tumhare saath rishta nahi rakhna chahta…" Yeh khayal hi mere dil ko tar tar kar dene ke liye kaafi tha. Phir ek aur khauf ne mujhe jhonka, ***"Aur ab jab maine phone nahi uthaya, toh woh soch raha hoga… ke main hi usse baat nahi karna chahti."***

Main ek ghanta tak bistar par palat-palat kar rone lagi. Har soch ek naye khauf ko janam de rahi thi… aur har khauf ke saath aansu aur tez behne lagte. Dil ke andar ka sailab ab poori tarah beh chuka tha.

Kuch lamhon baad mere kamre ke darwaze par halki si dastak hui. Main bistar se uthte hue boli, ***"Ammijaan, main thoda busy hun."***

Lekin aage se koi jawaab nahi aaya. Do pal ki khamoshi ke baad, dobara se dastak hui is baar zara dheemi, lekin pehle se zyada gehri. Maine ne chidchida kar darwaza khol diya. Mera dupatta bistar par uljha pada tha, baal bikhre hue… aankhen aansuon ki laali se surkh, aur chehra ro ro kar bilkul gulabi pad chuka tha. Aise hi haal mein jab maine darwaza khola, toh samne khada shakhs dekhte hi meri saans jaise ruk gaya.

Muntaha...

Woh bas dehleez par khada tha… nazar sidha mujh par. Aur Main… ek pal ke liye.. jaise jam si gayi, meri ungliyan darwaze ki chaunkhat par kas gayin, jaise khud ko girne se bacha rahi ho.

"Aa… aaap…" maine kampti hui awaz se khamosi ko tod diya.

"Haan biwi, nahi aa sakta main tumhare kamre mein?" Muntaha ne halka sa mujhe chedte hue kaha, lekin uski nazar bilkul mujh par tiki hui thi.

"Aaaannnnnnn…" Mere honthon se bas adhoora sa lafz nikal paya, jaise alfaaz mere gale mein atak gaye ho.

"Biwi saheba… andar aane ki ijazat dogi mujhe?"

Muntaha ne dheemi si awaz mein jhuk kar mujh se ijazat mangte hue kaha. Do pal ke liye mujhe laga main kya he bolun.

"Haan… haan, please aaiye," Phir maine apne aap ko sambhalte hue kaha.

Main palat kar apna huliya theek karne lagi, aankhon ke kinare par chipke aansu ponchti, baal jhat se set karti, aur dressing table ke aaine mein apne chehre ko dekhne lagi, jaise main jaanch rahi thi ke main kaisi lag rahi thi.

Achaanak, maine aaine ke reflection mein dekha, Muntaha mere bilkul peeche khada tha.

Hum dono ki nazrein aaine mein mil gayin. Hamari aankhon mein ek hi jazba tha… mohabbat.

Halki si hawa mere dupatte ke bina kandhon se takra kar guzri, jiski khushboo Muntaha ki saanson mein ghul gayi. Jaise hi mera dil tez dhadakne laga, Muntaha ne aahista se dupatta uthaya aur mere sar par rakh diya. Woh aaine mein mujhko niharne laga, jaise mere chehre ke har naqsh ko yaad karna chahta ho.

"Mera dil ghabra gaya tha, Roshima, jab tumne mera phone nahi uthaya," Muntaha ne dheere se mere kanon mein kaha.

"Janta hoon raat ke 10 baj gaye hain… iss waqt mujhe tumhare kamre mein nahi hona chahiye tha, lekin mera dil… usne mujhe yahan aane ke liye majbur kar diya. Aur fikr mat karo, maine Ehtesham chacha se ijazat le li hai. Unhone kaha, 'Beta, tumhara haq hai, Roshima ab tumhari biwi hai…' Aur haan, biwi saheba, mujhe iss ghar ke damad ki respect mil gayi hai," Muntaha ne muskurate hue aakhri line kahi… aur aaine ke zariye Mujhe phir se ankh mari.

Mera chehra ek dum se lal ho gaya, jaise dil ki dhadkane kaan tak sunai dene lagi ho. Dar aur sharm ke milay-julay jazbaat se, main palat gayi aur Muntaha se thoda door jaakar khadi ho gayi.

"Roshima… agar tum comfortable nahi ho toh main chala jaata hoon," Muntaha ne halki si saans ke saath kaha, nazrein zameen par jhukai hui.

"Nahi… mat jaiye. Main bas thoda sa…" Mere ke lafz adhoore reh gaye, jaise main apne jazbaat ko samajh hi nahi pa rahi thi.

Muntaha ne uski baat ka ishara samajh liya aur dheere se bola,

"Ghabra gayi na… ki main achanak tumhare kamre mein iss waqt aa gaya? Janta hoon… aur I'm sorry about that." Uski awaaz mein ek saaf si sachchai thi, aur nazrein ab bhi zameen se uthi nahi thi.

Maine uski taraf dekha… woh pehli baar samajh rahi thi ke Muntaha ki sharaaraton ke peeche ek bohot hi halka, narm dil chhupa hai.

"Aap please baithiye," Maine halki si sharmahat ke saath kaha, aur study table ke paas wali chair kheench kar Muntaha ke aage rakh di.

Muntaha aaram se chair par baith gaya, lekin uski nazar ab bhi mujhse hatti nahi thi. Phir usne haath se ishara kiya,

"Tum bhi baith jao."

Main dheere se aayi, aur bistar ke ek kone par chupchaap baith gayi.

"Aap chai piyoge? Main bana ke laati hoon," maine halki si awaaz mein pucha.

Muntaha ne meri taraf dekha… aur pata nahi kyun, uske chehre par ek shararat bhari muskaan aa gayi. Thodi der tak woh chup raha, phir uski muskaan hasi mein badal gayi.

Mujhe bohat gussa agaya aur maine bhunbhunate hue pucha, ***"Kya… chai poochhna bhi gunah hai kya? Hasi kis baat pe aa rahi hai aapko?"***

Muntaha ne apni hasi rokne ki koshish ki, lekin ab uski aankhon mein woh sharaarati chamak aur bhi tez ho gayi.

"Are Are... Biwi saheba ab has bhi nahi sakta kya main."

"Has sakte ho aap... lekin mere chai poochne par hasne ki kya baat hai?"

Mainee bhaon chadhate hue kaha, mere chehre par thodi si nakhrili shikayat thi.

"Mehman ghar aate hain toh chai puchte hain na... maine bhi usi lehaz mein pucha tha."

Main muh phula ke bistar ke dusre kone ki taraf ho gayi, jaise ab baat hi na kare.

Muntaha ki muskaan halki si pighal gayi. Usne aage jhuk kar halka sa kaha,

"Biwi saheba... mehman? Main toh is ghar ka damad hoon... Aur damad ko sirf chai pe thodi tal sakti ho... mere liye toh Nalli Nihari mangwani chahiye tumhe, Biwi Saheba," Muntaha ne aankhon mein shaitani chamak ke saath cheda.

Mainee baalon ko jhatka dete hue thoda tikhapan se jawab diya,

"Yeh waqt thodi hai Nalli Nihari khane ka. Phir bhi agar khani hai toh main abhi bhar se order kar deti hoon."

Muntaha mere roothne ka mazaa lene laga, jaise har lafz uske liye ek naya khel ho.

"Nahi, tum sach keh rahi ho Biwi. Agar iss waqt Nalli Nihari kha li, toh mera pet nikal aayega... aur tumhe main pasand nahi aaunga," usne nakli ghamand se apna coat theek karte hue kaha.

Phir muskurate hue bol utha,

"Abhi ke liye chai hi theek hai... apne liye bhi ek cup le aana."

Yeh kehkar woh apni jagah se uth gaya aur study table ki taraf chal pada.

"Ijazat hai tumhare books ko haath lagane ki?" usne thoda agge apna hath shelf mein lagi kitabon par pherte hue pucha.

"Haan, kyu nahi," maine sar hila ke kaha, aur neeche kitchen ki taraf chal di.

Neeche kitchen mein, chai ke ubalne ki meethi si khushboo ke saath Main apne khayalon mein uljhi hui thi.

"Muntaha ne aaj itni himmat kaise kar li ke seedha mere ghar... mere kamre tak aa gaya? Aisi bhi kya baat thi jo kal tak ruk nahi sakta tha. Maine toh phone isliye nahi uthaya tha kyunki baat hi nahi karni thi. Khadoos kahin ka... rob toh aise jama raha hai jaise koi nawab ho... Nalli Nihari chahiye, Shahabzaade ko!"

Mere gussa itna tha ke stove ka knob ghumaate waqt bhi mere hont kas ke band the. Chai ka paani ubal kar upar tak aa raha tha, par mera dhyaan sirf Muntaha ke aaj ke rawaiye par tha.

Upar kamre mein, Muntaha study table ke paas khada tha. Uski nazar ek folded draft par padi. Usne bina soch samjhe use uthaya aur dheere se khol diya. Pehle hi panne par bold huroof mein likha tha:

"Uljhan –E- Mohabbat"

Uske neeche shayari jaise lafz bikhre the:

"Nadan si thi woh ladki, jo sirf nikah ke naam par apna dil use de baithi thi. Use pata hi nahi tha ke uska shohar usse mohabbat karta hai ya nahi… Par woh… jis pal 'Qubool Hai' keh gayi, usi waqt uski mohabbat bhi uske shohar ke hisse mein aa gayi thi."

Muntaha ki ungliyaan lafzon par ruki reh gayin. Uski aankhon mein ek ajeeb si chamak thi, jaise yeh alfaaz uske liye likhe gaye ho. Woh agla jumla padhne hi wala tha ke kamre ka darwaza khula.

Main chai ka tray sambhalte hue andar aayi… meri nazar seedha Muntaha ke haath mein pakde hue draft par ja padi.

Main aage badhi, table par chai ka tray rakhte hue ek cup Muntaha ke samne slide kar diya.

"Cookies bhi layi hoon… agar chahiye ho toh," maine halki si formal tone mein kaha.

Muntaha ne haath mein rakha draft wapas table par rakh diya aur aaram se chair par tik gaya. Ek cookie uthakar muh mein dali, thoda enjoy karke khayi, phir bilkul casually bola, ***"Paani nahi layi tum?"***

Meri bhonhein phir chadh gayi. Bina kuch kahe main gusse mein uth kar study table ke lamp ke paas rakhi bottle uthayi aur Muntaha ke haathon mein thama di.

"Yeh lijiye… paani. Aapke naseeb ache hain ke mere bottle se paani peene ka mauka mil raha hai aapko," maine tanz bhari muskaan ke saath kaha.

Muntaha ne bina kuch kahe bottle le li. Woh ek trendy sa bada tumbler tha jisme aram se teen liter paani aa jata hai.

Knob ghuma kar do teen ghut peene ke baad usne aaram se wapas band kiya aur be-parwaahi se bola,

"Ajeeb baat hai… is tumbler mein bhi paani ka taste bilkul normal water jaisa hi hai. Mujhe toh koi khush naseebi wali feeling nahi aayi."

Yeh sunkar mera chehra gusse se lal ho gaya. Maine ghoor kar Muntaha ko dekha, aur tabhi Muntaha ne shararat se mujhe ankh maar di.

"Aap yeh baar-baar mujhe ankh kyun marte ho? Main sabko bol doongi… next time agar aapne mujhe ankh maari toh," Main rooth kar palat gayi.

Muntaha pehle halki si muskaan rokne ki koshish kar raha tha, lekin phir zor zor se hasne laga.

"Mujhe adat hai tumhe ankh marne ki. Meri biwi ho tum. Jao, jis se marzi shikayat kar lo… main toh yeh ankh maarna nahi chhodunga."

Mainee thoda sar hila kar, jaise koi challenge accept kar rahi thi, kaha, ***"Theek hai."***

"Waise bohat khubsurat likhti ho tum. Ek din bohat badi writer banogi. I'm sure" Muntaha ne meri tarif ki. Maine sar hila kar khamosh hogayi.

"Chalo, ab dekhte hain meri Biwi saheba ne chai kaise banayi hai," Muntaha ne cup uthate hue sharaarti andaaz mein kaha.

"Are wah, kya baat hai," Muntaha ne do sip chai peene ke baad kaha.

"Yeh chai peeke lag raha hai ke main naseeb wala hoon… ke itni tasty chai meri biwi bana sakti hai."

Maine uski taraf gaur se dekha yeh sach mein meri tarif kar raha hai… ya koi sarcastic comment kar raha hai? Maine kuch na kehkar apni chai uthai aur ek sip li… lekin jaise hi taste zubaan ko laga, mera chehra turant bigad gaya.

Yeh toh… namak hai!

Maine jaldi se nazar Muntaha ki taraf daali, lekin tab tak woh apni poori chai khatam kar chuka tha. Maine dobara apni chai sip karke confirm kiya, haan, yeh waqai namak wali chai thi. Mera muh dobara ban gaya.

Maine apna cup table par rakha, phir Muntaha ka khaali cup uske haath se le liya.

"Aap ne yeh… namak wali chai kaise pee li? Aap theek toh hai? Yeh lijiye, paani pijiye." Meri awaaz mein ab gusse se zyada chinta thi.

Muntaha ne haath utha kar usse shant karte hue kaha, ***"Arre yaar, bohot achhi thi chai. Bas… chini ki jagah namak tha. Itna tension kyon le rahi ho? Zehar thodi tha chai mein — relax."***

Phir usne zara naram lehze mein kaha, ***"Roshima, main sach keh raha hoon. Main sarcastic comment nahi kar raha. Aur tum pehli nahi ho jo salty chai banati ho… bohot saare pahadi aur gaon wale salty chai peete hain aur woh kaafi tasty hoti hai. Mujhe tumhari chai waise hi lagi. Tumne anjane mein namak daal diya hoga, taste bas thoda alag ho gaya. Main ne bohot baar aisi chai pi hai… isliye fikar mat karo. Mujhe toh bohot pasand aayi."***

Mera gussa thoda halka hua, lekin mere chehre par ab bhi *thoda sa sharminda, thoda sa pighla* hua expression tha.

"I am sorry… pehli baar maine aapke liye chai banayi hai, aur woh bhi… salty," Meri awaaz halki si kanp rahi thi. ***"Yeh maine expect nahi kiya tha… ke mera sohar mere haathon ki khari chai piye… na ke meethi chai."***

Mere chehre par nadamat thi, aur guilt se meri aankhon mein aansu bhar aaye.

Muntaha kuch lamhon tak sirf mujhe dekhta raha, ***"sohar"*** lafz uske kaanon mein goonj raha tha. Jaise hi yeh shabd usne suna, uske dil mein ek ajeeb si khushi, ek garmahat phail gayi… jaise phool khil gaye ho. Lekin meri aansuon ki chamak ne uska dil ek dum se pighla diya.

Woh apni kursi se uth kar mere kareeb aa baitha, aur bade narmi se uske galle par behtay aansu apni ungliyon se pochne laga.

"Are yaar… meri biwi hokar ro rahi ho?" Muntaha ne halki si hansi ke saath kaha.

"Mrs. Muntaha Qadri ho tum. Tum khari chai bhi banaogi na, toh woh bhi ek brand ban jayega sach keh raha hoon. Market mein salty chai ki demand bohot hai. Chalo, sath milke ek café kholte hain. Wahan cream bun bhi rakhenge. Life partners toh ban hi gaye… ab business partners bhi ban jaate hain. Kya bolti ho? Hai manzoor?"

Uski baaton mein shararat bhi thi, aur pyaar bhi. Mere hothon par halki si muskaan aa gayi, lekin phir main halki si sharmate hue dobara se boli,

"Sorry… Muntaha."

"Arre baba!" Muntaha ne eye brow uthakar pucha, ***"abhi toh maine tumhe samjhaya... phir kyu sorry bol rahi ho?"***

"Isliye... kyunki main kabhi kabhi apni boundaries cross kar deti hoon. Aur... pata nahi... aapko kya kya keh jaati hoon," Maine nadim hote hue kaha, meri nazar table ki taraf jhuki hui thi.

Muntaha ne halki si saans li, jaise kuch kehne se pehle apne alfaaz ko choose kar raha ho...

"Roshima..." Muntaha ne itne pyaar se pukara ke jaise har harf mein narmi ghuli ho. Us awaaz ne mere dil mein aise halki si gungunahat jagadi, jaise pet mein titliyan udne lagi ho.

Usi pal, khidkiyon se halki thandi hawa ka jhonka aaya, jo dono ke darmiyan se guzra. Hawa ne mere baalon ko dheere se uchaal diya, aur uske chehre par ek meethi si, bheemi-bheemi si lehren ban gayi. Hum dono ki nazar mil gayi. Bas ek lamha... phir dusra... aur phir jaane kaise woh lamhe minton mein badal gaye. Hamari aankhon mein ek khamosh guftagu chal rahi thi, jo alfaaz se nahi, bas jazbaat se samjhi ja sakti thi.

Woh mohabbat jo hamare dilon mein thi, ab hamari ankhon se saaf jhalak rahi thi. Hum dono ke chehre par ek pyari si muskaan thi, jo sirf honton par nahi... dil ke andar tak chhayi hui thi.

Muntaha ne narmi se apne hathon se mere chehre par bikhre hue baalon ko sametkar, pyar se unhe mere kanon ke piche kar diya. Uski ungliyon ka halka sa sparsh mere dil ki dhadkan tez kar gaya. Maine sharmate hue apni nazrein jhuka li, lekin mere galo par phaili halki si laali Muntaha ki nazron se chhup na saki. Us pal, Muntaha ko laga jaise poori duniya sirf is ek chehre mein simat aayi ho.

Woh dheere-dheere mere kareeb aane laga. Darmiyan ka faasla jaise apne aap pighalne laga. Hawaa mein ek anjaan si garmi, ek sukoon bhari khushboo thi jo hum dono ke jazbaat ko aur gehra kar rahi thi.

Hum dono ne apni ankhein band kar li. Saansen tez, lekin ek doosre ke saath hum-sang thi. Har saans ek nayi kahani likh rahi thi. Muntaha ke lab mere labon ke kareeb the… itne kareeb ke ab bas ek pal ka fasla reh gaya tha.

Par waqt ko yeh lamha manzoor nahi tha, Jaise waqt ne hamare liye apni chaal rok di ho, Achanak se ek ghanti baji. Ek phone ki ghanti, har awaaz, har soch, har chehra dhundhla padh gaya, Main aur Muntaha, us adhure reh gaye lamhe ko lekar, thodi sharmindagi se chup ho gaye the. Muntaha ne table par padha phone uthaya, screen dekhi ***"Rahim Calling..."***

Muntaha ne halki si muskaan ke saath meri taraf dekhte hue bola,

"Rahim ka call hai." Phir usne call receive ki.

"Haan Rahim, sab khairiyat?"

Aage se awaaz aayi, ***"Bhai, kahan ho aap? Main aapke room mein aaya tha. Clients ka urgent call aaya tha, unhe kuch details priority par chahiye. Aap kahaan ho? Main aa jaata hoon, discuss kar lete hain."***

"Nahi, Rahim… main apne kamre mein aata hoon. Wahin baat karte hain," Muntaha ne jawab diya.

Call cut karne ke baad uski nazar wapas Mujhe par aagayi. Main abhi bhi nazrein jhukaye baithi thi, jaise abhi-abhi guzre lamhe ki garmi mere chehre par rang chadhakar chali gayi ho. Us sharmile andaz mein Main Muntaha ko aur bhi khoobsurat lag rahi thi. Kuch pal woh sirf mujhe dekhta raha, jaise waqt ko wapas kheench lena chahta ho. Phir ahista se bola,

"Roshima... main kal baat karta hoon. Abhi mujhe Rahim ke saath kuch business ko lekar discuss karna hai.Urgent hai"

Uske lehze mein udasi thi, jaise woh bhi is baat ko taal nahi sakta tha.

Maine bas halki si sir hila diya, kuch keh nahi paayi. Muntaha mere paas aaya, dono hathon se uske mere gaalon ko thama... meri aankhon mein kuch pal aur dekha, phir mere maathay par narmi se aur pyar se chuma. Meri ankhen us lamhe band he thi. Usne phir mere dono hath apne haton mein liye aur kaha ***"Main Kal zarur baat karunga"*** aur phir chup chaap palat kar chala gaya...

Muntaha ke kadam kamre se bahar nikal gaye, par uski khushboo abhi bhi hawa mein ghuli hui thi. Main kuch pal wahi baithi rahi, jaise waqt ruk gaya ho. Mere mathe par Muntaha ke hothon ka halka sa chuna abhi bhi mehsoos ho raha tha, jaise koi narm sa nishaan jo dil tak uthar gaya ho.

Maine apni ungliyon se maatha chhua, phir halki si muskaan mere chehre par aayi... lekin agle hi pal us muskaan ke peeche ek khaali sa ehsaas chhup gaya. Main khidki ki taraf mud gayi, jahan se thandi hawa aa rahi thi, aur sochne lagi...

"Agar woh phone na bajta... toh pata nahi aaj kya ho jaata,"

Maine apne dil mein socha, ek halki si kaanp meri rooh tak uthar gayi.

"Shayad achha hi hua ke Rahim ne call kar di... hum dono toh bilkul hosh mein nahi the aaj."

Maine jaise apne jazbat ko wapas dil ke kisi kone mein dhakel rahi thi.

Main jaanti thi ke jo pal abhi guzre, unme kuch aisa tha jo main kabhi socha bhi nahi tha... aur shayad kabhi sochna bhi nahi chahiye tha.

Main chup-chap apne bed par jaa ke let gayi. Chhat ki taraf dekhte hue, mere zehan mein bas wahi pal baar-baar chalne lage jab main aur Muntaha itne khareeb the ke hamari saansein ek doosre mein ghul rahi thi. Mera dil tez dhadak raha tha, jaise abhi bhi woh lamha chal raha ho.

Dusri taraf Muntaha ka bhi haal kuch aisa hi tha. Rahim ke saath business ki baatein karte hue uska dhyaan har dusre second bhatak jaata. Jaise hi Rahim gaya, Muntaha ne gehri saans li aur apne kamre mein jaa kar bed ke edge par baith gaya.

Usne dono haathon se apna chehra chhupa liya, jaise apni muskaan aur sharm dono ko chhupana chahta ho.

Kuch pal chup rehne ke baad uske hothon se ek halka sa, lekin saccha ikraar nikal pada.

"Uff... yaar Roshima... mohabbat ho gayi hai mujhe tumse."

Dusre din subah, Muntaha ko ek aur urgent kaam ke liye office jaldi nikalna pad gaya. Is baar bhi woh mujhe University drop nahi kar saka.

Maine subah tayyar hote waqt dil mein socha tha, ***"Shayad aaj woh pick and drop karne zarur aayega"***, lekin shaam tak woh umeed bhi toot gayi.

Abba jaan ne hi mujhee drop kiya, aur shaam ko wapas bhi le aaye. Rahim ko USA ke liye kuch documents finalize karne the, isliye kaam ka pressure double ho gaya tha. Muntaha aur Rahim na toh breakfast table par hote, na dinner par.

Har din Mera dil un lamhon ko yaad karta jab main Muntaha ke saath baithi hoti thi ek muskaan, ek chhoti si baat, ek halki si nazar milana… ab sab kuch jaise ruk gaya tha.

Saat din beet gaye, aur maine Muntaha ka chehra tak nahi dekha.

Kabhi phone uthati, screen par uska naam search karti, message type karne lagti… lekin bhej nahi paati. Har baar mere dil mein ek ajeeb si sharam, ek uljhan aa jaati.

Yahan Muntaha ka bhi wahi haal tha. Rahim ke saath kaam mein poora involve hone ke bawajood, uske dil ke ek kone mein har waqt meri kami mehsoos hoti. Kabhi short breaks mein woh apni kursi pe piche tikta, ankhein band karta, aur sochta ke ***"Kaash iss waqt Main Roshima ke saath hota uski khushboo, uski muskaan, uski nazron ka woh narm sa sparsh… sab kuch mehsoos karta."***

Woh baar-baar un lamhon ko yaad karta jab hum dono itne kareeb aa gaye the ke hamari saansein ek doosre mein ghul gayi thi. Dil karta ke phone uthaye, ek chhota sa message bhej de ya bas ek baar meri awaaz sun le. Lekin har baar jab yeh sochta, Rahim ka saaya paas hota kabhi laptop screen par reports discuss karte hue, kabhi client call ke beech mein. Har waqt kisi na kisi kaam ki girift mein hone ki wajah se woh apne dil ki baat mujh tak pohcha hi nahi paa raha tha.

Aakhirkaar, Sunday ka din aa hi gaya. Lekin is baar bhi breakfast table par na Muntaha tha, na Rahim. Dono subah-subah hi Rahim ke visa processing ke kaam ke liye ghar se nikal gaye the. Sunday ka din toh hamesha se Muntaha ke ghar mein khaas hota tha sab log ghar par, chhoti-badi baatein, hansna, shararat, aur rasoi se aati khushbuein. Aaj bhi waisa hi din tha. Dadijaan ka dil chaha ke is baar ghar mein gol gappe banaye jayein. Unki ek baat par hi sab bahuein haan mein haan milate hue rasoi mein chali gayi. Koi aata gundh rahi thi, koi aloo ki masala tayyar kar rahi thi, toh koi pudina aur imli ki chatni bana rahi thi.

Ghar ka mahaul ekdum se meetha aur zinda ho gaya tha. Sab log gol gappe khane ke liye aangan mein baithe the. Hansi-mazaak, chutney ki khushboo, aur bartan bajne ki awaaz se poora ghar gulzar tha. Main bhi wahan thi, lekin mera chehra dusron ki tarah roshan nahi tha.

Main chup-chaap pani puri ka pani bhar bhar ke Dadijaan ki plate mein rakhti ja rahi thi. Kabhi ek gol gappa apne muh mein dalti, toh turant dusra Dadijaan ki plate mein rakh deti. Mere hothon par halki si muskaan thi, lekin mere dil mein ek bechaini thi jo sirf main khud samajh sakti thi.

Yeh pehli baar tha ke Muntaha ghar par hone ke bawajood itne din mere saamne nahi aaya tha. Hamesha yun hota ke

Muntaha seher se bahar hota tab he breakfast aur dinner par na hota. Warna Saturday Sunday aur weekdays mein break fast aur dinner hum sab ek sath he karte the. Aur Sunday's toh lunch aur snacks bhi poora family sath mein hote.

Maine ek gol gappa apne muh mein dala tabhi kahin se achanak Muntaha mere samne aake baith gaya. Saath mein Rahim bhi tha, dono ne ek saath chehre par muskaan liye kaha,

"Assalamualaikum!"

Sab ne jawab diya, lekin mere muh mein gol gappa hone ki wajah se main kuch keh hi nahi paayi. Meri aankhen bas seedha Muntaha par tik gayi, jaise saalon baad mil rahi ho. Main na gol gappa nikal sakti thi, na properly chaba pa rahi thi. Muntaha ne mere taraf dekhte hue, halki si shaitani muskaan ke saath ek ankh mari.

Bas… us pal mere gale mein gol gappa atak gaya. ***"Kh… khhh…"*** main zor zor se khansne lagi.

Muntaha turant apni kursi se uth kar, ek glass pani mere liye le aaya.

"Arre… dhyan se, Roshima!" usne halki si pareshani ke saath kaha, lekin uski aankhon mein mazak ka jhalak abhi bhi thi.

Poore table par baithay sab log chup ho kar hum dono ko dekhne lage, jaise gol gappe se zyada maza is scene ka ho. Kuch der baad maine apna saans sambhala aur phir se gol gappe serve karne lagi. Muntaha dobara aake mere samne baith gaya, jaise us pal ka intezaar kar raha ho.

Rahim, hamesha ki tarah, Dadijaan ke paas chala gaya jahan uski maa baithi thi.

Roshima apne haath se gol gappe mein pani bhar kar Dadijaan ki plate mein rakh rahi thi, aur kabhi ek apne muh mein bhi. Iss baar uske chehre par pehli wali ghabrahat nahi, balki ek halki si muskaan thi jaise usne apni chhoti si jeet wapas paa li ho.

Muntaha ne apne bowl ki taraf ishara karke kaha, ***"Mujhe bhi do teen gol gappe khila do…"***

Usne halki si shaitani ke saath bowl meri taraf badha diya. Yeh pehli baar tha ke Muntaha ne sabke saamne mujhse seedha baat ki thi. Maine uski taraf dekha, kuch bole bina, lekin apni serving list badal di ab main teen plates serve kar rahi thi, ek Dadijaan ke liye, ek apne liye… aur ek Muntaha ke liye.

Muntaha ke lips par halki si muskaan thi, jaise woh samajh gaya ho ki yeh bina bole bhi ek jawab hai. Muntaha gol gappe khate hue sirf mujhi ko dekhe ja raha tha jaise salon se dil mein chhupi ek khwahish aaj puri hui ho. Uski aankhon mein ek sukoon, ek apnapan tha jo lafzon se bayan nahi hota.

Maine apna dil sambhalte hue, uski taraf dekhne se bach rahi thi. Mujhe darr tha ke kahin woh dobara shararat se aankh na maar de… aur mera dil phir se tez na dhadakne lage. Sab ne khoob dil bhar ke gol gappe khaye. Hansi-mazaak, chhoti-moti baatein chal rahi thi. Table par sab apni duniya mein the, Hum dono ke liye jaise poora mahaul ek dum dheere ho gaya tha.

Muntaha aur Main har baat, har pal mein ek dusre ko dekhne ka koi na koi bahaana dhoondh rahe the. Kabhi Muntaha ki nazar chhupke se mujh par padti, toh kabhi main apne chehre pe ek halki si muskaan ke saath uski taraf dekhti.

Aur phir, kabhi kabhi aisa hota… ke hamari nazrein achanak takra jaati. Ek pal ke liye dono chup ho jaate, jaise waqt ruk gaya ho. Phir ek halki si sharam, ek chhup si muskaan, aur nazar phir se jhuka lete. Yeh ek nayi mohabbat ka pehla, khamosh silsila tha.

Sara din khushgawar guzar gaya. Raat ko jab dinner ka waqt aaya, toh sab apni-apni kursiyon par baith gaye. Garam garam roti ki khushboo, fresh salan ka swaad aur chhoti-moti baaton ka halka sa shor table ke mahaul ko aur apnapan de raha tha. Sab apne khane mein magan the ke achanak Dadijaan ne apni kursi par seedha hote hue kaha, ***"Rahim mere bacche… main bohat khush hoon ke tumhara visa approve ho gaya. Tum USA jaane wale ho. Tum pehle ho jo hamare khandan se bahar jaakar apna business aage badhane wale ho."***

Unki awaaz mein fakhr tha, pyaar tha, dua thi. Yeh sunte hi sab ke chehre par ek garv bhari muskaan aa gayi, aur phir ek saath sabne thaliyon par taaliyan bajaani shuru kar di. ***"Wah, Mubarak ho Rahim bhai!" "Bohat bohat Mubarak bete!"***
Rahim, jo normally itna shy rehta tha, aaj apne chehre ki khushi chhupa nahi paaya. Uski aankhon mein chamak thi, jaise sapna poora hone ka sukoon ho.

"He deserves this, Dadijaan," Muntaha ne muskurate hue kaha. ***"Jab se yeh clients se mila hai, tab se har chhoti-badi***

baat pe bohot bariki se kaam kar raha tha. Guzre hue saath din mein toh isne din raat ek kar diye, sirf clients ke liye perfect plan banane mein."

Rahim ne halki si sharmili muskaan ke saath Muntaha ki taraf dekha. ***"Bhai... aap na hote toh main itna sab kuch nahi kar pata. Aapki guidance ke hisaab se hi main yahan tak pohancha hoon."***

Table par baithay Niyaz tayabbu ne pyar bhari awaaz mein pucha, ***"Phir kab nikal rahe ho, beta?"***

Rahim ne sip se paani piya aur jawab diya, ***"Abbajaan, main 3 din baad nikal raha hoon... Jumme ke din meri flight hai."***

Teen din tak poora ghar Rahim ke saath zyada se zyada waqt guzarne laga, jaise har pal ko apne dil mein basa lena chahte ho. Dadijaan uske manpasand pakwaan banwati, aur jab bhi mauka milta uski balayein leti jaati.

"Beta, kamiyabi hasil karne ja rahe ho... apne andar ghamand paida mat hone dena. Aur hum sab ko bhool mat jaana," Dadijaan ne pyar se uske sir par haath pherta hua kaha.

Rahim ne muskurate hue, lekin thodi nami bhari awaaz mein jawab diya, ***"Dadijaan, aapne mujhe aisi tarbiyat di hi nahi ke main ghamand apne upar haavi kar loon. Aur main aap sab ko kaise bhool sakta hoon? Main roz video call karke sabse baat karunga."***

Jumme ka din aa gaya... aur woh pal bhi, jab Rahim ko alvida kehna tha kuch mahinon ke liye. Drawing room mein sab log ikatthe ho gaye. Ghar mein khushi bhi thi aur ek ajeeb si udasi bhi. Sabki ankhein nam thi, aur Rahim ki apni aankhon mein bhi aansu. Woh muskurane ki koshish kar raha tha, lekin andhar se jaanta tha ke mahinon tak sabse door rehna kitna mushkil hoga. Har ek ne usse gale lagakar dua di… aur us pal ghar ka har kona ek chhup si khamoshi mehsoos kar raha tha.

Ghar ke bade log toh ghar par hi ruk gaye the, lekin saare cousins, Muntaha, Kabir, Faiz, Salam aur main, Rahim ko alvida kehne ke liye airport tak gaye. Airport pe sab mazak-masti mein lag gaye. Kabir aur Salam chhed rahe the, ***"Rahim, wahan koi gori ladki mil gayi toh humein yaad bhi nahi karega!"***

Rahim halka muskuraya, lekin uski nazar sirf mujh par thi. Uske dil mein ek dabe hue jazbaat ka sailab tha. Woh izzat bhi karta tha, mohabbat bhi… lekin kabhi keh nahi paaya tha.

Jab Muntaha aur Faiz kuch khane-peene ke liye lane chale gaye, aur Salam-Kabir apne phone mein uljhe rahe, Rahim ne mauka paaya aur mere paas aaya.

"Ijazat hai main baat kar sakta hoon?" usne dheemi awaaz mein poocha.

Maine halki si ghabrahat ke saath sir hila diya. ***"Haan, bolo."***

Rahim ne gehri saans li.

"Mujhe pata hai tum mujhse naraz ho. Lekin main bhi insaan hoon, Roshima… mere andar jazbaat hain. Aur yeh jazbaat… mohabbat hai. Maine us raat tumhe isiliye call kiya tha, taaki tumse poochu ki tum Muntaha bhai se nikah

karne ke liye raazi ho ya nahi. Agar tum 'na' keh deti... toh main apni mohabbat ka izhar kar deta."

Woh rukkar dheere se bola, ***"Bas itni si galti hai meri. Ab tum Muntaha bhai ki dulhan ban chuki ho... toh kam se kam mujhe maaf kardo. Kya pata main USA se wapas na aaun."***

Main uski baat sunkar thoda sanni si reh gayi. ***"Tum... mujhse mohabbat karte ho?"***

"Haan... karta hoon. Aur zindagi bhar karta rahunga. Yeh baat alag hai ke tum ab Muntaha bhai ki dulhan ho, aur iska lihaz main kabhi nahi bhoolunga." Rahim ne daleri se jawab diya.

Uss lamhe mein mera chehra gusse aur pareshani ka mix ban gaya. ***"Tumhara dimag kharab ho gaya hai, Rahim,"*** maine teekhe lehze mein kaha.

Tabhi Muntaha aur Faiz snacks lekar aa gaye. ***"Kya chal raha hai idhar?"*** Muntaha ne muskurate hue poocha.

Rahim ne turant baat ko badal diya, ***"Kuch nahi bhai... main Roshima se keh raha tha ke wahan kisi gori se shaadi karke green card le loon aur wahi settle ho jaun."***

Sab hans diye, lekin mere dil ki dhadkan abhi bhi tez thi. Maine bina kuch sonche aur bina kuch kahe Muntaha ka bazu tham liya aur zor se use jakad liya.

Muntaha ne mere haath pe apna haath rakha, halki si muskaan ke saath ishare se mujhse puchha, ***"Kya hua?"*** Maine bas dheere se itna bol paayi, ***"Kuch... nahi. Bas darr lag raha hai..."***

Muntaha ne fikr se jhukkar poocha, ***"Darr? Kis baat ka darr?"***

Meri awaaz halki si kanp rahi thi, ***"Muntaha... aapse bohat mohabbat karti hoon main. Bas... yeh darr lagta hai ke aap mujhse kabhi mohabbat nahi karoge."***

Meri ankhon mein aansu bhar aaye, honton pe halka sa kampna, aur poori tarah main khud bhi kamp rahi thi. Rahim bilkul paas khada tha. Jaise hi usne mere mooh se yeh Izhar-e-Mohabbat suna, uska dil ek dum se bojhal ho gaya. Bina kuch kahe, woh dheere se wahan se hatt gaya aur bhaiyon ke paas chala gaya jo thodi door mazak-masti kar rahe the.

Muntaha ki aankhein phati ki phati reh gayi thi. Mere iss mohabbat ke izhar ne usse chaunka ke rakh diya tha. Kuch pal ke liye samajh nahi paaya ke kya bole, kaise react kare... woh bas mere chehre ko dekhta reh gaya jahan mohabbat, darr aur aansu sab ek saath maujood the.

Mera dil Rahim ki baton se bohat gehra chot kha gaya tha. Uske alfaz jaise mere andar dabaa hua dukh chhed gaye. Aur ussi chot ke saath, mere dil mein jo mohabbat Muntaha ke liye chhupi hui thi... woh zubaan par aa gayi. Main apna izhar-e-mohabbat karke ekdum rone lagi. Mere aansu ruk nahi rahe the, awaaz halki si kanp rahi thi.

Thodi door Rahim baaki sare bhaiyon ke saath tha Kabir, Faiz, Salam lekin sabki nigah kabhi Mujh par thi, kabhi Muntaha par. Hawaa mein ek ajeeb sa sannata tha, jaise airport ka shor bhi iss pal ke aage kam pad gaya ho. Muntaha ke liye yeh pal ek saath hairani, mohabbat aur samajh na paane ka tha. Rahim ki aankhon mein woh dard tha jo sirf khamoshi se samjha jaa sakta tha.

Rahim ne ek pal ke liye Muntaha aur mujhe ko dekha, phir apne dil ke bojh ko chhupate hue ek halki si muskaan banayi. ***"Chalo... chalte hain,"*** usne dheere se Kabir, Faiz aur Salam se kaha.

Woh samajh gaya tha ke yeh pal sirf Muntaha aur Mera pal hai beech mein koi teesra nahi hona chahiye. Bina aur kuch bole, Rahim apne bhaiyon ko lekar thoda door chala gaya, jahan se na unki baatein sunai dein, na unke jazbaat ka bojh kisi aur par padhe. Door jaane ke baad bhi, Rahim ke dil mein ek halka sa dard tha... lekin usne apne chehre par bas ek beparwa sa mask laga liya.

"Roshima... tum ro kyun rahi ho?" Muntaha ne mere aansuon ko dekha toh uska dil bhar aaya. Woh mere pass aya aur mere kandhe par hath rakh kar mujhse sawal karne laga.

"Aapki wajah se ro rahi hoon main," Maine kapkapati aawaz mein kaha.

"Nikah hua hai mera aapse... poore ek saal se mujhe pata tha ke aap mere hone wale shauhar ho. Aur ahista-ahista... mujhe aapse mohabbat ho gayi, Muntaha. Lekin aapko nahi hui. Aap... mujhse mohabbat nahi karte. Isi liye rona aa raha hai mujhe."

Mere alfaz ke saath-saath mera gussa bhi chadh gaya. Maine Muntaha ko thoda sa door dhakel diya. Par mere izhar ke baad... Muntaha ke dil mein jaise phool khil gaye. Ek anjaani muskaan uske hothon par aa gayi, jo usne chhupane ki koshish bhi nahi ki.

"Haan... ab muskurao," Maine tanz bhare lehje mein boli, ***"Mere rone ka maza lo!"*** Aur main phir se rone lagi.

Muntaha ne ek pal bhi zaya na karte hue, muskurate hue mujhe apni baahon mein kheench liya.

"Pagli ho tum… tumhe ab tak kaise samajh nahi aaya ke tum meri jaan ho? Sirf meri zimmedari nahi, tum mera ishq ho… mera pyaar… meri mohabbat ho. I love you, Roshima. Dil-o-jaan se mohabbat karta hoon main tumse."

Yeh lafz sunkar Mere chehra roshni se bhar gaya. Jaise saalon ki intezaar ki dua aaj qubool ho gayi ho. Maine bhi Muntaha ko kas ke gale se lagaya. Hum dono ek dusre ko mehsoos karte rahe… jaise waqt us pal ruk gaya ho. Woh khamoshi, jo itne dino se dilon mein thi, aakhir aaj lafzon mein dhal gayi. Woh ***Uljhan-E- Mohabbat*** thi, aaj sulajh gayi.

Door se Rahim ne hum dono ko dekha… ek lamha ke liye dil bhar aaya, par phir usne apne qadam aage badha diye. Apne dil ke ek hisson ko peeche chhodte hue, woh musafir ban gaya, ek aise raste ka, jahan manzil toh thi, lekin mohabbat ki nahin.

"Kuch khwaab raaston mein bikhar jaate hain, kuch jazbaat dil ke andar hi mar jaate hain, Naseeb ka likha badla nahi karta koi…bas kuch log dil pe pathar rakh ke guzar jaate hain."

Rahim ke qadam tez ho gaye… aur zindagi ka ek panna chupke se palat gaya.

******End of Part One******

A Small Scene From Part Two

Ghar mein sabke chehre pe udaasi aur bechaini thi. Achanak se ghar ke dono bete, Muntaha aur Rahim, dono laapata the. Aur upar se ghar mein baaki sab logon ke visa reject hone ki khabar ne sabko aur bhi tod diya tha.

News channels pe sirf ek hi khabar chal rahi thi USA ke Texas Hill Country mein barsaat aur flood ki tabahi. Kaha ja raha tha ke Guadalupe River ke pass sabse zyada nuqsaan hua hai. Aur wahi jagah thi jahan Muntaha aur Rahim ghumne gaye the… aur teen din se unka koi pata nahi tha.

Us bechaini ke beech, Roshima ke phone ki ghanti baj uthi. Usne kapti hui ungliyon se screen dekhi — ek international number. Dil se aawaaz nikli, ***"Ya Rabb… yeh Muntaha ka call ho…"***

Dheere se usne call uthaya.

"Roshima…" dusri taraf se awaaz aayi.

Usne turant pehchaan liya. ***"Rahim! Tum theek toh ho? Muntaha kahan hai? Kaise hai aap dono? Jaldi bolo!"*** Roshima ki cheekh mein aansu ghul gaye.

"Roshima… woh bhai…" Rahim ki awaaz tharthara gayi aur phir ruk si gayi.

"Rahim!" Roshima chilla uthi. ***"Kya hua hai? Kahan hai Muntaha? Tum chup kyu ho? Bolo na!"***

Thodi der ki khamoshi ke baad Rahim ki awaaz phooti. ***"Roshima… rescue team abhi bhi unhe dhoond rahi hai…***

paanch ghante ho gaye hain… lekin bhai… bhai abhi tak nahi mile…"

Roshima ki saansen tez ho gayi. Uska dil jaise band ho raha tha. ***"Nahi… nahi… main yeh sach nahi maanti! Yeh jhoot hai! Tum jaan bujh kar mujhe gumrah kar rahe ho, Rahim!"***

Aur phir uski aankhon se ansuon ka silsila rukha nahi. Usne cheekh kar kaha —

"Rahim, ek baat yaad rakhna… agar mere sohar ka pata nahi chala na… toh main tumhe kabhi maaf nahi karungi. Kabhi nahi! Agar Muntaha ko kuch hua, toh tum bhi zinda wapas mat aana!"

Aur yeh kehkar usne call kaat diya. Room mein sirf uske dil ki tootne ki aawaaz goonj rahi thi.

******Will continue in Next Part******

A Small Litte Surprise For My Readers. A Short Story Written By Me As Bonus For You Guys. Please Enjoy Reading.

Uss Lamhe Ke Baad

Bohat saalon baad maine use dekha.

Apni biwi ke saath bohot khush tha. Usne mujhe dekha ya nahi, pata nahi… par maine sirf ek nazar daal kar nigah jhuka li taake koi mujhe galat na samjhe. Mere dil mein uske liye izzat toh bohot hai, magar mohabbat... mohabbat ab khatam ho chuki hai.

Ab woh sirf meri bhabhi ka bhai hai—bas, aur kuch nahi.

Ek waqt tha jab hum ek dusre se beinteha mohabbat karte the. Ek dusre ke hone ke khwab dekhte the. Lekin halat aur logon ne sath nahi diya… ya shayad humne hi koshish adhuri chhod di thi. Jab ghar ke badon ne keh diya ke yeh nahi ho sakta, humne bina laraye maan liya. Bas, wahin hamari kahani khatam ho gayi thi.

Phir ek din, woh apni behan jo meri bhabhi hai usse milne aya. Main naseeb se ghar se nikal rahi thi. Jaise hi gate ke bahar aayi, woh samne tha. Woh bell bajane wala tha ke meri taraf dekha... aur ruk gaya.

Phir dheere se bola…

"Kahan ja rahi ho iss waqt?"

Main kuch lamhe chup rahi, socha bina kuch bole chale jaungi. Lekin phir yaad aya woh meri bhabhi ka bhai hai.

Agar jawab nahi dungi, toh meri tarbiyat par sawal uth sakta hai.

Maine kaha, ***"Main long drive pe ja rahi hoon."***

Woh bola, ***"Is waqt, itni raat ko?"***

Mujhe gussa aaya, lekin maine politely jawab diya, ***"Haan, Isme kya kharabi hai?"***

Woh thoda tensed lag raha tha, phir bhi bola, ***"Raat ke 10 baj rahe hain. I don't think tumhe is waqt long drive pe jana chahiye."***

Main uske kisi bhi sawal ka jawab dene ke liye liable nahi thi, lekin apni tarbiyat ka sochkar maine kaha, ***"10 baje aadhi duniya bhi nahi soti, aur din bhar main busy hoti hoon. Aaj mann kar gaya toh ja rahi hoon long drive pe. Now, if you excuse me, I'll leave."***

Main chali ayi aur apni car unlock karke usme baith gayi. Jaisi hi maine car start ki, woh aake passenger seat pe baith gaya.

Main hairan reh gayi. ***"Yeh kya kar rahe ho?"*** maine gusse se poocha, meri awaaz ek pal ke liye thodi tez ho gayi. Dil mein ek ajeeb si ghabrahat thi. Kya woh ab bhi mujhe haq jatane ka koi mauka dhoond raha tha?

Woh apni jagah se hilta bhi nahi, sirf gehri nazaron se mujhe dekh kar bola, ***"Bhai ko pata hai tum kahan ja rahi ho? Ghar pe kisi ko inform kiya tumne?"***

Uska yeh sawaal sunkar ek second ke liye mujhe laga jaise kisi ne mujhe jhatka diya ho. Yeh haq kahan se aa gaya uske paas? Maine apni saans andar kheench kar, apne jazbaat dabate hue jawab diya, ***"Roz akele office aati-jaati hoon, unse puchti hoon kya? Aur meri maa ko sab pata hota hai main kahan ja rahi hoon, kahan se aa rahi hoon. Isse zyada kisi aur ko batana zaroori nahi samajhti!"***

Meri aankhein gusse se laal ho gayi thi. Dil cha raha tha ke seedha keh doon ke ab uska mujh par koi haq nahi, par uski woh shant magar gehri nazar jaise mujhe rok rahi thi.

Woh dheere se bola, ***"Theek hai, tum zaroori nahi samajhti, lekin main tumhe akele jaane nahi de sakta."***

Mere andar ek aag si bhadak uthi. ***"Toh kya karoon? Salman Khan ko bula loon long drive pe jaane ke liye?"*** maine tezi se kaha, haath gusse se fold kar liye.

Woh muskuraya. Uski muskurahat mujhe aur bhi zyada irritate kar rahi thi, jaise woh jaanta ho ke main kitni gusse mein hoon. Phir bhi, bas halka sa hansi dabakar bola, ***"Nahi, Salman Khan ki kya zaroorat hai? Main hoon na, main chalta hoon tumhare saath. Tum akele mat jao."***

Mere andar ek tufaan sa uthne laga. Gusse aur hairani ka ajeeb sa mix tha. ***"Tumhe kya lagta hai? Main akeli nahi ja sakti?"***

Woh sirf ek lafz bola, lekin uski awaaz gehri aur dabe hue jazbaat se bhari thi, ***"Nahi."***

Uska yeh jawab sun kar jaise ek aag aur bhadak gayi. ***"Mujhe kisi ki permission ki zaroorat nahi hai!"*** maine taiz awaz mein kaha, haath steering wheel par rakh diya jaise ab bina kuch soche seedha nikal jaungi.

Woh ab bhi utni hi shanti se bola, lekin ab uski aankhon mein woh purani wala jazbaat chamak raha tha, jo kab ka khatam ho chuka tha. ***"Main mana nahi kar raha, bas saath chal raha hoon."***

Maine use gusse se dekha, phir uski taraf ungli uthakar kaha, ***"Tum abhi isi waqt car se utar jao! Mera mood jab off hota hai, tabhi main kahin long drive pe jaati hoon!"***

Uske chehre pe ek ajeeb si muskurahat thi. Jaise usse pura yaqeen ho ke main chahe jitna bhi inkaar karoon, woh mere emotions padh sakta hai. Woh jaanta hai ke uska yahan hona mujhe pareshan bhi kar raha hai, aur dil ke kisi kone mein ek ajeeb si shanti bhi de raha hai.

Phir dheere se bola, ***"Dekho, ya toh tum mujhe saath leke jao, ya phir ghar wapas chalo aur apne bhai se permission lo ke tum akeli ja rahi ho. Woh maan jaye toh chale jaana akele."***

Maine ek gehri saans li. Yeh banda… ab bhi waise ka waisa hi tha! Mere har jawab ke liye ek aur jawab tayar! Par is raat, is pal mein, mujhe uski baatein zyada gusse wali nahi, bas ajeeb si dukh bhari lag rahi thi… jaise koi beeti yaadon ko dobara zinda kar raha ho…

Maine kaha, ***"Dekho, maine mamma ko bata diya hai ke main drive pe jakar aati hoon."***

Woh apna aadha sar jhukake, aankhein upar karke mujhe dekhne laga. Uski woh gehri nazar jaise mere har jazbaat ko padh rahi thi. ***"Acha? Yeh sunkar aunty ne kya kaha?"***

Mujhe samajh nahi aa raha tha ke iske itne sawaal aate kahan se hain. Mere dimag mein sirf ek hi cheez chal rahi thi—woh bas meri gaadi se utar jaaye. Par mujhe uske sawaal ka jawab dena tha, toh maine dheere se kaha, ***"Unhone bola jaldi***

wapas aana, zyada door mat jaana. Aur main unko keh chuki hoon ke main ek ghante mein aa jaungi."

Woh phir ek naya sawaal lekar aa gaya. ***"Acha? Kahan tak jaane ka plan hai tumhara long drive pe?"***

Mujhe uski har baat irritate kar rahi thi, par maine phir bhi jawab diya, ***"Main airport road touch karke aati hoon."***

Woh halki si hasi dabakar bola, ***"Yeh kaunsa 'jaldi wapas aa jaungi hua bhala? Airport road touch karke wapas aane ke liye agar tum 80 km/h ki speed se bhi chalaogi na, toh poore 2 ghante lagenge!"***

Maine gehri saans li aur uska jawab diya, ***"Haan pata hai mujhe. Isiliye main bridge cross kar jaati hoon. Bridge pe clear road hoti hai aur meri speed 80 nahi hoti, main 130 pe chalati hoon!"***

Woh ekdum chok gaya, ***"Arey baap re! Itni speed kis liye madam? Marna hai kya? Ab toh main tumhe jaane hi nahi dunga!"***

Mujhe aur gussa aaya. Maine thoda teekha jawab diya, ***"Kyun? Dar gaye? Abhi tak toh mere saath aane wale the. Meri rash driving sun ke marne ka khauf aa gaya dil mein?"***

Woh phir se muskuraya, par is baar uski muskurahat mein ek ajeeb si shaitani thi. ***"Mujhe koi problem nahi hai tumhari speed se. Aazma lo. Chalo chalte hain, aur haan speed 130 se neeche nahi honi chahiye. Dekhna, main kitna darta hoon!"***

Mera temper aur high ho gaya. ***"Theek hai! Chalte hai phir! Marne ka itna shauq hai toh aaj poora ho jaayega! Lekin***

yaad rakhna, agar tumhe kuch ho gaya, toh tumhari biwi bewa ho jaayegi. Uska kya karoge?"

Woh ek pal ke liye chup raha, apna chehra niche karliye aur phir uski awaaz ek ajeeb sukoon bhari thi, ***"Nahi hogi meri biwi bewa. Tum zinda wapas aa gayi toh main bhi aa jaunga."***

Uske yeh alfaaz sun ke ek ajeeb si sirhan dil ke andar uthne lagi. Maine bina kuch bole car start ki aur tez raftaar se aage badhi. Kuch door jaane ke baad, maine achanak brake lagayi aur gaadi rok di.

Woh hairani se meri taraf dekha. ***"Kya hua? Achanak kyun roka?"***

Maine uski taraf dekha, meri awaaz thodi dheemi ho gayi thi. ***"Please, car se utar jao."***

Woh samajh nahi paaya. ***"Kyun? Kya ho gaya?"***

Maine gehri saans le kar kaha, ***"Tum kisi aur ke shauhar ho. Agar hamare ghar walon ko ya tumhari biwi ko pata chala ke hum drive pe gaye the, toh bahut buri baat ho jaayegi. Main nahi chahti koi mere maa-baap ki tarbiyat pe ungli uthaye."***

Usne ek gehri saans li, jaise is baat ke liye pehle se tayar tha. Phir dheere se bola, ***"Main aisa kuch hone nahi dunga. Tum jaanti ho, raat ke waqt ladki ka akele jaana sahi nahi hota. Sirf tumhari security ke liye main saath aa raha hoon. Aur tum bhi jaanti ho, na main galat ladka hoon, na tum galat ladki."***

Maine uski aankhon mein dekha. Wahan sirf sachayi thi. Koi chhupi baat nahi, koi doosra maqsad nahi.

Kuch waqt chup rehne ke baad, maine dheere se kaha, ***"Mujhe khamoshi chahiye thi, isiliye akele jaana chahti thi. Tum saath rahoge toh mujhe sukoon nahi milega."***

Ek pal ke liye, sirf humari saansein sunai de rahi thi. Woh sirf mujhe dekh raha tha… aur main bas samajh nahi paa rahi thi ke aakhir yeh sab ho kya raha hai.

Usne phir kaha, ***"Main waada karta hoon, tumhe disturb nahi karunga. Ek kaam karta hoon, main piche wali seat pe baith jaata hoon. Tumhe lagega bhi nahi ke main saath hoon."***

Maine bina kisi excitement ke jawab diya, ***"Kaise nahi lagega yaar? Tum front mirror mein toh dikhoge na? Aur tumhari presence bhi mehsoos hogi."***

Usne mujhe manane ki poori koshish ki, ***"Main nahi dikhunga, side mein hatke baith jaunga. Aur main baat hi nahi karunga toh tumhe meri presence kaise mehsoos hogi? Aur tum bas chalo, isi chakkar mein aur 30 minute barbaad ho gaye. Der ho rahi hai wapas lautne mein!"***

Main chup ho gayi. Uske saath behas ka koi faida nahi tha. Bina kuch bole maine car start kar di. Woh piche jaane hi wala tha, lekin maine haath uthakar signal diya aur kaha, ***"Chup chap baith jao yahi par. Lagta hai mujhe sukoon kahin nahi milega!"*** Yeh kehkar maine car chala di.

Meri aadat thi tez gaadi chalane ki. Jab bhi main kahin nikalti thi, speed 110 km/h se kam nahi hoti thi. Magar aaj, na jaane kyun, maine sirf 80 km/h ki speed rakhi thi. Shayad isliye kyunki andar ek ajeeb si shanti thi.

Jaise usne wada kiya tha, waise hi usne lambe waqt tak mujhse kuch nahi bola, na hi ek baar bhi palat kar meri taraf dekha. Main bhi bas side mirrors aur front mirror mein dekh kar normal drive kar rahi thi.

Ab aisa lag raha tha jaise uske hone na hone se mujhe koi farq nahi padta. Pehli baar laga, ki is bekaar ki baat-cheet ke bina bhi sukoon mil sakta hai. Gaadi ke andar sirf engine ki halki si awaaz thi, aur hum dono ke beech ek gehri khamoshi thi—ek aisi khamoshi jo shayad dono ko ajeeb bhi lag rahi thi, lekin zaroori bhi thi.

Woh apne gale ko halki si kharash karte hue bola, ***"Sirf ek sawal hai tumse... puchh lu?"***

Maine gusse se kaha, ***"Tumne shayad wada kiya tha ke tum bak bak nahi karoge!"***

Woh halka sa hansa, jaise uske liye ye baat mazak ho, ***"Haan, lekin main bak bak kahan kar raha hoon? Bas ek sawal puchh raha hoon."***

Maine thodi bechaini se kaha, ***"Agar main mana kar dun, toh tum sawal nahi puchoge?"***

Uske chehre par ek shaitani muskurahat aayi. Halki si sharaarat uski aankhon mein chamak uthi. ***"Tum mujhe achi tarah jaanti ho na? Main phir bhi sawal puchhta rahunga,"*** usne dheere se kaha.

Maine ghusse se, par ek theeke andaz mein jawab diya, ***"Nahi, main tumhe bilkul nahi jaanti... aur na jaanna chahti hoon!"***

Gaadi ke andar ek pal ke liye sirf engine ki awaaz goonj rahi thi. Woh mujhe dekh raha tha, jaise meri baat uske dil ko chhupke chubh gayi ho. Lekin phir bhi, uski muskurahat gayab nahi hui...

Woh kuch waqt tak khamosh raha. Gaadi ke andar sirf engine ki halki si ghar gharahat thi. Aisa lag raha tha jaise woh apne shabdon ko tol raha ho, samajh nahi paa raha ho ke kya bole aur kya nahi. Phir, dheere se usne kaha,

"Tumne jawab nahi diya mujhe... ek sawal puchh loon?"

Maine apni aankhein upar uthai, jaise bas ab bardasht ka ek aakhri daana bacha ho. Gusse aur bechaini se maine kaha,

"Puchh lo! Tumhe jo puchhna hai, puchh lo. Mujhe pehle se hi pata tha ke mujhe sukoon nahi milega yahan!"

Meri awaaz thodi tez ho gayi thi. Usne mujhe dekha, jaise meri bechaini ko mehsoos kar raha ho. Phir bhi, uske chehre par ek halki si muskurahat thi—ek ajeeb si muskurahat, jo mujhe aur bhi chidha rahi thi.

Usne pucha, ***"Tumhe car chalane se darr lagta tha na? Kab itni achi driving seekh li tumne?"***

Uska sawal sunte hi meri ungliyan steering par thodi kas gayi. Ek pal ke liye main chup ho gayi. Aankhon mein halka sa aansuon ka dundh laharaya, par main uski taraf dekh nahi sakti thi. Dil kar raha tha keh doon—jab usne shaadi kar li, tab maine apne darr ko khatam kar diya aur driving seekh li. Magar main khamosh rahi.

Main nahi chah rahi thi ke woh mujhe is tarah kamzor dekhe. Saans andar kheench kar maine apne aansu pee liye aur palat kar thande lehze mein kaha,

"Kyun? Agar dar lage toh insan ko koshish nahi karni chahiye kya? Maine koshish ki... aur mujhe driving aa gayi."

Usne dheere se apni gardan hilai, jaise mujhe appreciate kar raha ho. Phir muskurate hue bola,

"Yakeen nahi hota tum itna achha drive kar sakti ho. I'm impressed."

Uske lehze mein jo taarif thi, usne mujhe aur chidha diya. Maine tikhay andaz mein kaha,

"Maine tumhe impress karne ke liye driving nahi sikhi. I love it. I got it."

Woh phir muskuraya. Uski woh muskurahat—jaise woh mere har shabd ke peeche chhupi sachchai ko dekh raha ho. Phir dheere se bola,

"No, you don't get what you love. Hamesha toh nahi milta tumhe jo tum chahti ho."

Uske yeh shabd dil par ek teer ki tarah lage. Aankhon mein phir se aansu aa gaye. Woh kya chah raha tha aaj? Yeh kaisi baatein kar raha tha? Jaise jaanta ho ke uski har baat mujhe kamzor bana rahi hai. Jaise woh meri har koshish ko tod dena chahta ho.

Main use bhool chuki hoon. Nahi chahti thi usse ab.

Magar phir bhi... uske yeh alfaaz sunke itni takleef kyun ho rahi thi?

Main kuch der khamosh rahi, phir gehri saans le kar maine jawab diya,

"Tumhe pata hai, jab hume koi cheez nahi milti, uske badle mein Allah hume aur behtareen cheez deta hai. Main khush hoti hoon jab main kuch chahti hoon aur mujhe woh nahi milta. Mil jaye toh bhi khush, nahi mile toh bhi bohot khush, is yakeen ke saath ke mera Khuda mujhe behtar ke badle behtareen ata karega."

Meri baat sunkar woh ek dum chup ho gaya. Jaise uske pass kehne ko kuch bacha hi na ho. Uske chehre se bhi woh muskurahat gayab ho gayi thi. Lekin mujhe koi farq nahi pada. Ulta mujhe sukoon mila yeh kehkar.

Maine apni aankhein phir se road par jama di, magar dimaag kahin aur chala gaya. Mera dil kabhi itna dukh nahi tha jitna us din, jab usne kisi aur se shaadi kar li thi. Bhot royi thi main, kayi dinon tak.

Woh itna khush tha apni shaadi ko lekar, itna ke usne apne saare rishtedaron ke liye naye kapde silwaye. Yeh kehkar ke woh bohot zyada khush hai. Uski shaadi mein band baj raha tha, log nach rahe the, aur sabse zyada woh khud. Jaise meri kami uske jeene ya na jeene se kabhi juri he nahi thi. Jaise woh mujhe kho kar kisi gham mein nahi, balki ek jeet ka jashn mana raha ho.

Lekin waqt rehte mujhe ehsaas ho gaya tha... ke main ab khush hoon.

Mujhe samajh aaya ke agar woh mera hota, toh khuda kabhi use kisi aur ka nahi banata. Kuch dekha hoga usne, kuch suna hoga, jo mujhe nahi pata. Isiliye usse kisi aur ka kar diya.

Aur aaj, jitna shukar maine apni zindagi mein kisi cheez ka ada nahi kiya, utna shukar main is baat ka karti hoon ke woh mujhe nahi mila.

Kuch der tak lambi khamoshi chhaa gayi car mein. Na main kuch boli, na usne. Sirf engine ki halki si ghar ghar karne ki awaaz aur hamari saanson ki bechaini mahsoos ho rahi thi.

Phir achanak—maine ek dum sudden brake mara!

Ek billi ka baccha car ke niche aane wala tha, lekin maine waqt par brake laga di. Gaadi halki si jhatke se ruki, aur mere dil ki dhadkan ek pal ke liye ruk si gayi.

Hum dono ek saath ek dusre ki taraf palte, aur ek hi waqt pucha,

"Tum theek toh ho?"

Usne bhi wahi kaha, maine bhi. Phir hum dono ne ek saath apni gardan hila di—haan, hum theek hai.

Mujhe ehsaas hua ke uski aankhon mein aansu the. Ek ajeeb dukh tha uski nazar mein, ek aisi kasak jo mujhe usse door jaane par majboor kar rahi thi. Maine foran apni nazar pher li. Main nahi chahti thi ke mujhe uspe taras ya reham aa jaye.

Bahana banakar main car ke bahar nikal gayi, billi ke bacche ko dekhne. Woh bhi kuch der baad mere peeche aa gaya.

Main uss masoom si billi ko utha liya aur uske phir sehlane lagi. Woh dari hui thi, uska chhota sa badan kaanp raha tha. Lekin kuch hi waqt baad, uski maa wahaan aa gayi.

Maine maa ko dekhte hi uske bacche ko neeche rakh diya. Ek pal ke liye mujhe laga jaise mujhe koi cheez samajh aa gayi ho jaise koi anjaana sawaal ka jawab mil gaya ho.

Billi aur uski maa ek dusre se lipat gaye, aur phir jaldi se kahin door chale gaye.

Main palat kar ek lambhi saans lene lagi. Dil halka mehsoos ho raha tha.

Tabhi woh mere bazu aa kar khada ho gaya aur bina kisi warning ke bola, ***"Ice cream khaogi?"***

Maine ekdum tikhe andaaz mein jawab diya, ***"Nahi, mujhe ice cream pasand nahi."***

Usne muskurate hue kaha, ***"Mujhe pata hai tumhe ice cream ya koi bhi meethi cheez pasand nahi. Lekin ek naya flavor aaya hai tikhi wali mirch ka flavor, guava ke saath. Tumhe shayad pasand aaye."***

Mujhe laga woh sirf ek ice cream ka suggestion nahi de raha tha… woh koi aur baat keh raha tha… Par kya pata nahi…

Maine pucha, ***"Aise koi flavor mujhe nahi pata, kahin milta hoga?"***

Usne apni ungli se ishara karte hue ek ice cream parlour ki taraf point kiya aur muskurate hue bola, ***"Woh dekh rahi ho? Wahan milti hai tumhare jaisi tikhi wali ice cream."***

Mujhe gussa aa gaya.

"Tumhare jaisi tikhi se kya matlab hai tumhara? Main kya tikhi lagti hoon tumhe?"

Woh zor se hans diya. ***"Lagti nahi ho, tum tikhi ho… bohot tikhi. Jab bhi baat karti ho, tikhi hi karti ho. But tum aise hi achi ho. Agar tum meethi hoti toh shayad sab tumhe jhoota kehte, fake kehte. Lekin tum fake nahi ho. Bilkul organic personality hai tumhari jo dil mein hota hai, wahi zabaan aur chehre pe hota hai."***

Main use ghoor ke dekhne lagi. ***"Yeh tum meri tarif kar rahe ho ya mujhe bura bhala keh rahe ho? Samajh nahi aaya mujhe."***

Woh muskuraya. ***"Tum na samjho, toh hi acha hai. Ab chalo, meri treat Ice cream khilata hoon."***

Hum dono ice cream parlour chale gaye. Mujhe yakeen nahi ho raha tha, lekin sach mein chilli-guava wali tikhi ice cream wahan available thi. Maine bina soche do do kha li! Woh apni favourite mango flavor khata raha.

Hum dono ne ek dusre se zyada baat nahi ki, jaise beech mein koi ankahee si baat phansi ho.

Jab bill aaya, toh usne bina kuch kahe chuka diya, aur hum wapas car ke paas aa gaye.

Jaise hi hum car ke paas pohonche, usne dheere se pucha, ***"Kya main car chala sakta hoon?"***

Mujhe ek dum jhatka laga. **BMW Z4.** Meri favourite car. Maine apni pehli variable pay se EMI pe li thi. Maine apne bhaiyon tak ko isse chalane nahi diya tha. Mere dil ne *kaha* ***'na keh de!'***

Lekin phir ek soch aayi agar kisi ne dil se poocha ho, toh mana kaise karein?

Maine ek pal socha aur dheere se kaha, ***"Theek hai, chalao."***

Woh muskura diya jaise jeet gaya ho.

Hum car mein baithe. Usne ignition start kiya aur jaise hi gear dala, ek dum bola, ***"Seat belt lagalo. Main bohot speed mein chalata hoon!"***

Maine bina kisi emotion ke kaha, ***"Tum speed nahi bhi chalaoge toh bhi main hamesha seat belt lagati hoon."***

Woh ek pal ke liye mujhe dekhta raha, phir ek ajeeb si muskurahat ke saath car aage badha di.

Pehle toh sab theek tha, magar phir jaise hi ek khula highway aaya, usne speed badhani shuru kar di.

Maine sideways mirror mein dekha raaste sunasaan the, koi aur gadi nazar nahi aa rahi thi. Lekin mujhe phir bhi bechaini mehsoos hone lagi.

Maine dheere se kaha, ***"Thoda araam se chalao."***

Usne meri taraf dekha aur bola, ***"Darr lag raha hai?"***

Maine apni awaaz normal rakhne ki koshish ki, ***"Nahi, mujhe bas reckless driving pasand nahi."***

Usne ek pal ke liye mujhe dekha, jaise meri baat samajhne ki koshish kar raha ho. Phir bina kuch kahe apni speed normal kar di aur muskurate hue bola, ***"Tumne toh kaha tha ke tum 110 ki speed pe car chalati ho. Ab kyun darr lag gaya?"***

Maine bina kisi expression ke kaha, ***"Tum saath ho na, isiliye. Mujhe agar marna hai toh main tumhare saath kyun maru? Akele marungi toh sukun se iss duniya se jaungi."***

Woh ek dum se hansne laga ek aisi hansi jo andar tak mehsoos ho. Jaise meri baat uske liye mazaak thi, lekin uske chehre pe ek ajnabee si soch bhi dikh rahi thi.

Aur phir… kuch waqt ke liye hum dono chup ho gaye.

Bas suni ja sakti thi toh sirf car ki halki si humming aur beech beech mein ek doosre ki saans lene ki awaaz.

"Acha suno," usne ek se dum kahan, jaise koi zaroori baat yaad aa gayi ho. ***"Agar tumhe koi ek jagah choose karni ho, jahan tum hamesha rehna chahogi, toh woh jagah kaunsi hogi?"***

Maine bina soche jawab diya, ***"Meri car."***

Woh hansa, thoda hairan bhi tha. ***"Matlab? Yeh bhi koi jawab hua?"***

Maine khidki se bahar dekhte hue jawab diya, ***"Haan, kyunki yeh meri jagah hai. Jahaan chaahun, jab chaahun, apni marzi se ja sakti hoon. Kisi se permission lene ki zaroorat nahi, kisi ka intezar karne ki zaroorat nahi. Agar mujhe kisi jagah rukna ho toh ruk sakti hoon, aur agar aage badhna ho toh kisi ki ijazat nahi chahiye."***

Woh thodi der chup raha. Phir dheere se bola, ***"Phir toh tumhe koi insaan pasand nahi aayega, kyunki log permission aur intezar dono maangte hain."***

Maine ek pal ke liye socha. Shayad yeh baat sach thi.

Mujhe pata nahi tha, lekin us waqt car ki khidki se bahar dekhte hue mehsoos ho raha tha ki shayad sab kuch pehle jaisa nahi raha. Shayad main pehle jaisi nahi rahi. Shayad woh bhi pehle jaisa nahi raha.

Mujh mein uske liye gussa tha... kyunki usne shaadi kar li thi. Woh khushi khushi apni biwi ke saath reh raha tha, aur main abhi tak akeli thi. Lekin aise hamesha nahi rahega.

Ek din aayega jab meri bhi shaadi hogi. Main bhi khushi khushi kisi se shaadi karna chahungi. Aisa toh nahi hai ki main ise yaad karke apni shaadi enjoy na karu... ya apne hone wale shauhar ko yeh mehsoos karwa dun ki main kisi aur ko chahti thi.

Jo guzar gaya, woh guzar gaya. Shayad isne bhi yehi soch kar shaadi ki hogi.

Aur jab ***main shaadi karungi... tab main bhi khushi se karungi.***

Lekin kahin na kahin... main guilt mein thi.

Kyunki shayad... maine ise galat samjha.

Main ab sukoon mein hoon... bohot sukoon mein. Ab mujhe usse koi shikayat nahi, koi nafrat nahi.

Mujhe samajh aa gaya hai ki hum zindagi mein sirf wahi khushiyan dhoondte hain jo hum chahte hain. Lekin khuda humein wahan se khushiyan deta hai jahan se hum soch bhi nahi sakte.

Ek lambi drive ne mujhe meri zindagi ki clarity de di... aur shayad usko bhi.

Hum haste, mazak karte, teekhi baatein karte hue ghar laut gaye. Uske baad bhi hum kahin na kahin kisi occasion pe takra gaye... lekin is baar hamare dil ek dusre ke liye bilkul saaf the.

Hum dono khush the.

Mera rishta bhi kahin Europe mein tay ho gaya. Jab meri shaadi hui, toh woh bhi aaya. Main use dekh kar bohot khush hui. Aur mujhe mehsoos hua ki main apni zindagi ki nayi shuruaat mein bohat khush hoon.

Us din ek baat sach mein samajh aa gayi…

Jo hamari zindagi mein hota hai, woh sirf hamare ache ke liye hota hai. Hamare rab hamare haq mein behtareen faisle karta hai.

Aaj main apne shauhar ke saath bohot khush hoon.

Saalon baad, jab main India wapas aayi, toh woh mujhe phir mila… kisi function mein. Ab hum dono apni apni zindagiyon mein apne spouse aur bachon ke saath poori tarah khush the.

Zindagi jaise ek poora daur kaat kar wapis wahi aa gayi thi, lekin iss baar… har cheez apni sahi jagah pe thi.

Every ending carries the seed of a new beinning

www.ingramcontent.com/pod-product-compliance
Lightning Source LLC
Chambersburg PA
CBHW050524240926
51846CB00003B/683
* 9 7 8 9 3 6 4 3 1 9 1 0 2 *